Thomas M. Meine

DIE BOOTE DER GLEN CARRIG

Freie Übersetzung* der Horrorgeschichte

The Boats of the Glen Carrig
von William Hope Hodgson

erschienen im Jahre 1907

* Beinhaltet Änderungen und Ergänzungen des Textes hinsichtlich einiger unklarer Passagen sowie eine veränderte Absatzgestaltung, ohne aber den Stil des Originalautors zu sehr zu verletzen. Weiterhin gibt es eigene Anmerkungen […] [*] zur Erläuterung von Fachbegriffen, um das Lesen zu vereinfachen. Der Leser möge auch berücksichtigen, dass das Originalwerk bereits im Jahre 1907 erschienen ist und der Zeitpunkt der Handlung – in Form eines wiedergegebenen Berichts – in der Mitte des 18. Jahrhunderts liegt, noch einige Jahre bevor James Cook Australien entdeckte; die Fantasie bezüglich unbekannter Welten und die Angst davor waren da natürlich noch sehr ausgeprägt.

Bibliografische Information der Deutschen Nationalbibliothek

Die Deutsche Nationalbibliothek verzeichnet diese Publikation in der
Deutschen Nationalbibliografie; detaillierte bibliografische Daten
sind im Internet über http://dnb.dnb.de abrufbar.

Herstellung und Verlag: BoD

Books on Demand, Norderstedt

2. Auflage

Februar 2022

ISBN 9 783752 641165

INHALT

Madre Mia – Meine Mutter

Die Leute sagen, dass du nicht mehr jung bist,
aber für mich war deine Jugend wie gestern.
Und das Gestern, so scheint es,
vermischt sich immer noch mit meinen Träumen.
Oh! Wie haben doch die Jahre
ihre sanften grauen Schleier über dich geworfen.
Und selbst für sie bist du nicht zu alt,
wie könntest du es sein! Dein Haar
hat kaum sein tiefes, altes, herrliches Dunkel verloren,
dein Gesicht hat kaum Falten, keine Spur
zerstört dessen stille Heiterkeit. Wie das Gold
des Abendlichts, wenn die Winde sich kaum rühren,
ist das Licht der Seele in deinem Gesicht, rein wie ein Gebet.

DIE BOOTE DER GLEN CARRIG

Dies ist ein Bericht über ihre Abenteuer an seltsamen Orten der Erde nach dem Untergang des Schiffs Glen Carrig, das in unbekannten Meeren in südlicher Richtung auf einen versteckten Felsen aufgelaufen ist. Er so wurde im Jahre 1757 von John Winterstraw, Gent., an seinen Sohn James Winterstraw weitergegeben und von ihm sehr ordentlich und leserlich in ein Manuskript übertragen.

I. DAS LAND DER EINSAMKEIT

Wir waren nun schon fünf Tage in den Booten und die ganze Zeit über hatten wir kein Land entdeckt. Dann, am Morgen des sechsten Tages, kam ein Schrei vom Bootsmann, der das Kommando über das andere Rettungsboot hatte, dass es da etwas gab, das Land sein könnte, weit weg von unserer Backbordseite. Es lag aber sehr tief und niemand konnte sagen, ob es Land war oder nur eine morgendliche Wolke.

Dennoch, da dies der Beginn von Hoffnung in unseren Herzen war, ruderten wir ihm erschöpft entgegen, und so erkannten wir nach etwa einer Stunde, dass es tatsächlich die Küste eines flachen Landstrichs war.

Es war vielleicht ein wenig nach der Mittagsstunde, als wir so nahe herangekommen waren, dass wir mühelos erkennen konnten, welche Art von Land hinter dem Ufer lag. Wir empfanden es als schrecklich flach und so trostlos, wie man sich es kaum vorstellen konnte.

Hier und da schien es mit einer Ansammlung seltsamer Vegetation bedeckt zu sein. Ob es aber kleine Bäume waren oder große Büsche, konnte ich nicht sagen. Eines aber weiß ich, dass sie etwas waren, was ich niemals zuvor gesehen hatte.

Das alles konnte ich erfassen, als wir langsam an der Küste entlang ruderten und nach einer Öffnung suchten, durch die wir landeinwärts fahren konnten.

Es verging aber eine ermüdende Zeit, bis wir an so eine Stelle kamen, nach der wir suchten. Am Ende fanden wir sie aber doch noch – einen Bach mit leicht ansteigendem Ufer, der sich schließlich als Teil des Mündungsgebiets eines größeren Flusses erwies; dennoch sprachen wir von ihm immer nur als ein *'Bach'*.

Wir kamen hinein und fuhren mit geringer Geschwindigkeit weiter nach oben, seinem sich windenden Verlauf entlang.

Als wir uns so vorwärts bewegten, schauten wir auf die Uferböschungen auf beiden Seiten. Möglicherweise könnte sich dort eine Stelle befinden, wo wir an Land gehen konnten; wir fanden aber keine – denn die Ufer bestanden aus einem abscheulichen Schlamm, der nicht dazu ermutigte, uns vorschnell hineinzuwagen.

Wir hatten das Boot über eine Meile den großen Bach hinaufgebracht und kamen an die erste Stelle der Vegetation, die ich zufällig von Meer aus bemerkt hatte. Hier, nur wenige Yards davon entfernt, konnten wir sie besser studieren. Ich fand heraus, dass sie in der Tat hauptsächlich aus einer Art von Bäumen bestand, sehr niedrig und verkümmert, und sie hatten etwas an sich, das man als einen unheilvollen Anblick beschreiben könnte.

Ich erkannte, dass die Äste der Grund dafür waren, dass ich die Bäume nicht von einem Busch unterscheiden konnte, bis ich nahe genug an sie herangekommen war. Sie waren über ihre ganze Länge hinweg dünn und geschmeidig und hingen stark in Richtung des Bodens herunter. Sie wurden von einem einzelnen großen, krautkopfartigen Gewächs dorthin gezogen, das am äußersten Ende eines jeden Astes zu sprießen schien.

Sofort, nachdem wir an dieser dichten Vegetation vorbeigekommen waren und sich die Ufer des Flusses immer noch flach erhoben, stellte ich mich auf meine Ruderbank und konnte so das uns umgebende Land überblicken.

So weit es meine Augen durchdringen konnten, sah ich, dass es in allen Richtungen von zahlreichen Bächen und Teichen übersät war, wobei einige dieser Teiche eine ziemlich große Ausdehnung hatten, und das Land, wie

9

ich vorher schon erwähnt hatte, überall sehr flach und einer großen Schlammfläche sehr ähnlich war.

Es gab mir deshalb ein Gefühl der Trostlosigkeit, wenn ich es ansah. Es könnte sein, dass mein Geist ganz im Unterbewusstsein in Furcht versetzt worden ist, wegen der Stille des ganzen Landes um uns herum, denn in all dieser Einöde konnte ich kein Leben erkennen, weder Vogel noch Pflanze, ausgenommen die verkümmerten Bäume, die hier und da in Ansammlungen über ganze Land verteilt waren, so weit ich sehen konnte.

Die Stille, als ich sie voll wahrgenommen hatte, wurde immer unheimlicher, denn ich erinnerte mich nicht daran, dass ich jemals zuvor in ein Land gekommen war, in dem es so viel Schweigsamkeit gab.

Nichts kam mir in den Blick – nicht einmal ein einsamer Vogel, der sich gegen den trüben Himmel erhob. Und was mein Hören anbelangte, kam nicht einmal der Schrei eines Seevogels zu mir – nein! – nicht einmal das Quaken eines Frosches, noch das Platschen eines Fisches. Es war so, als wären wir in das Land der Stille gekommen, welches einige von uns das Land der Einsamkeit genannt haben.

Nun waren schon drei Stunden vergangen, während denen wir nicht nachgelassen hatten, an den Rudern zu arbeiten, und wir konnten mittlerweile das Meer nicht mehr sehen. Dennoch war kein Platz in Sicht, der für unsere Füße geeignet gewesen wäre. Überall umgab uns

Schlamm, grau und schwarz – der uns wahrhaftig wie eine kleine Wildnis umschloss. So waren wir gezwungen, weiterzumachen, in der Hoffnung, dass wir am Ende auf festen Boden treffen würden.

Dann, kurz vor Sonnenuntergang, hielten wir mit dem Rudern inne und bereiteten uns von einem Teil unserer verbliebenen Rationen ein karges Mahl vor.

Als wir aßen, konnten wir die Sonne sehen, wie sie über der Einöde versank. Ich bekam etwas Ablenkung durch die Beobachtung der grotesken Schatten, die von den Bäumen in das Wasser an unserer Backbordseite geworfen wurden, denn wir hatten gegenüber einer Ansammlung dieser Vegetation angehalten.

Es war zu diesem Zeitpunkt, wie ich mich erinnere, dass es mir wieder bewusst wurde, wie still das Land war.

Es war auch nicht nur in meiner Einbildung, als ich feststellte, wie unwohl sich die Männer in den Booten deswegen fühlten. Keiner sprach, ausgenommen in leisen Tönen, als hätten sie Angst, die Stille zu durchbrechen.

Und es war auch zu diesem Zeitpunkt, an dem ich nach so viel Einsamkeit ins Staunen geraten war, als sich die ersten Anzeichen von Leben in dieser Wildnis zeigten.

Zuerst höre ich es in weiter Ferne, landeinwärts – einen merkwürdigen, leiseren Ton, wie ein Schluchzen, und sein Auf und Ab war wie das Seufzen eines einsamen Windes, der durch den großen Forst weht.

Doch es gab keinen Wind.

Dann, nach einem kurzen Moment, war nichts mehr zu hören, und die Stille des Lands erschien noch beängstigender wegen dieses Kontrasts.

Ich schaute mich nach den Männern um, sowohl in unserem Boot, wie auch in dem, das der Bootsmann kommandierte. Da gab es keinen, der nicht in einer lauschenden Haltung verharrte.

So verging eine Minute des Schweigens, und dann stieß einer der Männer einen Lacher aus, der aus der Nervosität heraus erwuchs, die er in sich trug.

Der Bootsmann rief ihm zu, dass er still sein solle, und im selben Moment kamen die Klagelaute dieses wilden Schluchzens wieder. Sie entfernten sich abrupt von unserer rechten Seite und kamen sofort wieder zurück — und erklangen, so wie es schien, von einem Ort vor uns, weit den Bach hinauf.

Daraufhin stellte ich mich auf meine Ruderbank, mit der Absicht, einen erneuten Blick über das Land um uns herum zu werfen, aber die Ufer des Baches waren jetzt höher geworden. Zusätzlich sorgte die Vegetation dieser Bäume dafür, dass sie ein Schutzschild bildete, nachdem mich noch vor Kurzem mein Aufrichten und die erhöhte

Position in die Lage versetzt hatten, über das Ufer hinwegzusehen.

Nach einem kurzen Moment verschwand das Heulen wieder und es kehrte erneut Stille ein.

Dann, als wir so dasaßen und darauf horchten, was uns als Nächstes überkommen würde, packte mich George am Ärmel, der jüngste der auszubildenden Seeleute, der seinen Platz neben mir hatte. Er fragte mich mit sorgenvoller Stimme, ob ich irgendeine Ahnung hätte, auf was dieses Heulen hindeuten könnte. Ich schüttelte aber meinen Kopf und sagte ihm, dass ich auch nicht mehr wüsste als er selbst. Zu seiner Beruhigung erwähnte ich noch, dass es der Wind gewesen sein könnte.

Doch jetzt schüttelte *er* seinen Kopf. Es war in Tat deutlich zu erkennen, dass dies nicht sein konnte, denn es war völlig windstill gewesen.

Ich hatte gerade meine Bemerkungen beendet, als dieses Heulen wieder über uns war. Es schien von weit den Bach hinauf und auch von weit den Bach hinunter zu kommen, aber auch um uns herum und dem Land zwischen uns und dem Meer. Es erfüllte die abendliche Stimmung mit seinem klagenden Jammern, und ich bemerkte, dass es darin ein seltsames Schluchzen gab, fast menschlich in seinem verzweifelten Weinen.

Das war alles so überwältigend für uns, dass keiner der Männer etwas sagte, denn es schien so, als würden wir dem Weinen verlorener Seelen lauschen. Und dann, als wir angsterfüllt warteten, sank die Sonne unter den Rand des Horizonts und die Dunkelheit brach über uns herein.

Und nun geschah etwas noch Außergewöhnlicheres, denn als die Finsternis der Nacht rasch zu uns kam, wurde das seltsame Jammern und Heulen leiser und ein anderer Klang verbreitete sich über das Land – ein weit entferntes, düsteres Knurren. Zuerst kam es, wie auch das Heulen von weit aus dem Landesinneren, erschien dann aber schnell an allen Seiten von uns, und plötzlich war die gesamte Dunkelheit davon erfüllt.

Und es verstärkte sich in seiner Lautstärke und seltsame Posaunengeräusche flogen darüber hinweg. Dann, obgleich langsam, verklang es zu einem schwachen, fortwährenden Knurren, und darin gab es etwas, was ich nur als ein drängendes, hungriges Fauchen beschreiben kann. Ja! Kein anderes Wort, das ich kenne, kann es so gut beschreiben wie dieses – der Eindruck von *Hunger*, höchst furchteinflößend für die Ohren. Und das, mehr als der Rest dieser unglaublichen Stimmen, brachte großen Schrecken in mein Herz.

Als ich dann so dasaß und lauschte, packte mich George plötzlich wieder am Arm und sagte mir in einem schrillen Flüstern, dass etwas zwischen der Ansammlung der Bäume auf der linken Uferseite erschienen war.

Dass er die Wahrheit sagte, konnte ich sofort feststellen, denn ich erfasste den Klang eines

14

fortwährenden Raschelns zwischen diesen Bäumen und dann einen aus der Nähe kommenden Knurrton, als stünde ein wildes Tier direkt neben mir.

Genau in diesem Moment hörte ich die Stimme des Bootsmanns. Er sprach so leise wie möglich mit Josh, dem ältesten der auszubildenden Seeleute, der die Verantwortung in unserem Boot hatte. Er sollte längsseits kommen, denn er wollte die Boote zusammen haben. Daraufhin nahmen wir die Ruder heraus und brachten die Boote mitten im Bach aneinander.

So verharrten wir die Nacht hindurch. Wir waren voller Furcht und flüsterten nur – so leise, wie es unsere Gedanken von einem zum anderen durch das Knurrgeräusch hindurch tragen sollte.

Die Stunden vergingen und nichts mehr als das, was ich erzählt habe, passierte, ausgenommen, dass sich einmal, ein wenig nach Mitternacht, die Bäume gegenüber von uns zu bewegen schienen, so als würden darin eine oder mehrere Kreaturen lauern.

Und dann kam kurz danach ein Geräusch, als wäre das Wasser durch etwas am Ufer aufgewühlt worden, aber es verschwand kurzfristig und die Stille kam wieder herunter.

Nach einer ermüdenden Zeitspanne kündigte der Himmel fern im Osten die Ankunft des neuen Tages an. Und so, wie das Licht stärker wurde, so verschwand das unersättliche Knurren zusammen mit der Dunkelheit und den Schatten.

Schließlich war der Tag gekommen, und wieder kam das traurige Jammern, das der Nacht vorausgegangen war. Für eine bestimmte Zeit hielt es an, erhob und senkte sich höchst weinerlich über die Weite der uns umgebenden Einöde, bis die Sonne einige Grad über den Horizont gekommen war.

Danach verschwand es und verstarb in nachklingenden, höchst feierlichen Echos.

Und so wie es verschwand, kam wieder die Stille, welche die ganzen Stunden des Tageslichts bei uns war.

Nun, als es Tag war, trug uns der Bootsmann auf, ein karges Frühstück zuzubereiten, so wie es unsere Trockenrationen erlaubten.

Dann, nachdem wir uns die Uferbereiche angesehen hatten, um festzustellen, ob irgendwelche beunruhigenden Dinge zu erkennen waren, packten wir wieder unsere Ruder und nahmen unsere aufwärts führende Reise wieder auf. Wir hofften, dass wir bald an einen Landstrich kommen würden, wo das Leben noch nicht ausgelöscht war und wir unseren Fuß auf vertrauenswürdigen Boden setzen konnten.

Wie ich vorher erwähnt habe, gedieh die Vegetation, dort wo sie wuchs, höchst verschwenderisch, sodass ich nicht ganz richtig liege, wenn ich davon spreche, dass das Leben in diesem Land ausgelöscht worden war. In der Tat, wenn ich jetzt daran denke, kann ich mich erinnern, dass der enorme Schlamm, aus dem es entsprang, wahrscheinlich sein eigenes, fettes und träges Leben zu haben schien, so reich und zähflüssig war er.

Bald war es Mittag, aber es gab nur wenig Veränderung in der Natur der uns umgebenden Einöde. Die Vegetation erschien vielleicht ein wenig dichter und regelmäßiger längs der Ufer, und diese bestanden immer noch aus dem gleichen dicken und klebrigen Schlamm, sodass wir nirgendwo an Land gehen konnten, aber selbst wenn wir das gemacht hätten, schien das Land dahinter kaum besser zu sein.

Die ganze Zeit über, während wir ruderten, schauten wir fortwährend von Ufer zu Ufer, und diejenigen, die nicht an den Rudern arbeiteten, behielten gerne eine Hand an ihren feststehenden Messern, denn die Vorgänge in der vergangenen Nacht waren immerwährend in unseren Gedanken, und wir hatten große Angst.

Wir dachten natürlich auch daran, zum Meer zurückzufahren, aber unsere Vorräte waren schon ziemlich zur Neige gegangen.

II. DAS SCHIFF IM BACH

Als es nahe daran war, Abend zu werden, kamen wir an einen anderen kleinen Fluss, der sich zum größeren hin durch das Ufer zu unserer Linken öffnete. Wir wollten erst daran vorbeifahren – genauso wie wir es bei vielen anderen während des Tages gemacht haben – aber der Bootsmann, dessen Boot vorausfuhr, rief aus, dass da irgendein Wasserfahrzeug lag, kurz nach der ersten Biegung.

Und das war anscheinend auch der Fall, denn einer der Masten – von dem überall Fetzen herunterhingen, wo das Tuch weggeweht wurde – war für uns deutlich zu sehen.

Nachdem wir mittlerweile schon krank von dieser Einsamkeit geworden waren und uns auch vor der herannahenden Nacht gefürchtet hatten, stießen wir etwas aus, was man fast als Freudenschrei bezeichnen würde. Der Bootsmann ließ ihn aber sofort unterdrücken, denn er hatte keine Ahnung, wer in diesem fremden Schiff hausen könnte.

Und so, in vollkommener Stille, drehte der Bootsmann sein Boot in Richtung dieses Flüsschens. Wir folgten ihm und achteten darauf, ruhig zu sein.

Nach kurzer Zeit kamen wir an die Schulter der Biegung und hatten einen klaren Blick auf das Schiff, das ein wenig vor uns lag.

18

Aus der Entfernung sah es nicht so aus, als würde sich jemand darauf befinden, sodass wir nach kurzem Zögern zu ihm hin ruderten, immer noch bemüht, uns still zu verhalten.

Das seltsame Schiff lag am Ufer des Flüsschens, das sich zu unserer Rechten befand. Über es hinweg wuchs eine dicke Ansammlung der verkrüppelten Bäume. Was den Rest anbelangt, schien es fest in dem schweren Schlamm eingebettet zu sein und es hatte das Aussehen eines gewissen Alters um sich herum, was mich zu der traurigen Erkenntnis führte, dass wir auf ihm wohl nichts finden würden, was für einen guten Magen geeignet wäre.

Wir waren auf eine Distanz von vielleicht zehn Klafter [auch Faden, regional unterschiedliches Längenmaß, Armspannweite eines erwachsenen Mannes, ca. 6 Fuß, 1,80 Meter] von seiner Steuerbordseite entfernt herangekommen – denn es lag mit der Spitze in Richtung der Mündung des Flüsschens – als der Bootsmann seine Männer aufforderte, zurückzurudern. Auch Josh folgte der Anweisung, was unser Boot anbelangte.

Dann, bereit abzuhauen, wenn wir in Gefahr geraten würden, rief er etwas in Richtung des fremden Schiffs, bekam aber keine Antwort, ausgenommen einige Echos, die zu uns zurückzukommen schienen.

Also rief er dem fremden Schiff noch einmal etwas zu, weil es vielleicht jemanden unter Deck geben könnte, der seinen ersten Ruf nicht gehört hatte. Zum zweiten Mal kam uns aber keine Antwort entgegen – nichts, ausgenommen das schwache Echo, welches die stillen Bäume wie ein kleines Zittern zurückgaben, als hätte sie seine Stimme durchgeschüttelt.

Nachdem wir uns in Sicherheit gewähnt hatten, gingen wir längsseits. Schnell waren wir an den aufgestellten Rudern hinaufgeklettert und erreichten das Deck.

Es gab dort kein außergewöhnliches Durcheinander, ausgenommen die gebrochene Scheibe des Oberlichts der Hauptkabine und ein paar zerschmetterte Aufbauten, sodass wir zunächst den Eindruck hatten, dass es doch noch nicht so lange her sein konnte, seit es verlassen wurde.

Kaum war der Bootsmann aus seinem Boot heraufgekommen, bewegte er sich zur Luke hin und der Rest von uns folgte ihm.

Wir sahen, dass die Abdeckung der Luke bis auf einen Zoll zugezogen war. Es bedurfte unsererseits ziemlicher Anstrengung, sie zurückzuziehen, sodass wir hier den sofortigen Beweis hatten, dass es wohl doch bereits einige Zeit her war, seit jemand auf diesem Weg nach unten gegangen war.

Dennoch dauerte es nicht lange, bis wir unter Deck waren. Wir fanden die Hauptkabine leer vor, bis auf einige kahle Möbelstücke. Vor da aus kam man in zwei Privaträume im vorderen Teil und zur Kapitänskabine im hinteren Teil. Überall dort fanden wir Kleidungsstücke und verschiedene Dinge, die belegten, dass das Schiff augenscheinlich in großer Hast verlassen wurde.

Als weiteren Beweis dafür fanden wir in einer Schublade der Kapitänskabine eine beachtliche Menge an herumliegendem Gold, was wohl, wie wir annehmen konnten, nicht freiwillig durch seinen Besitzer dort gelassen wurde.

In dem privaten Raum, der auf der Steuerbordseite lag, fanden sich Hinweise darauf, dass er von einer Frau belegt worden war – ohne Zweifel eine Passagierin.

Der andere, in dem sich zwei Schlafkojen befanden, wurde augenscheinlich von zwei jungen Männern bewohnt, soweit wir das mit Bestimmtheit sagen konnten. Wir vermuteten das aufgrund verschiedener Kleidungsstücke, die unordentlich verteilt waren.

Man muss jetzt nicht annehmen, dass wir viel Zeit in den Kabinen verbracht hatten, denn wir wurden durch die Nahrungssuche gedrängt und beeilten uns – unter Anweisung des Bootsmanns – herauszufinden, ob es im Schiffsrumpf Proviant geben würde, der uns am Leben halten würde.

Deshalb entfernten wir die Abdeckung der Luke, die hinunter in die Achterpiek führte. Wir zündeten zwei Laternen an, die wir mit uns im Boot hatten, und gingen nach unten, um uns auf die Suche zu machen.

Nach einer Weile kamen wir zu zwei Behältern, die der Bootsmann mit einem Handbeil öffnete. Sie waren fest und dicht verschlossen, und darin befand sich Schiffszwieback, der sehr gut erhalten und als Nahrung geeignet war.

In diesem Moment, wie man sich vorstellen kann, waren wir erleichtert, denn es gab nicht mehr die unmittelbare Gefahr zu verhungern.

Danach fanden wir ein Fass mit Sirup, ein Fässchen mit Rum, einige Kisten mit Trockenfrüchten – Letztere waren aber feucht geworden und kaum zum Essen geeignet.

Dann noch einen Behälter mit gesalzenem Fleisch, einen mit gepökeltem Schweinefleisch und ein kleines Fass mit Essig, eine Kiste mit Brandy, zwei Fässer mit Mehl – wobei sich eines als durchfeuchtet herausstellte – und ein Bündel Talglichter.

In kürzester Zeit hatten wir all diese Sachen hoch in die große Kabine gebracht, um dort besser auswählen zu können, was sich für unsere Mägen eignet und was nicht.

In der Zwischenzeit, während der Bootsmann diese Aktionen überwachte, rief Josh ein paar Männer, um die Sachen aus den Booten heraufzuholen, denn es wurde beschlossen, dass wir die Nacht im Schiffsrumpf verbringen würden.

Als das erledigt war, ging Josh zum Vorschiff, fand aber nichts außer zwei Seemannskisten, einem Seesack und eigenartigen Utensilien. Es gab in der Tat nur zehn Schlafkojen an diesem Platz, denn es war eine kleine Brigg [Briggschiff, Zweimaster] und nicht für viele Leute eingerichtet.

Dennoch hatte sich Josh mehr als gewundert, was mit diesen seltsamen Kisten passiert war, denn man konnte nicht annehmen, dass es da nicht mehr als zwei gab – und einen Seesack – für zehn Männer. Zu diesem Zeitpunkt hatte er aber keine Antwort darauf gehabt, und so, hungrig auf das Mittagessen, ging er zurück an Deck und von dort in die Hauptkabine.

Während seiner Abwesenheit hatte der Bootsmann die Männer dazu gebracht, die Hauptkabine zu säubern. Danach gab er jedem von ihnen zwei Kekse und einen Schluck Rum. Josh erhielt nach seiner Rückkehr das Gleiche und kurz danach, nachdem wir durch die Nahrung ausreichend gestärkt waren, um uns zu besprechen, beriefen wir eine Art Rat ein.

Noch bevor wir etwas sagten, steckten wir uns unsere Pfeifen an, denn der Bootsmann hatte eine Schachtel Tabak in der Kabine des Kapitäns entdeckt. Danach kamen wir dazu, unsere Situation zu betrachten.

Wir hatten Proviant, der uns ohne große Einschränkungen durch den größten Teil von zwei Monaten bringen würde, wie der Bootsmann ausgerechnet hatte. Wir mussten aber noch herausfinden, ob die Brigg Wasser in ihren Fässern hatte, denn das Flüsschen führte Brackwasser [Mischung aus Süß- und Salzwasser], trotzdem wir schon so weit vom Meer entfernt waren.

Darüber hinaus fehlte uns nichts.

Der Bootsmann beauftragte Josh und zwei Männer mit der Frischwassersuche. Einem anderen sagte er, sich in der Bordküche umzusehen, solange wir uns im Rumpf befanden. Aber für diese Nacht brauchten wir nichts zu tun, denn wir hatten noch genügend Wasser in den Booten mitgebracht, um uns bis zum morgigen Tag zu versorgen.

Und so füllte nach kurzer Zeit die Dämmerung die Kabine. Wir unterhielten uns aber noch, hochzufrieden über unsere augenblickliche Behaglichkeit und den Tabak, den wir genossen.

Nach einem kurzen Moment rief uns einer der Männer zu, still zu sein, und im selben Augenblick hörten wir es alle – ein weit entferntes, lang gestrecktes Jammern, das gleiche, das am Abend des ersten Tages zu uns gekommen war.

Wir schauten wir uns gegenseitig durch den Rauch und die sich verstärkende Dunkelheit hindurch an. Und als wir uns alle so ansahen, konnte man es deutlicher hören, bis es nach einer Weile überall und fortwährend um uns herum war. Es schien durch die zerbrochene Struktur des Oberlichts auf uns herunterzukommen, als würde irgendein erschöpftes, unsichtbares Wesen auf dem Deck über uns stehen.

Während all dieses Weinens bewegte sich keiner – keiner, mit Ausnahme von Josh und dem Bootsmann. Sie gingen hoch zu der Luke, um festzustellen, ob man irgendetwas sehen konnte; sie fanden aber nichts und kamen wieder zu uns herunter. Es wäre nicht klug gewesen, uns alleine zu lassen, unbewaffnet wie wir waren, abgesehen von unseren feststehenden Messern.

Und so kroch nach einer kurzen Weile die Nacht auf die Welt herunter, und wir saßen immer noch in der dunklen Kabine. Keiner sprach und man erkannte die anderen nur an dem Glühen ihrer Pfeifen.

Plötzlich kam ein leises, brummendes Knurren, das sich über das Land stahl, und sofort wurde das Heulen in einem düsteren Donner erstickt. Es verklang und es folgte eine volle Minute der Stille, und dann kam es wieder, und es war näher und deutlicher zu hören.

Ich nahm meine Pfeife aus dem Mund, denn da waren wieder die große Furcht und das Unwohlsein, was die Ereignisse der ersten Nacht in mir verursacht hatten. Der Geschmack des Tabaks brachte mir kein Vergnügen mehr.

Das brummende Knurren schwebte über unseren Köpfen hinweg, verschwand in der Entfernung, und dann gab es eine plötzliche Stille.

In diese Geräuschlosigkeit hinein kam die Stimme des Bootsmanns. Er forderte uns auf, eiligst in die Kabine des Kapitäns zu gehen. Als wir uns bewegten, um seiner Aufforderung nachzukommen, rannte er zur Abdeckung der Luke hin, um diese zuzuziehen, was ihm nur unter Schwierigkeiten gelang.

Als wir in der Kabine des Kapitäns angekommen waren, schlossen und verriegelten wir die Tür, indem wir zwei große Sitzkisten davor aufstellten. So fühlten wir uns ziemlich sicher, denn wir dachten, dass so niemand, weder Mensch noch Tier, zu uns kommen könnte. Dennoch, wie man annehmen kann, fühlten wir uns nicht völlig außer Gefahr, denn da gab es das Knurren, das nun die Dunkelheit erfüllte. Es schien dämonisch zu sein, und wir wussten, dass da draußen grausame Kräfte anwesend waren.

Das Knurren setzte sich so die ganze Nacht lang fort. Es schien sehr nahe an uns zu sein, fast über unseren Köpfen und in einer Lautstärke, die bei Weitem diejenige übertraf, die in der vergangenen Nacht zu uns gekommen war. Ich dankte deshalb dem Allmächtigen, dass wir inmitten einer solch fürchterlichen Lage einen Unterschlupf gefunden hatten.

III. DAS WESEN DAS HERUMSUCHTE

Von Zeit zu Zeit schlief ich ein, wie es auch bei den meisten der anderen Männer der Fall war, aber meistens lag ich da – halb dösend und halb wach – unfähig, einen richtigen Schlaf zu finden wegen des ununterbrochenen Knurrens über uns während der Nacht und der Angst, die ich in mir hatte.

So ergab es sich zufällig, dass ich kurz nach Mitternacht ein Geräusch in der Hauptkabine hinter der Tür wahrnahm, und sofort war ich hellwach.

Ich setzte mich auf und lauschte und bekam so mit, dass etwas auf dem Deck der Hauptkabine herumtastete. Sofort sprang ich auf die Füße und ging dorthin, wo der Bootsmann lag, um ihn aufzuwecken, falls er schlafen würde. Er fasste mich am Fußgelenk, als ich ihn schüttelte, und flüsterte mir zu, still zu sein. Auch er hatte das Geräusch von 'Etwas' vernommen, das dahinter in der großen Kabine herumtastete.

Kurz darauf krochen wir beide so dicht an die Tür, wie wir es wegen der davorgestellten Kisten nur vermochten, und kauerten uns dort hin und lauschten. Wir konnten aber nicht sagen, was für eine Art von Wesen es sein könnte, das ein solches Geräusch verursachte. Es war weder ein Scharren noch ein Schreiten irgendeiner Art, noch war es ein Schwirren von Fledermausflügeln, was mir als Erstes in den Sinn gekommen war, weil ich wusste, wie Vampire die Nächte an düsteren Plätzen bevölkern.

Es war auch nicht das Schleifgeräusch einer Schlange, es erschien uns eher so, als würde ein großer Lappen überall über den Boden und die Schottwände gerieben.

Wir waren bald besser in der Lage, uns der Wahrheit dieser Dinge gewiss zu werden, als es plötzlich an der anderen Seite der Tür, an der wir lauschten, vorbeiging. Daraufhin, so können Sie sicher sein, zogen wir uns beide in Furcht zurück, obwohl die Tür und die Kisten zwischen uns und dem, was dagegen rieb, standen.

Plötzlich verschwand das Geräusch, und so sehr wir auch hinhörten, konnten wir es nicht mehr wahrnehmen. Dennoch schliefen wir bis zum Morgen nicht mehr, da unsere Gedanken damit belastet waren, was es gewesen sein könnte, das in der großen Kabine herumsuchte.

Dann kam wie gewohnt der Tag und das Knurren verschwand. Für einen schwermütigen Moment erfüllte das traurige Heulen unsere Ohren, und dann fiel schließlich die unendliche Stille über uns, welche die Tagesstunden dieses trostlosen Lands erfüllte. Als wir uns dann wieder in der Lautlosigkeit befanden, schliefen wir fest ein, denn wir waren sehr müde gewesen.

Um sieben Uhr am Morgen weckte mich der Bootsmann. Ich stellte fest, dass man mittlerweile die Tür, die in die große Kabine führt, geöffnet hatte.

Obwohl der Bootsmann und ich dort alles sorgfältig untersuchten, stießen wir auf nichts, das uns etwas über das Wesen sagen würde, das uns so in Angst versetzt hatte.

Dennoch weiß ich nicht, ob ich recht habe, wenn ich sage, dass wir auf nichts gestoßen sind, denn an mehreren Stellen schienen die Schottwände *abgewetzt* zu sein. Ob das aber schon vorher so war, konnten wir nicht sagen.

Der Bootsmann trug mir auf, nichts über das zu sagen, was wir gehört hatten, denn er wollte die Männer nicht mehr in Angst und Schrecken versetzen, als es notwendig war. Ich dachte, das wäre eine weise Einstellung und ich schwieg.

Dennoch war ich sehr beunruhigt, weil ich verstehen wollte, was für ein Wesen das war, vor dem wir uns fürchten mussten. Mehr noch – ich wünschte mir sehr zu wissen, ob wir während der Tagesstunden frei von ihm wären, denn in mir war ständig der Gedanke, dass ES – wie ich es für mich genannt hatte – zu uns komme, könnte, um uns zu vernichten.

Nach dem Frühstück, wo jeder eine Portion des gepökelten Schweinefleischs bekam, neben dem Rum und Keksen, wandten wir uns unter der Führung des Bootsmanns verschiedenen Dingen zu. Zwischenzeitlich wurde auch ein Feuer in der Kombüse angemacht.

Josh und zwei der Männer untersuchten die Wasserbehälter, und der Rest von uns hob die Haupt-Lukenabdeckungen zur Seite, um die Ladung des Schiffs zu untersuchen. Aber, leider!, wir selbst fanden nichts, ausgenommen drei Fuß von eingesickertem Wasser in seinem Laderaum.

Zu dieser Zeit hatte Josh einiges Trinkwasser aus den auf dem Schiff vorhandenen Fässern entnommen, aber es war zum Trinken höchst ungeeignet, da es abscheulich roch und schmeckte. Der Bootsmann trug ihnen auf, einiges davon in Eimer zu füllen, damit die frische Luft es vielleicht reinigen konnte. Obwohl dann das Wasser den ganzen Morgen über so stand, wurde es kaum besser.

In diesem Moment, wie man sich vorstellen kann, strengten wir unsere Köpfe an, wie wir an geeignetes Trinkwasser kommen könnten, denn mittlerweile begannen wir es dringend zu brauchen.

Der eine sagte dies, der andere sagte das, aber keiner von ihnen hatte genug Verstand, um eine Methode vorzuschlagen, wie wir unseren Bedarf decken könnten.

Dann, als wir unser Mahl beendet hatten, schickte der Bootsmann Josh und vier Männer stromauf, vielleicht eine Meile oder zwei, wo das Wasser im Bach sich als frisch genug erweisen könnte, um unseren Zwecken zu genügen. Sie kehrten vor Sonnenuntergang ohne Trinkwasser zurück, denn überall war es noch recht salzig gewesen.

Der Bootsmann hatte bereits vorhergesehen, dass es wohl nicht möglich sein würde, an Trinkwasser zu kommen. Kurz nachdem das Boot weggefahren war, hatte er deshalb dem Mann, den er zu unserem Koch ernannt hatte, aufgetragen, Wasser in drei großen Teekannen zu kochen. Über die Ausgussöffnung jeder dieser Kannen hängte er einen großen eisernen Topf auf, der mit kaltem Wasser aus dem Laderaum gefüllt worden waren. Dieses war kälter als das aus dem Fluss. Der Dampf aus jedem der Wasserkessel traf auf die kalte Oberfläche der eisernen Töpfe und kondensierte dort. Die herunterfallenden Tropfen wurden dann in den Eimern aufgefangen, die darunter auf den Boden gestellt worden waren.

Auf diese Weise wurde genügend Wasser gesammelt, um uns für den Abend zu versorgen, und auch für den folgenden Morgen. Es war dennoch eine sehr langsame Methode, und wir brauchten dringend etwas, das schneller ging, wenn wir den Schiffsrumpf so bald als möglich wieder verlassen wollten, wie ich mir das wie alle anderen auch wünschte.

Wir nahmen unser Abendessen vor Sonnenuntergang ein, damit wir frei waren von den Heulgeräuschen, denn wir hatten Grund zu glauben, dass sie wiederkommen würden. Danach schloss der Bootsmann die Lukenabdeckung, und wir alle gingen in die Kapitänskabine, um dann die Tür zu verrammeln, wie wir das an der vorausgegangenen Nacht gemacht hatten.

Es war gut für uns, dass wir solcherlei Vorsicht haben walten lassen.

Als wir in die Kapitänskabine hineingekommen waren und die Tür gesichert hatten, ging die Sonne unter. Und wie die Dunkelheit hereinkam, so kam auch die Schwermütigkeit wehklagend über das Land.

Da wir mittlerweile etwas abgestumpft waren gegen all diese seltsamen Dinge, steckten wir uns unsere Pfeifen an und rauchten. Ich konnte jedoch bemerken, dass niemand sprach, denn das Heulen um uns herum konnte man nicht verdrängen.

Wie ich schon sagte, verhielten wir uns still, aber das war nur für eine gewisse Zeit, und der Grund dafür, warum wir dies unterbrachen, war die Entdeckung, die George, der jüngste der Auszubildenden, gemacht hatte. Dieser Bursche, der nicht rauchte, war erpicht darauf gewesen, etwas zu tun, um sich die Zeit zu vertreiben. In dieser Absicht wühlte er den Inhalt einer kleinen Kiste heraus, den er auf dem Deck an der vorderen Schottwand ausbreitete.

Die Kiste schien mit sonderbaren kleinen Gegenständen gefüllt zu sein, von denen ein Dutzend oder so graue Papiertüten waren, die, wie ich glaube, dazu benutzt werden, um Mais darin aufzubewahren. Ich habe allerdings auch schon gesehen, dass sie für andere Zwecke Verwendung gefunden haben, wie es hier in der Tat der Fall war.

Zuerst hatte sie George zur Seite geworfen, aber als es dunkler geworden war, hatte der Bootsmann eine der Kerzen angezündet, die wir in der Kombüse gefunden hatten. Deshalb konnte George etwas entdecken, das ihn uns gegenüber einen Schrei des Erstaunens ausstoßen ließ, als er gerade dabei war, das wertlose Zeug ordentlich zurückzulegen, das über den Platz verstreut war.

Als er George schreien hörte, forderte ihn der Bootsmann auf, still zu sein, denn er dachte, es war nur eine jungenhafte Unruhe, aber George zog die Kerze zu sich hin und bat uns zuzuhören. Die Papiertüten waren nämlich mit zarter Handschrift versehen, so wie sie von einer Frau stammt.

In dem Moment, als George uns sagte, was er gefunden hatte, wurden wir uns bewusst, dass die Nacht über uns hereingekommen war. Denn plötzlich hörte das Heulen auf und an dessen Stelle kam aus der weiten Entfernung das leise Grollen des nächtlichen Knurrens, das uns schon die zwei vergangenen Nächte hindurch gequält hatte.

Für einen kurzen Augenblick hörten wir mit dem Rauchen auf und saßen lauschend da, denn es war ein furchterregender Klang. In sehr kurzer Zeit schien er um das Schiff herum zu sein, wie an den vorangegangenen Nächten. Schließlich, da wir daran gewöhnt waren, rauchten wir weiter und baten George, uns etwas von dem Geschriebenen auf den Papiertüten vorzulesen.

Dann begann George, mit einigem Zittern in seiner Stimme, zu entziffern, was auf den Tüten stand. Es war eine seltsame und eindrucksvolle Geschichte, die uns sehr berührte:

'Nun, als wir die Quelle zwischen den Bäumen entdeckt haben, welche die Ufer krönen, gab es sehr viel Jubel, denn wir brauchten unbedingt Trinkwasser.'

'Einige von uns, hatten daraufhin ihre Absicht kundgetan, ihre Sachen mit zur Quelle zu nehmen, um dort zu lagern'. Sie fürchteten sich vor dem Schiff, dem sie all unser Unglück und das seltsame Verschwinden ihrer Kabinengenossen anlasteten, wie auch dem Bruder meines Liebhabers, und sagten, es sei vom Teufel heimgesucht'.

'Das hatten sie im Verlaufe des Nachmittags beschlossen und in die Tat umgesetzt, obwohl unser Kapitän, ein guter und ehrlicher Mann, sie anflehte, im Schutze ihres augenblicklichen Aufenthaltsorts zu bleiben, wenn sie ihr Leben lieben. Dennoch, wie ich bemerkt habe, wollte keiner dieser Männer auf seinen Rat hören, und weil auch der Maat und der Bootsmann dabei waren, hatte er keine Mittel, sie zur Vernunft zu bringen'.

An dieser Stelle hörte George auf zu lesen und begann bei den Tüten nach der Fortsetzung der Geschichte zu suchen. Er sagte, dass er sie nicht finden könne, und die Enttäuschung zeigte sich auf seinem Gesicht. Der Bootsmann forderte ihn aber auf, dass er dann eben mit den Tüten weitermachen sollte, die übrig waren, denn auch er konnte nicht feststellen, dass weitere existierten.

Wir waren jetzt sehr gespannt darauf, mehr über die Quelle zu erfahren, die, wie wir aus der Geschichte entnehmen konnten, hinter dem Ufer nahe bei dem Schiff lag.

George nahm sich dann die oberste Tüte. Alle waren, wie ich hören konnte, als er es dem Bootsmann erklärte, seltsam nummeriert und hatten, wenn überhaupt, wenig Bezug zueinander. Dennoch waren wir höchst versessen darauf, all das kennenzulernen, was uns die alten Fetzen sagen konnten. Daraufhin las George das vor, was sich auf der nächsten Tüte befand und wie folgt lautete:

'Plötzlich hörte ich den Kapitän rufen, dass da etwas in der Hauptkabine war. Sofort hörte ich die Stimme meines Geliebten, der mich aufforderte, die Tür zu schließen und unter keinen Umständen zu öffnen'.

'Die Tür der Kapitänskabine wurde zugeschlagen und dann kam Stille, und die Stille wurde durch einen Klang unterbrochen. Es war das erste Mal, dass ich das Wesen hörte, wie es in der großen Kabine herumsuchte. Danach erzählte mir aber mein Geliebter, dass das schon vorher einmal passiert war und sie mir nichts davon gesagt hatten, da sie fürchteten, mich in Angst und Schrecken zu versetzen'.

'Nun hatte ich auch verstanden, warum mein Geliebter mich gebeten hatte, die Tür zu meinem Zimmer niemals unverriegelt zu lassen. Ich erinnerte mich auch daran, dass das Geräusch von brechendem Glas, das mich von ein oder zwei Nächten aus meinen Träumen gerissen hatte, das Werk dieses unglaublichen Wesens

war, denn am Morgen, der dieser Nacht folgte, war das Glas des Oberlichts zerbrochen. Meine Gedanken drehten sich dann eher um Kleinigkeiten, während meine Seele bereit war, vor Angst aus meiner Brust zu entweichen'.

'Ich hatte mich daran gewöhnt, Schlaf zu finden, trotz dieses furchteinflößenden Knurrens, denn ich hatte als Grund angenommen, dass es das Gemurmel von Geistern in der Nacht war. Ich gestattete es mir nicht, unnötig durch trübsinnige Gedanken in Angst versetzt zu werden. Mein Geliebter hatte mich auch von unserer Sicherheit überzeugt und dass wir bald nach Hause kommen würden. Und nun, hinter der Tür, konnte ich das furchterregende Geräusch von dem Ding hören, das herumsuchte —'

George hielt plötzlich inne, denn der Bootsmann war aufgestanden und hatte seine große Hand auf seine Schulter gelegt. Der Bursche wollte gerade fortfahren, aber der Bootsmann bat ihn, kein weiteres Wort mehr zu sagen. Wir, die wir von den Geschehnissen in dieser Geschichte nervös gemacht wurden, begannen zu lauschen. So konnten wir den besonderen Klang hören, der uns in dem Geräusch des Knurrens um das Schiff herum verloren gegangen war, als auch durch das gespannte Interesse an dem Vorgelesenen.

Für eine Zeit lang blieben wir sehr still, kein Mann tat mehr, als den Atem in und aus dem Körper kommen zu lassen. Wir wussten jetzt, dass etwas sich draußen in der großen Kabine bewegte. Kurz danach wurde unsere Tür berührt, und es war so, wie ich vorher schon beschrieben habe, als würde ein großer Lappen über das Holz gerieben und gescheuert.

Daraufhin kamen die Männer, die am nächsten an der Tür waren, mit einem Satz zurück, von einer plötzlichen Furcht getrieben, weil das Wesen so nahe war. Der Bootsmann hielt aber eine Hand hoch und bat sie, mit leiser Stimme, kein unnötiges Geräusch zu machen.

Dennoch, als wären die Geräusche ihrer Bewegungen gehört worden, wurde die Tür mit solcher Heftigkeit erschüttert, dass wir alle darauf warteten, dass sie aus ihren Angeln gerissen wird. Sie hielt aber stand, und wir machten uns eiligst daran, sie mit den Brettern der Schlafkojen abzustützen, die wir zwischen ihr und den zwei großen Kisten aufstellten. Darauf packten wir noch eine dritte Kiste auf die anderen, sodass die Tür ziemlich verdeckt war.

Ich kann mich nicht daran erinnern, ob ich das gleich erwähnt hatte, als wir zum ersten Mal auf das Schiff kamen:

Wir stellten fest, dass das Fenster am Heck der Backbordseite zerstört war, aber es war so und wurde durch den Bootsmann mit einer dort angebrachten Abdeckung aus Teakholz verschlossen, die es vor stürmischem Wetter schützt, mit starken Latten quer darüber, die mit Keilen gesichert wurden.

Das hatte er nach der ersten Nacht gemacht, weil er die Befürchtung hatte, dass irgendein übles Wesen durch die Öffnung zu uns kommen würde, und sehr umsichtig war diese Aktion von ihm, wie sich zeigen wird.

Dann rief George aus, dass etwas an der Abdeckung des Backbordfensters war.

Wir wichen zurück und wurden noch ängstlicher, denn irgendeine teuflische Kreatur bemühte sich, zu uns zu kommen.

Der Bootsmann aber, der ein sehr mutiger und durch und durch ruhiger Mann war, ging hinüber zum geschlossenen Fenster und sah nach, dass die Latten sicher waren. Er hatte genügend Erfahrung, um sicher zu sein, dass nichts mit weniger Kraft als ein Wal sie zerbrechen könnte, wenn es ordentlich gemacht war, und im gegenteiligen Fall würden uns dessen Körperfülle die Gewähr bieten, dass wir nicht belästigt werden.

Dann, als er sich gerade der Sicherheit der Befestigungen widmete, kam ein Schrei von einem der Männer, denn da war auf das Glas des unzerstörten Fensters eine rötliche Masse gekommen, die dagegen platschte und an ihm saugte, so wie es aussah.

Josh, der am nächsten zum Tisch stand, schnappte sich die Kerze und hielt sie zu dem Ding hin. Dadurch konnte ich sehen, dass es die Gestalt eines völlig zerstückelten Etwas hatte und so, wie es aussah, aus rohem Fleisch gemacht sein könnte – *aber es lebte.*

Wir starrten darauf. Jeder war durch den Schrecken zu verwirrt, um etwas zu tun, was uns schützen würde, selbst wenn wir Waffen gehabt hätten.

Und als wir so verharrten, wie dumme Schafe, die auf den Metzger warten, hörte ich die Aufbauten quietschen und krachen und Splitter flogen überall über die Scheibe. In einem weiteren Augenblick würde die ganze Struktur herausgerissen und die Kabine ungeschützt sein.

In diesem Moment aber fluchte der Bootsmann heftig auf unsere landrattenartige Nutzlosigkeit, packte die andere Abdeckung und klappte sie über das Fenster.

Daraufhin gab es mehr Hilfe, als gebraucht wurde, und die Latten und Keile waren im Nu angebracht. Dass das nicht eher als notwendig bewerkstelligt war, wurde uns alsbald bewiesen, denn da kam das zerstörende Geräusch von Holz und splitterndem Glas. Danach hörte man ein seltsames Jaulen draußen in der Dunkelheit, das sich erhob und das andere fortwährende Jaulen erstickte, das die Nacht erfüllt hatte.

Kurz danach erstarb es, und in der kurzen Stille, die zu folgen schien, hörten wir ein schleimiges Fummeln an der Teakholzabdeckung, aber sie war gut gesichert, und wir hatten keinen unmittelbaren Grund, uns zu fürchten.

IV. DIE ZWEI GESICHTER

Was den Rest dieser Nacht angeht, habe ich nur eine verworrene Vorstellung. Manchmal hörten wir, wie die Tür hinter den großen Sitzkisten geschüttelt wurde, aber es wurde kein Schaden angerichtet. Und dann, in unregelmäßigen Abständen, gab es ein weiches Stampfen und Reiben auf dem Deck über uns. Und einmal, wie ich mich erinnere, machte das Wesen einen letzten Versuch an den Teakholz-Abdeckungen über den Fenstern. Schließlich kam der Tag und ich wachte spät auf.

Wir hatten in der Tat bis über die Mittagszeit hinweg geschlafen, aber der Bootsmann, der an unsere Bedürfnisse dachte, weckte uns, und wir entfernten die Kisten. Fast eine Minute lang wagte niemand die Tür zu öffnen, bis uns der Bootsmann aufforderte, zur Seite zu treten. Wir schauten ihn dabei an und sahen, dass er ein großes Entermesser in seiner rechten Hand hielt.

Er rief uns zu, dass es da noch vier dieser Waffen gab, und zeigte dabei mit seiner linken Hand nach hinten in Richtung eines offenen Schranks. Daraufhin, wie man sich denken kann, hasteten wir zu dem Platz, auf den er deutete, und fanden heraus, dass es dort – unter anderen Utensilien – drei mehr von diesen Waffen gab wie die, welche er in der Hand hielt, aber die vierte war ein Schwert, eine gerade Hieb- und Stichwaffe, und ich hatte das große Glück, mir diese zu sichern.

Nachdem wir nunmehr bewaffnet waren, rannten wir zurück, um uns zum Bootsmann zu begeben. Er hatte die Tür geöffnet und schaute sich in der Hauptkabine um.

Ich möchte an dieser Stelle erwähnen, wie gut sich eine Waffe eignet, um einem Mann ein mutiges Herz zu geben, denn ich, der noch vor wenigen Stunden um sein Leben fürchtete, war nun voller Unternehmungslust und Kampfbereitschaft, was wohl kein Grund war, sich dafür zu schämen.

Von der Hauptkabine aus ging der Bootsmann voran zum Deck, und ich erinnere mich an einige überraschte Gesichter, als wir die Abdeckung der Luke so unbeschädigt vorfanden, wie wir sie in der vorangegangenen Nacht zurückgelassen hatten.

Dann aber wurde mir bewusst, dass das Oberlicht zerstört war und man dadurch einen Zugang zur Hauptkabine hatte. Ich wunderte mich trotzdem, was für ein Wesen das ist, das die Bequemlichkeit einer Luke ignoriert und durch ein zerbrochenes Oberlicht eindringen will.

Wir untersuchten das Deck auf dem Vorschiff, fanden aber nichts. Danach teilte der Bootsmann zwei von uns als Wache ein, während sich der Rest um Aufgaben kümmerte, die notwendig waren.

Nach kurzer Zeit kamen wir zum Frühstück, und danach waren wir bereit, die Geschichte auf den

Papiertüten zu überprüfen, um nachzusehen, ob es da tatsächlich eine Quelle mit frischem Wasser inmitten dieser Bäume gab.

Zwischen dem Schiff und den Bäumen gab es einen dick mit Schlamm bedeckten Hang, gegen den das Schiff angelehnt war. Diesen hinaufzuklettern schien fast unmöglich wegen der Menge von diesem Morast, aber es sah in der Tat so aus, dass man darüber hinwegkriechen konnte.

Da rief Josh dem Bootsmann zu, dass er eine Leiter gesehen hatte, die auf der Oberseite des Vorschiffs festgebunden war. Diese wurde herbeigeholt, wie auch einige Lukenabdeckungen. Letztere wurden erst über den Schlamm gelegt und dann die Leiter auf sie darauf. Dadurch waren wir in der Lage, über die Oberkante des Hangs zu gelangen, ohne mit dem Schlamm in Berührung zu kommen.

Von dort gingen wir direkt zwischen die Bäume, da sie bis zur Kante herangewachsen waren. Wir hatten keine Schwierigkeit gehabt, uns einen Weg zu bahnen, denn sie waren nirgends eng zusammen, sondern standen eher vereinzelt, jeder von ihnen an einem kleinen offenen Platz für sich.

Als wir ein kurzes Stück zwischen den Bäumen hindurchgelaufen waren, rief plötzlich einer von uns aus, dass er etwas zu unserer Rechten sehen konnte.

Entschlossenen ergriffen wir unsere Waffen und gingen dem entgegen. Es war eine Seemannskiste, und etwas weiter entfernt davon fanden wir eine weitere.

So kamen wir nach einem kleinen Fußmarsch zu einem Lager. Es gab aber nur noch wenig Ähnlichkeit damit, denn das Segel, aus dem das Zelt gemacht wurde, war überall zerrissen und beschmutzt und lag verschlammt am Boden. Die Quelle war aber so, wie wir sie uns gewünscht hatten, klar und süß, und so wussten wir, dass wir von einer Errettung träumen konnten.

Nun könnte man denken, dass wir nach der Entdeckung der Quelle die anderen Männer auf dem Schiff gerufen hätten, aber das war nicht der Fall, denn da war etwas in der Atmosphäre des Ortes, der eine düstere Stimmung über uns brachte, und wir hatten eher den Wunsch, wieder zu dem Schiff zurückzukehren.

Als wir dann wieder zur Brigg gekommen waren, rief der Bootsmann nach vier Männern, die runter in die Boote gehen sollten, um die Trinkwasserbehälter heraufzureichen. Er sammelte auch alle Eimer ein, die zur Brigg gehörten, und anschließend waren wir alle mit verschiedenen Arbeiten beschäftigt.

Einige von uns, die mit den Waffen, gingen zu den Bäumen und reichten das Wasser zu denjenigen runter, die sich am Ufer befanden, und diese wiederum gaben es an diejenigen weiter, die im Schiff waren.

Dem Mann in der Kombüse trug der Bootsmann auf, einen Kochtopf mit einigen ausgewählten Stücken vom Schweine- und Rindfleisch zu füllen und sie so bald wie möglich zu kochen.

So blieben wir alle voll beschäftigt, denn es wurde beschlossen – da wir nun Wasser gefunden hatten – dass wir keine Stunde länger auf diesem von Monstern heimgesuchten Schiff bleiben würden, und wir waren alle erpicht darauf, die Boote mit Lebensmitteln auszustatten und wieder zum Meer zu fahren, dem wir alle zuvor nur zu gerne entkommen waren.

Wir arbeiteten so den Rest des Morgens hindurch bis in die Nachmittagsstunden hinein, denn wir hatten Todesangst vor der Dunkelheit.

Gegen vier Uhr schickte der Bootsmann den Mann, den er für die Küche eingeteilt hatte, mit Scheiben von gesalzenem Fleisch auf Keksen zu uns herauf, und wir aßen, während wir arbeiteten, und spülten unsere Kehlen mit dem frischen Wasser aus der Quelle.

So konnten wir, noch bevor es Abend war, unsere Trinkwasserbehälter füllen und zusammen mit allen Sachen aus dem Schiff, die uns geeignet schienen, mit ins Boot nehmen. Mehr noch, manche von uns nutzen die Gelegenheit, sich damit zu waschen, den wir waren wund von dem Salzwasser, da wir ins Wasser gesprungen waren, um uns abzukühlen.

Es hätte nicht so lange gedauert, unsere Arbeiten beim Weitertransport des Trinkwassers zu beenden, wenn die Dinge bequemer gewesen wären, doch wegen der Weichheit des Untergrunds unter unseren Füßen und der Vorsicht, mit der wir unsere Schritte tun mussten, und der Distanz zwischen uns und der Brigg, wurde es später, als wir das gewünscht hatten, bevor wir alles beenden konnten.

Deswegen hasteten alle los, als der Bootsmann uns sagte, dass wir an Bord kommen und unsere Sachen mitbringen sollten. Aber wie es sich ergab, hatte ich festgestellt, dass ich mein Schwert neben der Quelle vergessen hatte. Ich hatte es dort abgelegt, um beide Hände für die Trinkwasserbehälter freizuhaben.

Als ich daraufhin eine Bemerkung über meinen Verlust machte, rief George aus, der nahe daneben stand, dass er hinrennen würde, und in einem Moment war er verschwunden, neugierig darauf, die Quelle zu sehen.

In diesem Moment kam der Bootsmann und rief nach George. Ich sage ihn, dass er zur Quelle hingerannt ist, um mir mein Schwert zu bringen.

Der Bootsmann stampfte mit dem Fuß auf und stieß einen lauten Fluch aus. Er sagte uns, dass er den Burschen den ganzen Tag über bei sich behalten hatte, weil er ihn von allen Gefahren weghalten wollte, die in den Bäumen lauern könnten und auch den Wunsch des Jungen kannte, sich dorthin zu wagen.

Daraufhin, weil das etwas war, was ich hätte wissen sollen, machte ich mir selbst Vorwürfe wegen meiner so großen Dummheit. Ich hastete dem hinterherlaufenden Bootsmann nach, der bereits losgerannt und schon über die Oberseite des Hangs hinweg war.

Ich sah seinen Rücken, als er zwischen den Bäumen verschwand und rannte, bis ich gleichauf mit ihm war, denn plötzlich hatte ich das Gefühl von einer kühlen Nässe, die zwischen die Bäume schlich, obwohl der Ort vor Kurzem noch voll von der Wärme der Sonne war. Das schrieb ich aber dem Abend zu, der Stück für Stück herannahte; man muss auch bedenken, dass es hier nur uns beide gab.

Wir kamen an die Quelle, aber von George war nichts zu sehen, und es gab auch kein Anzeichen von meinem Schwert.

Daraufhin erhob der Bootsmann seine Stimme und rief laut den Namen des Burschen. Er rief einmal und dann noch einmal.

Dann, beim zweiten Schrei, hörten wir das schrille 'Hallo' des Jungen aus einer gewissen Entfernung zwischen den Bäumen. Wir hasteten diesem Ruf entgegen und sanken dabei tief in den Boden ein, der überall von einem dicken Schlamm bedeckt war und die Füße beim Laufen verschmierte.

Als wir rannten, machten uns gleichzeitig bemerkbar und kamen so zu dem Jungen. Ich sah, dass er mein Schwert hatte.

Der Bootsmann eilte ihm entgegen. Er packte ihn am Arm und befahl ihm mit verärgerter Stimme, sofort mit uns zum Schiff zu kommen.

Aber der Bursche, statt zu antworten, zeigte mit dem Schwert auf etwas, das ein Vogel vor dem Stamm eines Baums zu sein schien.

Ich stelle beim Näherkommen fest, dass es ein Teil des Baums war, und kein Vogel, aber es hatte eine wundersame Ähnlichkeit mit einem Vogel, so sehr, dass ich hinging, um nachzusehen, ob meine Augen mich nicht betrogen hatten.

Es schien aber doch nicht mehr als eine Laune der Natur zu sein, jedoch höchst wundersam in seiner Ähnlichkeit und dennoch nur eine Wucherung auf dem Stamm.

Es war aber außer meiner Reichweite, sodass ich es dabei belassen musste.

Dennoch hatte ich eine Sache entdeckt, denn als ich mich nach diesem Auswuchs streckte, hatte ich eine Hand auf den Baum gelegt, und sein Stamm war weich wie Brei unter meinen Fingern, fast so wie ein Pilz.

Als wir uns umdrehten, um zu gehen, fragte der Bootsmann George nach dem Grund, warum er weiter hinter die Quelle gegangen war. George sagte ihm, dass es ihm so erschien, dass ihn jemand zwischen den Bäumen gerufen hatte. Es wäre so viel Schmerz in der Stimme gewesen, dass er ihr entgegengerannt ist, den Besitzer der Stimme aber nicht entdecken konnte.

Direkt danach hatte er die seltsame, vogelähnliche Wucherung auf dem Baum in der Nähe gesehen. Dann hatten wir gerufen, und den Rest der Geschichte kannten wir.

Wir waren auf dem Rückweg wieder in die Nähe der Quelle gekommen, als ein plötzliches, leises Winseln durch die Bäume zu kommen schien.

Ich schaute nach oben zum Himmel und erkannte, dass der Abend gekommen war. Ich wollte das gegenüber dem Bootsmann erwähnen, als er abrupt stehen blieb und sich vorwärts beugte und in die Schatten zu unserer Rechten starrte.

Daraufhin drehten sich auch George und ich herum, um zu erkennen, was es war, das die Aufmerksamkeit des Bootsmanns angezogen hatte.

Wir erkannten einen Baum, der etwa zwanzig Yard entfernt war und alle seine Äste um seinen Stamm gewickelt hatte, wie etwa die Schnüre einer Peitsche, die um den Schaft gebunden sind.

Das war ein sehr seltsamer Anblick für uns, und wir bewegten uns alle dorthin, um den Grund für eine so außergewöhnliche Sache herauszufinden.

Als wir jedoch dicht herangekommen waren, hatten wir keine Vorstellung davon, auf was das hindeuten könnte. Wir gingen alle um den Stamm herum und waren noch mehr verwundert als zuvor, nachdem wir diese große Pflanze umrundet hatten.

Plötzlich und aus der Ferne kommend, vernahm ich das von weit herkommende Jammern, das vor Einbruch der Nacht kommt, und plötzlich – so schien es mir – jammerte uns der Baum zu.

Ich war daraufhin sehr erstaunt und erschreckt. Obwohl ich mich zurückzog, konnte ich meinen Blick nicht von dem Baum lassen, sondern schaute ihn noch intensiver an. Plötzlich sah ich ein braunes, menschliches Gesicht, das uns zwischen den gewundenen Ästen hindurch anstarrte.

Ich stand jetzt sehr still da, ergriffen von Furcht, die einen für einen kurzen Moment bewegungslos macht. Dann, noch bevor ich wieder Herr meiner selbst wurde, sah ich, dass es ein Stück von dem Baumstamm war. Ich konnte nicht sagen, wo es endete und wo der Stamm anfing. Ich packte daraufhin den Bootsmann beim Arm und zeigte darauf. Ob es ein Teil des Baums war oder nicht, es war in jedem Fall ein Werk des Teufels.

Als es der Bootsmann sah, rannte er sofort so nahe an den Baum heran, dass er ihn mit seiner Hand hätte berühren können, und ich fand mich plötzlich neben ihm.

George, der auf der anderen Seite des Bootsmanns stand, flüstere, dass da noch ein Gesicht wäre, dem einer Frau nicht unähnlich.

In der Tat, sobald ich es wahrgenommen hatte, sah ich, dass der Baum eine zweite Wucherung hatte, sehr seltsam wie das Gesicht einer Frau aussehend.

Jetzt stieß der Bootsmann einen Fluch aus, wegen der Seltsamkeit dieser Sache, und ich fühlte, dass sein Arm, den ich hielt, etwas zitterte, so als käme das von einer tiefen Empfindung.

Dann, aus der Ferne, hörte ich wieder den Klang des Jammerns, und sofort kam aus den Bäumen heraus ein antwortendes Jammern und ein großes Schluchzen.

Noch bevor ich Zeit gehabt hatte, mir dieser Dinge bewusst zu werden, jammerte der Baum uns wieder entgegen.

Daraufhin rief der Bootsmann plötzlich aus, dass er es jetzt wusste, obwohl ich da keine Ahnung hatte, was es war, das er *wusste*.

Sofort hieb er mit seinem Entermesser auf den Baum vor uns ein und rief zu Gott, ihn zu zerstören. Und tatsächlich! – als er mit voller Kraft zuschlug, passierte eine furchterregende Sache, denn der Baum blutete wie eine lebende Kreatur.

Danach kam ein großes Jaulen von ihm, und er begann sich zu krümmen. Und dann, ganz plötzlich, wurde mir bewusst, dass alle Bäume um uns herum zitterten.

Dann rief George etwas laut heraus und rannte herum auf meine Seite neben dem Bootsmann. Ich sah, dass ihm eine dieser großen krautkopfähnlichen Dinger auf den Fersen war, wie eine üble Schlange.

Es sah schrecklich aus, denn es hatte eine blutrote Farbe angenommen. Ich zerschlug es mit dem Schwert, das ich mir von dem Burschen genommen hatte, und es blieb liegen.

Ich konnte sie jetzt von der Brigg aus rufen hören. Die Bäume waren zu lebenden Wesen geworden und es erschien ein starkes Knurren in der Luft, wie auch das scheußliche Posaunen.

Ich packte den Bootsmann beim Arm und sagte ihm zu, dass wir um unser Leben rennen mussten. Wir taten dies und schlugen mit unseren Waffen zu, denn da kamen aus der zunehmenden Dunkelheit heraus diese Wesen auf uns zu.

Wir schafften es zur Brigg und die Boote waren bereit. George und kletterten dem Bootsmann in seines hinterher. Sofort machten uns auf zum 'Bach', und alle von uns zogen mit so viel Hast an den Rudern, wie es unsere Ladung erlaubte.

Als wir fuhren, schauten wir zurück zur Brigg, und ich glaubte, eine Vielzahl von diesen Wesen zu sehen, oberhalb des Uferrands von ihr, und es schien auch ein Flackern von diesen Dingern zu geben, die an Bord hin und her rannten.

Und dann waren wir in dem großen Bach, aus dem wir gekommen waren, und nach kurzer Zeit war es Nacht geworden. Wir ruderten die ganze Nacht hindurch, immer genau in dessen Mitte, und überall um uns herum erklang das starke Knurren noch furchterregender, als ich es zuvor empfunden hatte, bis es mir so schien, dass wir das ganze Land des Schreckens aufgeweckt und von unserer Anwesenheit in Kenntnis gesetzt hatten.

Als aber der Morgen kam, hatten wir so eine gute Geschwindigkeit gehabt, wegen unserer Angst und durch die Strömung, die uns half, dass wir uns schon nahe der offenen See befanden. Hieraufhin stieß jeder von uns einen Schrei aus, und wir fühlten uns wie befreite Gefangene.

Und so, voller Dank dem Allmächtigen gegenüber, ruderten wir hinaus aufs Meer.

V. DER GROSSE STURM

Nun, wie ich schon sagte, kamen wir schließlich in die Sicherheit der offenen See und hatten für eine Weile einigermaßen unseren Frieden. Doch es dauerte noch einige Zeit, bis wir all diesen Schrecken von uns abschütteln konnten, den das Land der Einsamkeit in unsere Herzen gebracht hatte.

Und dann denke ich noch eine Sache, was dieses Land anbetrifft.

Man wird sich daran erinnern, dass George einige Tüten gefunden hatte, wo etwas draufgeschrieben worden war. In der Eile unserer Abreise hatten wir nicht daran gedacht, sie mitzunehmen, aber ein Stück davon hatte George noch gefunden.

Das Geschriebene lautete etwa so:

'Aber ich höre die jammernde Stimme meines Geliebten in der Nacht, ich muss ihn finden, denn ich kann meine Einsamkeit nicht mehr aushalten. Gott, habe Mitleid mit mir!'

Und das war alles.

Für einen Tag und eine Nacht blieben wir vom Land weg und fuhren Richtung Norden. Wir hatten eine ständige Brise, sodass wir unsere Luggersegel setzten und gut vorankamen. Die See war ruhig, mit einem langsamen und schwerfälligen Seegang aus südlicher Richtung.

Es war am Morgen des zweiten Tages nach unserer Flucht, als wir den Beginn unseres Abenteuers in der Stillen See erlebten, das ich jetzt so genau wie möglich wiedergeben will.

Die Nacht war ruhig, mit einer stetigen Brise, fast bis die Dämmerung hereinbrach, als der Wind gänzlich verschwand. Wir lagen da und warteten; vielleicht würde die Sonne etwas Wind zurückbringen.

Und das war auch der Fall, aber kein solcher Wind, wie wir ihn uns gewünscht hatten, denn als der Morgen zu uns kam, stellten wir alle fest, dass ein Teil des Himmels von einem flammenden Rot bedeckt war, das sich sofort in Richtung Süden verteilte. Ein ganzes Viertel des Himmels, wie es uns schien, wurde zu einem mächtigen Bogen aus blutfarbenem Feuer.

Beim Anblick dieser Vorzeichen gab der Bootsmann den Befehl, die Boote für einen Sturm vorzubereiten, den wir erwarten mussten. Wir schauten in Richtung Süden, denn wir sahen, dass der Seegang aus dieser Richtung auf uns zurollte.

Aus diesem Grund holten wir so viel schweres Segeltuch heraus, wie sich in den Booten befand, denn wir hatten einiges aus dem Bootsrumpf im Bach mitgenommen, wie auch die Bootsabdeckungen, die wir an den Messing-Belegnägeln an den Dollborden festmachen konnten.

Dann brachten wir in beiden Booten den 'Walrücken' [konvex geformte, feste Decksabdeckung] an, der oben auf den Ruderbänken gelagert wurde, und auch deren Halterungen, die wir an den Ruderbänken unterhalb der Knie befestigten.

Wir legten zwei sich überlappende Bahnen von kräftigem Segeltuch in voller Länge über den Walrücken, die wir dann auf diesem festnageln und an beiden Seiten der Dollborde überhängen lassen konnten, sodass sie ein Dach für uns bilden.

Einige von uns strafften das Segeltuch und nagelten die unteren Enden an die Dollborde, andere waren damit beschäftigt, die Ruder und den Mast zusammenzubinden. Um dieses Bündel herum, das uns als Seeanker* dienen sollte, wurde eine große Länge eines starken Seils befestigt, das wir zusammen mit dem Segeltuch aus dem Bootsrumpf mitgenommen hatten.

[* vor oder hinter dem Schiff auf dem Wasser treibendes Hindernis, um es zu stabilisieren]

Dieses Seil wurde dann über den Bug geführt, in den Haltering hinein und von dort zur vordersten Ruderbank, wo es festgebunden wurde. Wir achteten darauf, es mit einigen Streifen von Segeltuch zu umwickeln, wegen der Gefahr des Durchscheuerns.

Das wurde auf beiden Booten gleichermaßen gemacht, denn wir konnten unseren Halteleinen nicht trauen, die auch nicht die ausreichende Länge hatten, um ein sicheres Treiben des Bündels im Meer zu garantieren.

Zu dieser Zeit hatten wir das Segeltuch an den Dollborden rund ums Boot festgenagelt, und danach breiteten wir die Bootsabdeckung darüber aus, die wir an den Messing-Belegnägeln unterhalb des Dollbords befestigten.

Somit hatten wir das gesamte Boot abgedeckt, bis auf einen kleinen Platz am Heck, wo ein Mann stand, um das Steuerruder zu führen, denn die Boote hatten einen Doppel-Bug [gleiche spitzte Form vorne und hinten].

Dann trafen wir in beiden Booten die Vorbereitungen, um alle beweglichen Sachen festzuzurren.

Wir machten uns bereit, einem so großen Sturm zu begegnen, der das Herz mit Schrecken füllt, denn der Himmel rief uns zu, dass es kein leichter Wind sein würde. Dazu kam, dass der große Wellengang aus dem Süden mit jeder Stunde stärker anschwoll.

Noch gab es keine bösartigen Auswirkungen und die Oberfläche war ruhig und glatt und schwarz vor der Rötung des Himmels.

Wir waren nun breit und warfen das Bündel aus Rudern und Mast ins Meer, um uns als Seeanker zu dienen.

So lagen wir nun da und warteten.

In diesem Moment rief der Bootsmann einige Anweisungen zu Josh herüber, die sich auf die Dinge bezogen, die vor uns lagen. Danach brachten die beiden die Boote etwas mehr auseinander, denn es bestand die Gefahr, dass sie beim ersten Wüten des Sturms aufeinander krachen.

Und so kam die Zeit des Wartens, während Josh und der Bootsmann jeder am Ruder waren und der Rest von uns unter den schützenden Abdeckungen.

Von der Stelle aus, wo ich neben dem Bootsmann kauerte, konnte ich Josh an der Steuerbordseite sehen. Er stand da wie eine nächtliche Gestalt gegen das mächtige Rot, als das Boot auf die schaumlose Spitze der Welle gehoben wurde und dann in den Vertiefungen dazwischen aus den Augen verschwand.

Die Mittagszeit war gekommen und wieder gegangen. Wir wechselten uns dabei ab, ein so reichliches Mahl zu uns zu nehmen, wie es der Appetit erlaubte. Wir hatten keine Ahnung, wie lange es dauern würde, bis wir erneut die Gelegenheit dazu hatten, falls wir überhaupt so weit gedacht hatten.

Und dann, im mittleren Teil des Nachmittags, hörten wir das erste Heulen des Sturms – ein weit entferntes Stöhnen, das sich fast feierlich erhob und wieder abfiel.

Plötzlich wurde der südliche Teil des Horizonts für etwa sieben bis zehn Grad von einer großen schwarzen Wolke verborgen, über die der rote Schimmer auf die riesigen Wellen herunterkam, wie das Licht von einem riesigen und verdeckten Feuer.

Es war ungefähr zu dieser Zeit, als ich beobachtet hatte, dass die Sonne das Aussehen von einem großen Vollmond hatte, klar und deutlich umrissen und keine Wärme oder Brillanz zu haben schien. Und das, so kann man sich denken, erschien mir höchst seltsam und umso mehr wegen der Röte im Süden und Osten.

All das passierte, während sich der Wellengang ganz gewaltig verstärkte, jedoch ohne eine zu unruhige Wasseroberfläche zu erzeugen. Dennoch sagte uns das deutlich, dass wir es richtig gemacht hatten, so viele Vorsichtsmaßnahmen getroffen zu haben, denn die Wellen werden mit Sicherheit durch den großen Sturm aufgetürmt.

Kurz vor dem Abend kam das Stöhnen wieder und dann ein Moment der Stille. Danach erhob sich ein plötzliches Brüllen wie von wilden Tieren, und dann kam wieder die Stille.

Etwa zu dieser Zeit erhob ich meinen Kopf über die Abdeckung und stand dann auf, da der Bootsmann nichts dagegen hatte. Bis jetzt hatte ich nur gelegentlich ein paar kurze Blicke hinausgeworfen, und ich war froh, die

Gelegenheit zu haben, meine Glieder ausstrecken zu können, denn sie waren mittlerweile sehr verkrampft.

Nachdem ich meinen Blutkreislauf in Bewegung gebracht hatte, setzte ich mich wieder hin, aber in solch einer Position, dass ich jeden Teil des Horizonts ohne Schwierigkeiten überblicken konnte.

Vor uns, das heißt, gegen Süden, sah ich nun, dass die große Wolkenwand um einige Grad mehr angewachsen war.

Die rötliche Färbung hatte nachgelassen, aber was davon noch übrig war, flößte noch immer große Furcht ein, denn sie umgab den Rand der Wolkenwand wie roter Schaum. Es erschien so, als würde sich die mächtige See bereit machen, die Welt zu zertrümmern.

Richtung Westen versank die Sonne hinter einem seltsamen, rot gefärbten Nebel, was ihr die Erscheinung einer trüben roten Scheibe gab. Im Norden, hoch am Himmel, gab es einige Wolkentupfer in einer hübschen rosa Färbung, die bewegungslos verharrten.

Hier möchte ich bemerken, dass uns die ganze See im Norden wie ein einziger Ozean aus einem matten roten Feuer erschien, obwohl die aus dem Süden kommenden Wellen außergewöhnlich große Hügel der Dunkelheit vor dieses Licht schoben, wie es zu erwarten war.

Gerade als ich diese Beobachtungen machte, hörten wir wieder das entfernte Dröhnen des Sturms, und ich weiß nicht, wie ich dieses außerordentliche Grauen vermitteln kann. Es war so, als würde ein mächtiges Tier weit unten im Süden brummen, und es schien mir sehr deutlich zu machen, dass wir nur in zwei kleinen Booten waren, an einem sehr einsamen Ort.

Während sich das Brummen fortsetzte, sah ich ein plötzlich aufflackerndes Licht, das vom Rand des südlichen Horizonts zu kommen schien. Es ähnelte irgendwie einem Blitz, aber es verschwand nicht sofort, wie es bei einem Blitz der Fall ist.

Was noch hinzukam und wie ich es noch nie beobachten konnte, kam er von der See herauf und nicht vom Himmel herunter. Ich hatte aber kaum Zweifel, dass es eine Art von Blitz war, denn so kam es noch viele Male danach, sodass ich es genau betrachten konnte.

Und immer wieder, während ich das beobachtete, schrie uns der Sturm in einer höchst furchterregenden Art entgegen.

Dann, als die Sonne auf den Horizont herunterging, kam ein äußerst schrilles, schreiendes Geräusch an unsere Ohren, sehr durchdringend und besorgniserregend.

Direkt danach rief der Bootsmann mit einer heiseren Stimme etwas aus und begann mit aller Macht das Steuerruder zu bewegen.

Ich sah, wie er auf einen festen Punkt an unserer Backbordseite starrte und bemerkte, dass die See in dieser Richtung überall in riesige Wolken von feinstem Schaum aufgewirbelt wurde. Da wusste ich, der Sturm kam über uns.

Direkt danach traf uns eine kalte Druckwelle, die aber bei uns keinen Schaden anrichtete, denn der Bootsmann hatte beide Boote dorthin ausrichten lassen.

Der Wind zog an uns vorbei und es kam ein Moment der Ruhe.

Bald war aber die Luft über uns von einem fortwährenden Brummen erfüllt, so laut und stark, dass es mich fast taub machte.

Auf der Windseite bemerkte ich eine riesige Wand von Spritzwasser, die auf uns herunterkam, und ich hörte wieder das schrille Schreien, welches das Brummen durchdrang.

Dann warf der Bootsmann das Steuerruder unter die Abdeckung, reichte nach vorne und zog sie nach hinten, sodass sie jetzt das gesamte Boot bedeckte.

Er hielt sie an der Steuerbordseite gegen das Dollbord nach unten und schrie mir ins Ohr, das Gleiche auf der Backbordseite zu machen.

Ohne diese Voraussicht des Bootsmanns wären wir alle tote Männer gewesen. Das kann man umso mehr glauben, wenn ich sage, dass wir es fühlten, wie das Wasser auf die festen Planen herunterkam, Tonnen um Tonnen, und zu Spritzern verteilt wurde, die nicht mehr die Kraft hatten, uns zu versenken oder zu zerschmettern.

Ich sagte 'fühlten', denn ich will es so deutlich sagen, wie ich es kann, dass das Brüllen und Schreien der Elemente zu stark war, um irgendein anderes Geräusch zu uns kommen zu lassen, nein!, nicht einmal den Schlag von einem mächtigen Donner.

Für einen Zeitraum von vielleicht einer ganzen Minute zitterte und schüttelte sich das Boot in höchst scheußlicher Weise, sodass es schien, es würde es in Stücke gerissen, und an einem Dutzend von Stellen zwischen dem Dollbord und der schützenden Plane spritze das Wasser auf uns.

Und dann gab es da noch eine andere Sache, die ich erwähnen möchte:

Während dieser Minute hatte das Boot aufgehört, sich auf dem großen Wellengang zu heben und zu senken. Ob das so war, weil die See durch den ersten Ansturm des Windes geglättet wurde oder ob der Druck des Sturms es stabilisierte, kann ich nicht sagen. Ich kann nur von dem berichten, was ich gefühlt hatte.

Nach kurzer Zeit, als das erste Wüten des Sturms verflogen war, begann das Boot von Seite zu Seite zu schwingen, als würde es der Wind einmal auf die eine und dann auf die andere blasen.

Mehrere Male wurden wir schwer von Schlägen des Wassers getroffen. Das hörte aber sofort wieder auf und wir kehrten zum Auf und Ab der Wellen zurück, nur dass wir jetzt immer einen grauenhaften Ruck spürten, jedes Mal, wenn das Boot auf die Spitze der Wellen kam.

So verging einige Zeit.

Gegen Mitternacht, wie ich es einschätzen würde, kamen mächtige Flammenblitze, so hell, dass sie das Boot durch das doppelt aufgelegte Segeltuch hindurch erhellten. Dennoch hörte keiner von uns irgendetwas von einem Donnern – das Brummen des Sturms machte alles andere unhörbar.

Und so, gegen Morgendämmerung, nachdem wir herausgefunden hatten, dass wir dank der Gnade Gottes noch am Leben waren, konnten wir etwas essen und trinken, wonach wir schliefen.

Da wir durch den Stress der vergangenen Nacht völlig ausgelaugt waren, schlummerte ich durch viele Stunden des Sturms hindurch und wachte irgendwann zwischen Nachmittag und Abend auf.

Über mir, als ich hochsah, zeigte die Plane ihre matte, bleifarbene Farbe, die immer wieder durch Spritzer und Wasser völlig verdunkelt wurde.

Und jetzt, nachdem ich wieder etwas gegessen und das Gefühl hatte, dass alles in den Händen des Allmächtigen lag, fiel ich wieder in den Schlaf.

Zweimal in der darauffolgenden Nacht wurde ich geweckt, als das Boot auf seine beiden Rumpfseiten geworfen wurde, aber es richtete sich problemlos wieder aus und nahm kaum Wasser auf. Die Abdeckungen erwiesen sich dabei als ein richtiges Sicherheitsdach.

Und so kam wieder der Morgen.

Da ich nun ausgeruht war, krabbelte ich nach hinten, wo der Bootsmann lag.

Während der Wind heulte, rief ich laut in sein Ohr, um zu erfahren, ob der Wind ein wenig nachgelassen hatte. Daraufhin nickte er. Es fühlte die große Freude, die in mich kam, und aß soviel an Nahrung, wie ich bekommen konnte, was ich mir gut schmecken ließ.

Am Nachmittag kam plötzlich die Sonne heraus und schickte ein sehr düsteres Licht durch die nassen Planen hindurch, aber es war ein höchst willkommenes Licht und ließ die Hoffnung in uns aufkeimen, dass der Sturm bald abflauen würde.

Kurz danach verschwand die Sonne, aber sofort kam sie wieder.

Der Bootsmann forderte mich auf, ihm zur Hand zu gehen, und wir entfernten die provisorisch eingeschlagenen Nägel, die wir dazu benutzt hatten, das Segeltuch zu befestigen.

Wir schoben die Abdeckung ein wenig zur Seite, weit genug, um unseren Köpfen zu erlauben, dadurch hinaus ins Tageslicht zu gehen.

Als ich hinaussah, sah ich den ganzen Sprühnebel, der so fein verteilt war wie Staub, und dann, bevor ich noch etwas anderes bemerken konnte, traf mich ein kleiner Schwall vom Wasser im Gesicht, mit solcher Wucht, dass es mir den Atem nahm. Daraufhin musste ich mich für eine Weile wieder unter die Abdeckung begeben.

Sobald ich mich erholt hatte, steckte ich wieder meinen Kopf heraus, und nun bekam ich einen Blick auf den Schrecken um uns herum.

Jedes Mal, wenn eine große Welle auf uns zukam, schoss das Boot hoch, um sie zu treffen, ganz oben an ihrer Spitze. Dort erschien es uns für einige Augenblicke so, als würden wir von einem Ozean aus Schaum überschwemmt, der an jeder Seite des Boots bis zu einer Höhe von vielen Fuß brodelte.

Als dann die See unter uns verschwand, fielen wir taumelnd zurück auf den die großen, schwarzen schaumbekleckerten Rücken der Welle, bis uns die herankommende See mit Wucht auffing.

Manchmal schleuderte uns der Wellenkamm nach vorne, noch bevor wir die Oberseite erreicht hatten. Dann schoss das Boot wie eine richtige Feder nach oben, obwohl das Wasser direkt über uns herumwirbelte.

Wir mussten dann sehr schnell unsere Köpfe einziehen. Dabei schlug der Wind die Abdeckung nach unten, sobald wir unsere Hände von ihr weggenommen hatten.

Abgesehen davon, was die See mit dem Boot machte, lag das Gefühl des Grauens in der Luft – das fortwährende Tosen und Heulen des Sturms, das *Schreien* der Gischt, als die schaumbedeckten Gipfel der salzigen Wasserberge über uns hinweggeschleudert wurden.

Und auch der Wind, der den Atem aus unseren schwachen menschlichen Kehlen herausholte, ist etwas, das man kaum begreifen kann.

Sofort zogen wir wieder unsere Köpfe ein, denn die Sonne war wieder verschwunden. Wir nagelten die Planen erneut fest und bereiteten uns so auf die Nacht vor.

Von diesem Zeitpunkt an bis zum Morgen habe ich wenig Kenntnis von den Ereignissen, da ich fast durchweg schlief.

Und was den Rest anbelangt, erfuhr man wenig, so eingepfercht unter der Plane, wie wir es waren.

Nichts außer dem endlosen, donnernden Sturzflug des Bootes in die Tiefe und dann der Halt und das Schleudern in die Höhe und das gelegentliche Kippen auf die Seite und das erneute Aufrichten, ausgelöst – wie ich nur vermuten kann – durch die blindwütige Kraft der See.

Ich möchte an dieser Stelle erwähnen, dass ich die ganze Zeit über wenig an die Gefahren für das andere Boot gedacht hatte. In der Tat hatten wir so viel von unseren eigenen Problemen, dass man sich nicht darüber wundern muss.

Wie es sich jedoch später herausstellte, und es ist hier eine besonders geeignete Stelle, wo das gesagt werden kann, kam das Boot mit Josh und dem Rest der Mannschaft sicher durch den Sturm.

Es dauerte jedoch noch viele Jahre, bis ich das große Glück hatte, es von Josh selbst zu erfahren, dass er nach dem Sturm von einem heimwärts fahrenden Schiff aufgelesen wurde und im Hafen von London landete.

Und nun zu unseren eigenen Geschehnissen.

VI. DAS VOM SEEGRAS VERSTOPFTE MEER

Es war kurz vor der Mittagsstunde, als uns bewusst wurde, dass das Wüten der See abgenommen hatte, trotz des Windes, der immer noch mit kaum nachlassendem Getöse brüllte.

Bald aber war alles um das Boot herum etwas ruhiger geworden, ausgenommen der Wind, aber es kamen keine großen Brecher mehr über das zum Schutz angebrachte Segeltuch.

Der Bootsmann trug mir auf, ihm dabei zu helfen, einen Teil der Abdeckungen nach hinten zu ziehen. Wir taten dies, steckten unsere Köpfe heraus und suchten nach dem Grund für die unerwartete Beruhigung der See.

Wir wussten auch nicht, warum wir plötzlich auf die Windschattenseite eines unbekannten Landstrichs gekommen waren. Für einige Zeit konnten wir jedoch nichts hinter den Brandungswellen erkennen, denn die See rührte sich immer noch, was aber kein Grund mehr war, sich Sorgen zu machen, besonders nach dem, was wir mitgemacht hatten.

Plötzlich sah der Bootsmann etwas, als er sich aufgerichtet hatte. Er beugte sich herunter und schrie mir ins Ohr, dass es dort einen niedrigen Damm gab, der die Kraft der See brach, aber er wunderte sich sehr, wie wir darüber hinweggekommen sind, ohne Schiffbruch zu erleiden.

Während er über diese Sache nachdachte, stand ich auf und schaute mich nach allen Seiten um. Ich entdeckte, dass noch ein anderer großer Damm auf unserer Backbordseite lag und machte ihn darauf aufmerksam.

Direkt danach stießen wir auf einen gewaltigen Haufen von Seetang, der auf der Oberfläche des Wassers trieb und kurz danach auf einen weiteren.

So fuhren wir weiter und der Wellengang beruhigte sich weiter mit erstaunlicher Geschwindigkeit.

Kurz danach konnten wir die Abdeckung bis zur mittleren Ruderbank zurückziehen, denn auch die anderen Männer brauchten dringend frische Luft, nach so einer langen Zeit unter den Planen.

Nachdem wir etwas gegessen hatten, stellte einer von uns fest, dass es da einen weiteren Damm achteraus gab, auf den wir zutrieben. Daraufhin stand der Bootsmann auf und schaute sich das an. Er überlegte angestrengt, wie wir sicher davon wegkommen könnten.

Plötzlich waren wir aber so nahe dran herangekommen, und konnten feststellen, dass er nur aus Seetang bestand.

Wir ließen das Boot darauf zutreiben und zweifelten nun nicht mehr daran, dass all die anderen Dämme, die wir gesehen hatten, wie auch das vermutete Land, ähnlicher Natur waren.

Bald waren wir ganz in den Seetang hineingetrieben, aber trotz unserer stark verminderten Geschwindigkeit kamen wir gut voran und auf die andere Seite. Hier stellten wir fest, dass die See nahezu ruhig war, sodass der Seeanker hereingeholt werden konnte – der eine große Menge Seetang um sich aufgesammelt hatte – und wir entfernten den Walrücken und die Abdeckungen.

Danach richteten wir den Mast auf und brachten ein winziges Sturm-Vorsegel an. Wir wollten das Boot unter Kontrolle haben, konnten aber nicht mehr Segel setzen wegen der immer noch heftig wehenden Brise.

So trieben wir vor dem Wind. Der Bootsmann steuerte und vermied all diese Dämme, die sich vor dem Boot zeigten. Die See wurde dabei immer ruhiger.

Dann, als wir nahe am Abend waren, entdeckten wir eine riesige Ausdehnung dieses Seetangs, der die gesamte See vor uns zu blockieren schien. Wir holten deshalb das Vorsegel herunter und nahmen die Ruder.

Wir fuhren mit der Breitseite daran entlang, in Richtung Westen. Doch die Brise war immer noch so stark, dass wir immer wieder darauf zutrieben.

Und dann, gerade bevor Sonnenuntergang, kamen wir ans Ende. Wir zogen unsere Ruder ein, waren dankbar, wieder das kleine Vorsegel setzen zu können, und fuhren vor dem Wind liegend davon.

Und so kam urplötzlich die Nacht auf uns herunter. Der Bootsmann teilte uns ein, um abwechselnd Ausschau zu halten, denn das Boot fuhr doch mit einigen Knoten Geschwindigkeit durch das Wasser und wir waren in unbekanntem Gewässer. Er selbst schlief die ganze Nacht nicht und bediente immer das Ruder.

In meiner Erinnerung, was die Zeit dieser Beobachtungen anbelangt, sind wir an eigenartigen schwimmenden Massen vorbeigefahren, die für mich ohne Zweifel aus Seegras bestanden. Einmal sind wir direkt drauf zugefahren, sind aber problemlos weggekommen.

Die ganze Zeit über konnte ich durch das Dunkel an der Steuerbordseite hindurch wieder die düsteren Umrisse einer enormen Ausdehnung in dieser Seegraswelt sehen, die auf der Oberfläche der See schwamm und endlos zu sein schien. Da jetzt die Zeit meiner Wache zu Ende ging, legte ich mich wieder schlafen. Als ich wieder aufwachte, war es Morgen.

An diesem Morgen offenbarte sich mir, dass es immer noch kein Ende dieses Seegrases an unserer Steuerbordseite gab, und es breitete sich in die Entfernung vor uns aus, so weit das Auge reichte. Gleichzeitig war auch das Meer um uns herum voll von schwimmenden Haufen dieses Zeugs.

Plötzlich rief einer der Männer aus, dass da ein Schiff war, inmitten dieses Seegrases.

Wir waren, wie man sich vorstellen kann, sehr aufgeregt und stellten uns auf die Ruderbänke, um eine bessere Sicht zu haben. So konnte ich erkennen, dass es ziemlich weit vom Rand weg drinsteckte und ich bemerkte auch, dass sein Vormast nahe dem Deck abgebrochen war. Es hatte auch keinen Hauptmast mehr, obwohl – seltsamerweise – der Besanmast [hinterer Mast] unbeschädigt war.

Wegen der Entfernung konnte ich dahinter nur wenig erkennen, obwohl die Sonne, die auf seiner Backbordseite schien, einen guten Blick auf den Rumpf ermöglicht hatte. Wegen des Seetangs, in dem es tief drinsteckte, sah ich aber wenig davon. Es erschien mir so, dass seine Seite schon sehr der Witterung ausgesetzt gewesen war. Und da gab es noch ein glitzerndes, braunes Ding, das ein großer Pilz sein konnte, der die Strahlen der Sonne auffing und einen nassen Glanz verbreitete.

Alle standen auf den Ruderbänken, starrten hin, tauschten Meinungen aus und brachten dabei das Boot fast zum Kentern, bis uns der Bootsmann befahl, uns hinzusetzen. Danach machten wir unser Frühstück und unterhielten uns beim Essen viel über das fremde Schiff.

Später, gegen Mittag, waren wir in der Lage, auch unseren Besanmast aufzustellen, denn der Sturm hatte sich stark abgeschwächt. So fuhren wir sofort gegen Westen, um einem großen Damm aus Seegras zu entkommen, der von der Hauptansammlung herauskam.

Als wir diesen umrundet hatten, ließen wir das Boot wieder laufen und setzten unser Haupt-Luggersegel. So kamen wir auf eine gute Geschwindigkeit vor dem Wind.

Obwohl wir den ganzen Nachmittag über parallel zu dem Seegras an Steuerbord fuhren, kamen wir nicht ans Ende. Dreimal zu verschiedenen Zeiten sahen wir die Rümpfe verrottender Schiffe. Einige von ihnen schienen aus einem vorangegangenen Zeitalter zu kommen, so alt kamen sie uns vor.

Gegen Abend fiel der Wind zu einer sehr schwachen Brise zusammen und wir kamen nur noch langsam voran. Das gab uns aber eine bessere Möglichkeit, das Seegras zu studieren. Wir sahen, dass es voller Krabben war, die aber zum größten Teil so winzig waren, dass man sie auf den ersten Blick kaum erkennen konnte.

Sie waren aber nicht alle so klein, denn nach einer Weile entdeckte ich einige schwankende Bewegungen im Gras, etwas vom Rand weg und sah sofort den Kiefer einer sehr großen Krabbe, die sich im dort herumbewegte.

In der Hoffnung, sie als Nahrung verwenden zu können, zeigte ich sie dem Bootsmann und schlug vor, dass wir versuchen sollten, sie zu fangen. Und so, da es in diesem Moment kaum Wind gab, bat er uns, wieder ein paar Ruder herauszuholen und das Boot näher ans Seegras heranzubringen.

Wir taten dies, und er band ein Stück gesalzenes Fleisch an eine Schnur und brachte es an den Bootshaken.

Dann machte er einen Palstek* und lies diesen über den Stiel des Bootshakens gleiten, den er dann wie eine Angel aus dem Boot heraushielt, über der Stelle, wo ich die Krabbe gesehen hatte.

[* Knoten zum Knüpfen einer festen Schlaufe]

Fast sofort kam eine enorme Schere hervorgeschossen und packte das Fleisch. Daraufhin rief mir der Bootsmann zu, ein Ruder zu nehmen und den Palstek weiter vorzuschieben, sodass er über die Schere fallen sollte, was ich tat. Sofort zog einer von uns an der Leine und straffte sie. Der Bootsmann rief uns zu, die Krabbe hereinzuhieven, da wir sie fest in der Schlinge hatten.

Wir hatten aber sofort Grund, uns zu wünschen, dass wir weniger erfolgreich gewesen wären. Die Kreatur, die unser Zerren bemerkte, warf das Seegras in alle Richtungen um sich. Jetzt hatten wir einen freien Blick auf sie und stellten fest, dass es eine riesengroße Krabbe war, wie man sich das kaum vorstellen konnte – ein wahres Monster.

Wir erkannten, dass dieses Tier weder Angst vor uns hatte, noch die Absicht zu fliehen. Im Gegenteil, es wollte uns entgegenkommen, woraufhin der Bootsmann, der die Gefahr erkannte, die Leine durchschnitt und befahl, dass wir uns in die Riemen legen. So waren wir schnell in Sicherheit und sehr entschlossen, uns nicht wieder mit solcherlei Kreaturen anzulegen.

Bald brach die Nacht über uns herein. Da der Wind schwach blieb, gab es überall um uns herum eine große Stille, höchst feierlich nach dem ununterbrochenen Tosen des Sturms, der uns in den vorangegangenen Tagen heimgesucht hatte. Trotzdem kam hin und wieder ein wenig Wind auf, der über die See blies. Dort, wo er auf das Seegras traf, kam ein leises, gedämpftes Rascheln, sodass ich für eine ganze Weile sein Vorüberziehen hören konnte, bis die Stille wieder über uns kam.

Nun war es aber seltsam, dass ich, der inmitten des Krachs der vergangenen Tage geschlafen hatte, bei einer solchen Stille an Schlaflosigkeit litt, aber so war es.

Ich übernahm sofort das Ruder und schlug vor, dass der Rest von uns schlafen sollte. Der Bootsmann stimmte dem zu, warnte mich jedoch sehr nachdrücklich, dass ich mich von dem Seetang fernhalten sollte (denn wir hatten noch eine große Strecke vor uns). Ich sollte ihn auch sofort rufen, wenn etwas Außergewöhnliches passiert. Danach fiel er, wie auch die meisten der Männer in den Schlaf.

Von dem Zeitpunkt an, wo ich den Bootsmann abgelöst hatte, bis Mitternacht, saß ich auf dem Dollbord des Boots mit dem Steuerruder unter meinem Arm.

Ich beobachtete alles und lauschte, höchst erfüllt von einem Gefühl der Merkwürdigkeit dieser See, in die wir geraten waren.

Es stimmt, dass ich Geschichten über Meere gehört hatte, die vom Seegras erstickt wurden – eine See, die zum Stillstand gekommen war und keine Gezeiten kannte. Ich hatte mir aber nicht vorstellen können, dass ich bei meinen Fahrten wirklich auf so etwas stoßen könnte, da ich solche Geschichten als Fantasiegebilde betrachtet hatte, die nichts mit der Wirklichkeit zu tun haben.

Dann, kurz vor der Morgendämmerung, als die See noch voll im Dunklen lag, wurde ich heftig erschreckt, als ich ein unheimliches Platschen mitten im Seegras hörte, vielleicht in einer Entfernung von einigen hundert Yards vom Boot weg.

Und nun, als ich meine Aufmerksamkeit darauf richtete und nicht wusste, was im nächsten Moment passieren würde, kam ein langer, klagender Schrei über die riesige Seegraswelt hinweg zu mir, und dann war es wieder still.

Obwohl ich mich weiterhin ruhig verhielt, kam kein weiteres Geräusch an meine Ohren.

Ich war gerade dabei, mich wieder bequem hinzusetzen, als plötzlich von weit her aus dieser fremdartigen Wildnis eine Feuerflamme aufblitzte.

Nachdem ich inmitten einer solch großen Einsamkeit ein Feuer gesehen hatte, war ich wie versteinert und konnte nichts anderes tun, als hinzustarren.

Als ich dann wieder voll bei Sinnen war, bückte ich mich herunter und weckte den Bootsmann auf, denn ich dachte, dass das eine Sache war, die ihn interessiert. Als dieser dann selbst eine Weile hingesehen hatte, sagte er, dass er den Umriss eines Schiffsrumpfs hinter der Flamme sehen konnte; aber sofort war er im Zweifel, wie es auch bei mir die ganze Zeit über war.

Und dann, während ich wieder hinstarrte, verschwand das Licht. Obwohl wir noch einige Minuten lang gewartet hatten und alles genau beobachteten, kam dieses seltsame Leuchten nicht wieder.

Von nun an bis zum Tagesanbruch blieb der Bootsmann wach und bei mir. Wir sprachen viel über das, was wir gesehen hatten, kamen aber zu keiner zufriedenstellenden Erklärung. Es erschien uns unmöglich, dass ein solch verlassener Platz irgendwelches menschliche Leben in sich haben könnte.

Und dann, gerade als der neue Tag gekommen war, wurde ein neues Wunder sichtbar – der Rumpf eines großen Schiffes, vielleicht zwei oder frei Score*-Klafter hinter dem Rand des Seegrases.

[* score = engl. Einheit für zwanzig – zwanzig Klafter/6 Fuß]

Der Wind war sehr ruhig und schwach und es gab jetzt eine gelegentliche Brise, sodass wir langsam vorbeitrieben. Das Licht der Morgendämmerung hatte sich verstärkt und gab uns nun einen klaren Blick auf das fremde Schiff, bevor wir wieder zu weit weg waren.

Nun sah ich, dass es uns mit seiner vollen Breitseite gegenüberlag. Seine Masten waren kurz über dem Deck abgebrochen und die Seiten an manchen Stellen mit Rost übersät. An anderen überzog es ein grüner Schaum.

Ich blickte nur sehr flüchtig auf diese Dinge, denn ich hatte etwas anderes ausgemacht, was meine ganze Aufmerksamkeit auf sich zog: Große, lederartige Arme breiten sich überall über die Seiten des Schiffs aus, einige davon nach innen über die Reling gebogen. Und dann ganz unten, gerade noch über dem Seegras zu erkennen, sah ich die riesige, braune, glänzende Masse eines so großen Monsters, wie ich es mir nie hätte vorstellen können.

Der Bootsmann sah es im selben Moment und schrie mit heißerer Stimme aus, dass es ein mächtiger Krake sei, und dann, während er rief, züngelten zwei Arme nach oben im kalten Licht des Morgens. Es schien so, als hätte die Kreatur geschlafen und wir hatten sie aufgeweckt.

Er nahm sich ein Ruder und ich tat es ihm gleich. So schnell wie wir es wagen konnten, aus Furcht irgendein unnötiges Geräusch zu machen, brachten wir das Boot in eine sicherere Entfernung.

Wir schauten auf das Schiff, bis es wegen der Entfernung, die wir zwischen uns und ihm brachten, nur noch undeutlich zu sehen war. Wir sahen, wie sich diese riesige Kreatur an den alten Rumpf klammerte, so wie es eine Napfschnecke am Fels machen würde.

Als die Helligkeit des Tages kam, erhoben sich einige der Männer aus ihrem Schlaf und kurz danach aßen wir etwas, was mir, der die ganze Nacht über gewacht hatte, nicht unangenehm war.

Und so segelten wir den Tag hindurch mit einem sehr schwachen Wind auf unserer Backbordseite.

Die ganze Zeit über hielten wir die große Masse des Seegrases an unserer Steuerbordseite. Neben dem Hauptteil des Grases, so wie es sich zeigte, gab es noch eine Unzahl vereinzelter Grasinseln und Grasdämme, die überall herum verstreut waren. Es gab zudem dünne Flecken, die sich knapp über der Wasserlinie befanden, und durch Letztere ließen wir das Boot hindurchsegeln, denn sie hatten nicht genügend Dichte, um unser Fortkommen mehr als nur ein wenig zu behindern.

Und dann, als der größte Teil des Tages vorüber war, sahen wir wieder einen Schiffsrumpf inmitten des Seegrases. Er lag dort vielleicht eine halbe Meile vom Rand weg. Alle drei Masten waren noch an ihrem Platz und die unteren Rahen in Querposition.

Was aber mehr als andere ins Auge stach, waren ihre großen Aufbauten, die von der Deckkante aufragten, fast die halbe Länge zu ihrem Haupt-Marssegel. Dieses, wie wir sehen konnten, wurde von Seilen gehalten, die von den Rahen herunterhingen. Aus welchem Material aber die Aufbauten bestanden, konnte ich nicht erkennen, da sie so von dem grünen Zeug überwuchert waren – so wie auch vieles von dem Rumpf, der sich über dem Seegras befand – dass wir es nicht ergründen konnten.

Wegen dieser Überwucherung hatten wir den Eindruck, dass das Schiff schon von langer Zeit für die Welt verloren gegangen war. Diese Vermutung erweckte in mir ehrfürchtige Gedanken, denn es erschien mir so, dass wir auf den Friedhof der Ozeane gekommen waren.

Kurze Zeit später, nachdem wir an diesem altertümlichen Schiff vorbeigefahren waren, kam die Nacht wieder über uns herunter, und wir bereiteten uns auf das Schlafen vor.

Da das Boot im Wasser so wenig Fahrt machte, gab der Bootsmann die Anweisung, dass jeder von uns seine Zeit am Ruder verbringen und ihn rufen sollte, wenn sich etwas Neues ergeben würde.

Wir begaben uns zur Nachtruhe. Wegen meiner vorausgegangenen Schlaflosigkeit war ich sehr erschöpft, sodass ich nichts mitbekam, bis derjenige, den ich dann ablösen sollte, mich wach schüttelte.

Sobald ich gänzlich wach war, sah ich einen tief stehenden Tagmond, der über dem Horizont hing und ein geisterhaftes Licht über die große Seegraswelt auf unserer Steuerbordseite verströmte.

Ansonsten war die Nacht außergewöhnlich ruhig, sodass ich keinen Laut in der gesamten See vernommen hatte, ausgenommen das Plätschern des Wassers gegen unsere Seiten, als sich das Schiff langsam vorwärts bewegte.

So richtete ich mich ein, die Zeit zu verbringen, bevor ich wieder schlafen durfte. Zunächst hatte ich aber den Mann gefragt, den ich abgelöst hatte, wie viel Zeit seit dem Mondaufgang vergangen war. Er antwortete mir, dass es nicht mehr als eine halbe Stunde her war.

Daraufhin fragte ich ihn, ob er etwas Außergewöhnliches in dem Gras gesehen hatte, während seiner Zeit am Steuerruder. Er hatte aber nichts gesehen, ausgenommen, dass er einmal dachte, ein Licht inmitten dieses Haufens gesehen zu haben. Das hätte jedoch nichts gewesen sein können außer einer Laune der Einbildung.

Ansonsten hatte er ein seltsames Weinen kurz nach Mitternacht gehört und zweimal gab es ein großes Platschen in dem Seegras.

Danach fiel er in den Schlaf, ungeduldig geworden, was meine Fragen anbelangte.

Es hatte sich so ergeben, dass ich meine Wache erst kurz vor der Morgendämmerung begonnen hatte, wofür ich sehr dankbar war, da ich mich in einer geistigen Verfassung befand, die in der die Dunkelheit seltsame und unheilvolle Fantasien zusammenbraut.

Dennoch, obwohl es so kurz davor war, Tag zu werden, konnte ich dem gespenstischen Einfluss dieses Ortes nicht entkommen. Als ich so dasaß und meinem Blick hin und her über diese graue Unendlichkeit schweifen ließ, erschien es mir so, also gäbe es eigenartige Bewegungen im Gras.

Ich schien – undeutlich – düstere weiße Gesichter zu sehen – wie man das vielleicht in einem Traum sieht – die von überall auf mich schauten. Mein gesunder Menschenverstand versicherte mir aber, dass ich lediglich durch ein ungewisses Licht getäuscht worden bin und dem Schlaf in meinen Augen. Dennoch, wegen alle dem zitterten meine Nerven.

Kurz danach drang der Klang eines sehr großen Platschens inmitten des Seegrases an meine Ohren, aber obwohl ich intensiv hinschaute, konnte ich nirgends etwas wahrnehmen, was der Grund dafür gewesen sein konnte.

Und dann, ganz plötzlich, zwischen mir und dem Mond, kam aus diesem großen Haufen eine gewaltige Menge von Seegras heraus, das in alle Richtungen herumgeschleudert wurde.

Es schien mir so, dass es nicht mehr als hundert Klafter entfernt war, und gegen den Mond sah ich deutlich die Umrisse – ein mächtiger Krake. Dann fiel er wieder mit einem gewaltigen Platschen zurück und es kam wieder die Stille. Ich war sehr verängstigt und ziemlich verwirrt, dass so eine monströse Kreatur mit einer solchen Geschicklichkeit springen konnte.

Und dann (in meiner Angst hatte ich das Boot nahe an den Rand des Seegrases herankommen lassen), kam eine kaum merkliche Bewegung gegenüber von unserer Steuerbordseite, und etwas glitt ins Wasser hinein.

Ich schwenkte das Ruder herum, um die Spitze des Boots davon wegzubringen, und mit der gleichen Bewegung lehnte ich mich vor und zur Seite, um mich umzuschauen, und brachte meinen Kopf in die Nähe des Bootsrands. Im selben Moment blickte ich dabei hinunter in ein weißes, dämonisches Gesicht – menschlich, mit Ausnahme des Mundes und der Nase, die stark das Aussehen von einem Schnabel hatten.

Das Ding packte die Seite des Boots mit zwei züngelnden Armen und erfasste die blanke und glatte Außenwand in einer solchen Weise, dass plötzlich in mir die Erinnerung an den großen Kraken zurückkam, der sich an die Seite des Schiffswracks geklammert hatte, an dem wir beim gestrigen Tagesanbruch vorbeigefahren waren.

Ich sah das Gesicht, das zu mir hochkam, und eine deformierte Hand züngelte fast an meiner Kehle. Dann kam ein plötzlicher, widerlicher Gestank in meine Nase – faul und abscheulich.

Als ich wieder zu mir fand, zog mich in großer Hast und mit einem wilden Schrei der Furcht zurück. Ich fasste ich das Steuerruder in der Mitte und schlug mit dem Handgriff über der Seite des Boots, aber das Ding war aus meinem Blick verschwunden.

Ich erinnere mich, wie ich nach dem Bootsmann rief und auch den Männern, um aufzuwachen, und dann hielt mich der Bootsmann an der Schulter fest und rief mir ins Ohr. Er fragte, was da für eine grässliche Sache passiert war.

Daraufhin sagte ich, dass ich das nicht wüsste.

Und dann – etwas ruhiger geworden – berichtete ich allen von dem Ding, das ich gesehen hatte. Aber selbst als ich ihnen davon erzählte, erschien mir keine Wahrheit darin zu stecken, und so waren sie nicht in der Lage gewesen zu wissen, ob ich in den Schlaf gefallen war oder tatsächlich einen Teufel gesehen hatte.

Und schon kam Morgendämmerung zu uns.

VII. DIE INSEL IM SEEGRAS

Wir waren gerade dabei, die Sache mit dem teuflischen Gesicht zu diskutieren, das mich aus dem Wasser heraus angestarrt hatte, als George, der jüngste Auszubildende, die Insel in Licht der herannahenden Morgendämmerung entdeckt hatte.

Als er sie sah, sprang er mit einem so lauten Schrei auf seine Füße, dass wir für einen Moment dachten, er hätte einen zweiten Dämon gesehen. Als auch wir entdeckt hatten, was er wahrgenommen hatte, unterließen wir irgendwelche Vorwürfe wegen seines plötzlichen Aufschreis, denn nach so viel Trostlosigkeit brachte der Anblick von Land ein Gefühl von Wärme in unsere Herzen.

Zunächst erschien die Insel recht klein zu sein, denn wir wussten zu diesem Zeitpunkt nicht, dass wir ihr nur schmaleres Ende betrachtet hatten. Trotzdem legten wir uns in die Riemen und ruderten ihr mit aller Hast entgegen.

Als wir so näher herankamen, waren wir in der Lage zu sehen, dass sie größer war, als wir uns vorgestellt hatten. Direkt nachdem wir am Ende vorbei und an der Seite geblieben waren, die weiter von der großen Masse der Seegraswelt entfernt war, kamen wir in eine Bucht, die sich zu einem sandigen Strand hinbog, höchst verlockend für unsere müden Augen.

Hier hielten wir für eine Minute an, um uns die Sache anzusehen. Ich sah, dass die Insel eine sehr seltsame Form hatte. Auf beiden Seiten gab es große Haufen von schwarzen Felsen und dazwischen fiel sie in ein tiefes Tal ab.

Dort schien es eine große Ansammlung seltsamer Pflanzen zu geben, die wie große Giftpilze aussahen. Näher zum Ufer hin, gab es eine dichte Gruppe von sehr hohem Schilf. Dies war, wie wir später entdeckten, außerordentlich zäh und leicht und hatte etwas von den Eigenschaften des Bambus.

Was den Strand anbelangte, hätte man durchaus annehmen können, dass er dicht mit Algen bedeckt ist, aber dem war nicht so, zumindest nicht zu dieser Zeit, obwohl ein vorstehender Hügel der schwarzen Felsen, der bis in die See hineinging, voll von ihnen war.

Nachdem sich der Bootsmann überzeugt hatte, dass keine Gefahren sichtbar waren, legten wir uns in die Riemen und hatten das Boot alsbald auf den Strand gerudert. Da wir es hier als günstig gelegen empfanden, machten wir unser Frühstück.

Während der Mahlzeit diskutierte der Bootsmann mit uns, was am besten zu tun wäre. Es wurde entschieden, das Boot vom Ufer wegzustoßen und einen Burschen namens Job bei ihm zu lassen, während der Rest von uns die Insel untersuchte.

Und so, nachdem wir unser Essen beendet hatten, machten wir uns an das, was wir beschlossen hatten. Wir ließen Job im Boot, bereit uns ans Ufer entgegenzukommen, wenn wir von irgendeiner wilden Kreatur verfolgt würden. Der Rest von uns begab sich zu dem nahe gelegenen Felshügel, von dem wir hofften, einen guten Überblick über den Rest der Insel zu bekommen, da er einige hundert Fuß aus dem Wasser ragte.

Zuerst überreichte uns der Bootsmann die zwei Entermesser und das Schwert (die anderen beiden Entermesser blieben mit Job im Boot). Er nahm eines davon selbst und übergab mir das Schwert. Das zweite Entermesser gab er dem größten der Männer. Dann bat er die anderen, ihre feststehenden Messer bereitzuhalten.

Er ging voran auf dem Weg, als einer der Männer uns zurief, einen Moment zu warten und dann in das dichte Schilfgras lief. Dort nahm er ein Schilfrohr in beide Hände und bog es, aber es wollte nicht brechen, sodass er es erst mit seinem Messer einschneiden musste.

Nach einer Weile hatte er es durchtrennt. Danach schnitt er den oberen Teil ab, der zu dünn und biegsam für seinen Zweck war. Dann drückte er das Ende seines Messers in das Ende des Stückes, das er behalten hatte, und auf diese Weise konnte er sich eine höchst nützliche Lanze oder einen geeigneten Speer anfertigen.

Das Schilfrohr war sehr stark und hohl wie der Bambus, und als er das Ende, in das er sein Messer gesteckt hatte, mit etwas Schnur umwickelt hatte, damit es nicht reißt, hatte er eine Waffe, die jedem Mann dienlich sein konnte. Der Bootsmann, der die Freude des Burschen über seine Idee bemerkte, forderte den Rest der Männer auf, sich ähnliche Waffen zu machen. Während sie sich daranmachten, lobte er sie in aufmunternder Weise. Und so, kurz danach und komfortabel bewaffnet, begaben wir uns in bester Laune ins Landesinnere in Richtung des näher gelegenen schwarzen Hügels.

Bald waren wir zu den Felsen gekommen, die den Hügel bildeten, der sich sehr steil aus dem Sand erhob. Wir konnten ihn deshalb nicht von der Seeseite aus erklimmen. Der Bootsmann führte uns folglich herum und zu einer Stelle, die auf der Seite des Tals lag.

Dort gab es unter den Füßen weder Sand noch Fels, aber einen seltsamen Untergrund mit schwammiger Beschaffenheit, und plötzlich, als wir einen hervorstehenden Ausläufer der Felsen umrundeten, trafen wir auf den ersten Vertreter der dortigen Vegetation – einen unglaublichen Pilz; nein, ich sollte Giftpilz sagen, denn er hatte kein gesundes Aussehen und verbreitete einen schweren, muffigen Geruch.

Und dann sahen wir auch, dass das Tal voll von ihnen war, oder besser, sie standen in einem riesigen, runden

Fleck, wo nichts anderes zu wachsen schien. Wir waren aber noch nicht hoch genug gestiegen, um den Grund dafür herauszufinden.

Wir kamen dann an einen Platz, wo der Fels durch eine große Zerklüftung gespalten war, die bis zur Spitze ging. Sie bot viele Kanten und bequeme Vorsprünge, an die wir uns klammern konnten und die unseren Füßen Halt boten.

Wir klettern los und halfen uns gegenseitig, so gut wir konnten, bis wir nach etwa zehn Minuten den Gipfel erreichten, von dem aus wir einen guten Ausblick hatten.

Wir sahen hier, dass es auf der Seite gegenüber von dem Schilf einen Strand gab, allerdings unterschiedlich von dem, auf dem wir gelandet waren. Er wurde sehr von den Algen überlagert, die an Land gespült worden waren.

Danach versuchte ich herauszufinden, welche Entfernung es zwischen der Insel und dem Rand der riesigen Seegraswelt gab, und ich schätzte nicht mehr als neunzig Yards. Ich fühlte den Wunsch in mir aufkeimen, dass es mehr gewesen wäre, denn ich hatte sehr viel Furcht vor dem Gras und den seltsamen Dingen, die ich darin vermutete.

Plötzlich klopfte mir der Bootsmann auf die Schulter und zeigte auf etwas, das sich im Schilf befand, nicht mehr als eine halbe Meile von dem Punkt entfernt, an dem wir standen.

Zuerst konnte ich mir nicht denken, was für ein Ding das war, auf das ich starrte, bis der Bootsmann, der meine Verwirrung bemerkte, mir sagte, dass es ein völlig abgedecktes Schiff war, ohne Zweifel als Schutz gegen die Kraken und andere unheimliche Kreaturen im Seegras.

Und dann versuchte ich, den Rumpf inmitten von all diesen abscheulichen Gewächsen zu finden, aber von seinen Masten konnte ich nichts erkennen. Ich zweifelte nicht, dass es von einem Sturm weggetragen wurde und im Seegras stecken geblieben ist. Und dann dachte ich an das Ende derjenigen, die diesen Schutz errichtet hatten, gegen die Schrecken, der mitten in der schleimigen Masse des Seegrases steckte.

Ich wendete meinen Blick wieder auf die Insel, die von dem Punkt, an dem wir standen, sehr deutlich zu überblicken war. Ich schätze ihre Länge, da ich nun soviel davon sehen konnte, auf knapp eine halbe Meile, während ihre Breite etwas unter vierhundert Yards war. Somit war sie lang im Verhältnis zu ihrer Breite. Im mittleren Teil war sie weniger breit als an den Enden, mit vielleicht dreihundert Yards an der engsten und etwa einhundert Yards mehr an der weitesten Stelle.

An beiden Seiten der Insel, wie ich es bereits erwähnt habe, gab es einen Strand, obwohl der sich nicht sehr weit vom Ufer weg ausstreckte. Der Rest bestand aus dem schwarzen Fels, aus dem die Hügel bestanden.

Und jetzt, da ich den Strand an der algenbedeckten Seite besser überblicken konnte, entdeckte ich inmitten des Strandguts, das ans Ufer gespült wurde, einen Teil des unteren Masts und der Marsstege, woran sich noch die Takelage befand, aber die Rahen waren alle weg.

Ich zeigte dem Bootsmann meine Entdeckung und bemerkte, dass sich das als nützlich für ein Feuer herausstellen könnte. Er lächelte mich an und sagte mir, dass die getrockneten Algen für ein ausgiebiges Feuer sorgen würden, ohne die Arbeit den Mast in geeignete Stücke zu zerlegen.

Und nun war es an ihm, meine Aufmerksamkeit auf einen Platz zu richten, wo die riesigen Pilze aufgehört hatten zu wachsen. Im Zentrum des Tals sah ich eine runde Öffnung in der Erde, wie der Mund einer gewaltigen Vertiefung, und es schien so, dass es sie bis auf ein paar Fuß unterhalb der Öffnung mit Wasser gefüllt war, über das sich ein brauner und scheußlicher Schaum ausbreitete.

Nun, wie man annehmen kann, starrte ich mit großem Interesse darauf, denn es hatte das Aussehen, durch menschliche Arbeit entstanden zu sein. Alles war ziemlich symmetrisch; ich konnte aber nicht erkennen, dass ich durch die Entfernung in die Irre geführt worden war und dass sich ein gröberes Erscheinungsbild ergab, wenn man die Dinge aus der Nähe betrachtete.

Als ich so darüber nachdachte, schaute ich herunter auf die kleine Bucht, in der unser Boot schwamm. Job saß im Heck, bewegte leicht das Steuerruder und sah uns zu. Daraufhin winkte ich ihm freundlich mit meiner Hand, und er winkte zurück.

Und dann, gerade als ich zu ihm hinsah, erkannte ich etwas im Wasser unter dem Boot – ein dunkelfarbiges 'Etwas', das sich herumbewegte. Das Boot schien darüber zu treiben, wie über eine Masse von versunkenem Seegras, und dann sah ich es, was auch immer es war, wie es an die Oberfläche kam.

Sofort durchfuhr mich ein großer Schreck und ich ergriff den Arm des Bootsmanns. Ich deutete hin und schrie, dass da etwas unter dem Boot war. Als er das Ding sah, rannte der Bootsmann nach vorne an den Rand des Hügels. Er brachte seine Hände an den Mund in der Form einer Trompete und rief dem Jungen entgegen, dass er das Boot ans Ufer bringen und die Halteleine an einem großen Felsstück festmachen sollte.

Auf den Ruf des Bootsmanns hin rief der Junge aye!, aye!, bewegte das Ruder und brachte den Bug des Boots in Richtung des Ufers. Zum Glück für ihn war er zu dieser Zeit nicht mehr als dreißig Yards vom Ufer entfernt, sonst hätte er es in seinem Leben nie mehr erreicht, denn im nächsten Moment schoss aus der braunen Masse unter dem Boot ein großer Fangarm heraus und das Ruder wurde Job aus den Händen gerissen, und zwar mit einer solchen Kraft, dass es ihn sofort umgehauen und an das Dollbord an der Steuerbordseite geworfen hat.

Das Steuerruder war außer Sichtweite gezogen worden, aber im Moment blieb das Boot verschont. Der Bootsmann rief dem Jungen zu, ein anderes Ruder zu nehmen und an Land zu kommen, solange er noch Gelegenheit dazu hatte. Wir schrien alles Mögliche heraus, schlugen eine Sache vor, während ein anderer etwas anderes empfahl, aber unsere Vorschläge waren umsonst, denn der Junge bewegte sich nicht. Daraufhin rief jemand, dass wohl bewusstlos ist.

Ich schaute auf die Stelle, wo das braune Ding gewesen war. Das Boot hatte sich etwas vom ursprünglichen Platz wegbewegt, nachdem es ein wenig Schwung bekommen hatte, bevor das Ruder gepackt wurde. Ich stellte fest, dass das Monster verschwunden war und nahm an, es war wieder in die Tiefen abgesunken, aus denen es gekommen war. Dennoch konnte es jeden Moment wieder erscheinen, und in diesem Fall würde der Junge vor unseren Augen gepackt werden.

An diesem kritischen Punkt rief uns der Bootsmann zu, ihm zu folgen und ging beim Abstieg an der großen Zerklüftung voran, an der wir hochgeklettert waren.

Innerhalb einer Minute kletterten alle von uns so schnell, wie wir konnten in Richtung des Tals nach unten, und während der ganzen Zeit, als ich von Felsvorsprung zu Felsvorsprung herunterkamen, quälte mich der Gedanke, ob das Monster zurückgekommen sei.

Der Bootsmann war der erste, der zum Boden der Kluft gekommen war, und er rannte sofort um den Felsen herum zum Strand. Der Rest von uns folgte ihm, als unsere Füße wieder sicher im Tal waren.

Ich war der dritte Mann, der heruntergekommen war. Da ich recht flink und leichtfüßig bin, überholte ich den zweiten Mann und erreichte den Bootsmann, als er gerade zum Sandstrand kam. Dort stellte ich fest, dass das Boot innerhalb von fünf Klafter vom Strand entfernt war. Ich konnte Job erkennen, der immer noch besinnungslos dalag, aber vom Monster war nichts zu sehen.

So wie es war, befand sich das Boot fast ein Dutzend Yards vom Ufer weg, und Job lag bewegungslos darin, und irgendwo in der Nähe unter dem Kiel (nach alledem, was wir wussten) war ein großes Monster, und wir standen hilflos am Strand.

Ich konnte mir nicht vorstellen, wie wir den Burschen hätten retten können und fürchtete, dass er der Vernichtung preisgegeben war. Ich betrachtete es als verrückt, zu versuchen, zum Boot hinzuschwimmen. Der Bootsmann aber, mit seiner großen Tapferkeit, schoss ohne zu zögern ins Wasser und schwamm mutig hinaus. Durch die Gnade Gottes erreichte er das Boot ohne ein Missgeschick und kletterte über die Seite.

Sofort nahm er die Fangleine, warf sie uns zu und trug uns auf, sie gemeinsam zu packen und das Boot ohne Verzögerung ans Ufer zu ziehen. Mit dieser Methode, das Ufer zu erreichen, zeigte er seine Klugheit, denn damit vermied er es, durch unnötige Wasserbewegungen die Aufmerksamkeit des Monsters zu erregen, wie es mit Sicherheit der Fall gewesen wäre, wenn er das unter Verwendung der Ruder gemacht hätte.

Dennoch, trotz dieser Vorsicht, waren wir noch nicht fertig mit dieser Kreatur, denn sofort, als das Boot an Land war, sah ich, wie das verlorene Steuerruder bis zur halben Länge aus dem Wasser hochschoss, und direkt danach gab es einen gewaltigen Spritzer im Wasser hinter dem Bug. Im nächsten Moment schienen alles darum herum voll mit riesigen, herumwirbelnden Armen zu sein.

Daraufhin schaute der Bootsmann nach hinten. Als er das Ding über ihm sah, packte er den Jungen in seine Arme und sprang über den Bootsrand in den Sand.

Beim Anblick des Riesenkraken sind wir alle zum Ende des Strands zurückgerannt und niemand machte sich Gedanken, die Halteleine zu sichern. Deswegen war es nun wahrscheinlich, dass wir das Boot verlieren würden, denn der große Tintenfisch hatte seine Arme überall um es herum ausgebreitet. Es schien so, dass er vorhatte, es runter ins tiefe Wasser zu zerren, woraus er hochgekommen war.

Er hätte möglicherweise Erfolg gehabt, aber der Bootsmann brachte uns alle wieder zu Sinnen. Nachdem er Job hingelegt hatte, war er der Erste, der die Halteleine packte, die lose auf dem Sand lag. Daraufhin kam unser Mut zurück und wir rannten hin, um ihm zu helfen.

In der Nähe gab es einen geeigneten großen Vorsprung des Felsens, genau der, an dem er Job gebeten hatte, das Boot zu befestigen, und wir rannten mit der Halteleine dorthin. Wir wickelten sie ein paar Mal darum herum und machten zwei Halbschlagknoten. Jetzt hatten wir, wenn das Seil nicht reißt, keinen Grund mehr gehabt, den Verlust des Bootes zu befürchten, obwohl wir immer noch Angst hatten, die Kreatur könnte es zerquetschen.

Aus diesem Grund und wegen eines natürlichen Hassgefühls gegen dieses Ding, nahm der Bootsmann einen der Speere vom Sand auf, der dort hingelegt worden war, als wir das Boot an Land gezogen hatten.

Damit ging er, soweit es sicher war, nach vorne und stach in eine der Tentakel der Kreatur. Die Waffe drang mit Leichtigkeit ein, was mich sehr überrascht hatte, denn ich hatte bisher geglaubt, diese Tiere seien fast unverwundbar, die Augen ausgenommen.

Als der Krake diesen Stich abbekommen hatte, schien das große Meerestier keinen Schaden zu empfinden und zeigte auch keinerlei Schmerz. Daraufhin wurde der Bootsmann noch mutiger, um näher heranzugehen, damit er eine tödliche Verwundung verursachen konnte.

Kaum hatte er aber zwei Schritte gemacht, war dieses scheußliche Ding auf ihm drauf. Dank seiner großen Beweglichkeit geschah ihm nichts. Dem Tod so knapp entkommen, war er trotzdem nicht weniger entschlossen, diese Kreatur zu verwunden oder zu zerstören.

An dieser Stelle schickte er einige von uns weg in das dichte Schilfgras, um ein halbes Dutzend der stärksten Stiele zu holen. Als wir damit zurückkamen, bat er zwei der Männer, lange Stiele daraus zu machen und ihre Speere sicher daran festzubinden.

Damit hatten wir nun Speere mit einer Länge von dreißig bis vierzig Fuß, und es war jetzt möglich, den Kraken anzugreifen, ohne in die Reichweite seiner Tentakel zu kommen.

Als sie bereit waren, nahm er einen der Speere und trug dem größten der Männer auf, den anderen zu nehmen. Dann sagte er ihm, auf das rechte Auge des riesigen Meerestiers zu zielen, während er das andere attackiert.

Nachdem die Kreatur den Bootsmann fast erwischt hätte, hatte sie aufgehört, an dem Boot zu ziehen. Sie lag still da und hatte die Tentakel um sich herum ausgebreitet. Die großen Augen erschienen gerade über dem Heck hinweg, sodass es so aussah, als würden sie unsere Bewegungen beobachten. Ich zweifle aber daran, dass der Krake uns deutlich sehen konnte, denn er musste von der Helligkeit der Sonne geblendet worden sein.

Jetzt gab der Bootsmann das Signal zum Angriff. Daraufhin rannten er und der Mann mit ihren Lanzen runter zu der Kreatur, die immer noch dalag.

Der Speer des Bootsmanns traf genau in das linke Auge des Monsters, aber der Speer des anderen Mannes war zu biegsam und sank so stark ab, dass er den Pfosten am Heck streifte und die Scheide des Messers abbracht.

Doch das machte nichts, denn die Wunde, die der Bootsmann zugefügt hatte, war so fürchterlich, dass der gigantische Tintenfisch das Boot losließ und zurück ins Wasser glitt und dabei Schaum und Blut aufwirbelte.

Wir warteten einige Minuten, um uns zu versichern, dass das Monster wirklich weg war. Dann hasteten wir zum Boot und zogen es, soweit wir konnten, weiter herein.

Danach entluden wir die schwersten Sachen und waren so in der Lage, es vollkommen aus dem Wasser zu ziehen.

Noch für eine Stunde danach war das Wasser an dem kleinen Strand schwarz gefärbt und an manchen Stellen rot.

VIII. DIE GERÄUSCHE IM TAL

Sobald wir das Boot in Sicherheit gebracht hatten, was wir mit größter Eile taten, kümmerte sich der Bootsmann um Job, denn der Junge hatte sich noch nicht von dem Schlag erholt, den ihm das Monster unterhalb des Kinns versetzt hatte, als es nach dem Schaft des Steuerruders gegriffen hatte.

Für eine Weile zeigten seine Bemühungen keine Wirkung, aber dann, als er Wasser aus dem Meer in das Gesicht des Burschen schüttete und Rum auf seine Brust über dem Herzen rieb, kamen bei dem jungen Mann die Lebensgeister zurück. Er öffnete bald darauf seine Augen und der Bootsmann gab ihm eine reichliche Menge Rum zu trinken. Danach fragte er ihn, wie er sich fühle.

Job antwortete mit schwacher Stimme, dass ihm schwindlig sei und ihm sein Kopf und Hals sehr weh täten. Als er dies hörte, sagte ihm der Bootsmann, dass er liegen bleiben sollte, bis er sich wieder in besserer Verfassung befindet. Wir ließen ihn im Schatten unter einer kleinen Abdeckung aus Schilfrohr ruhen, denn die Luft war warm und der Sand trocken und es war nicht wahrscheinlich, dass ihm dort etwas passieren würde.

Etwas weiter von dieser Stelle entfernt, bereiteten wir das Essen unter der Aufsicht des Bootsmanns vor. Wir waren sehr hungrig, da wir für eine ganze Weile nichts gegessen hatten.

Der Bootsmann schickte zwei der Männer weg, die über die Insel gehen und trockenes Seegras einzusammeln sollten, denn wir wollten etwas von dem gesalzenen Fleisch kochen. Das wäre das erste gekochte Mahl, seit wir das Fleisch aufgegessen hatten, das wir vor Verlassen des Schiffs im Bach zubereitet hatten.

In der Zwischenzeit, bis die Männer mit dem Brennmaterial zurückgekommen waren, beschäftigte uns der Bootsmann mit verschiedenen Aufgaben. Zwei wurden fortgeschickt, um ein Bündel von dem Schilf zu schneiden, zwei andere, die das Fleisch und den eisernen Kochkessel holen sollten. Er war eines der Dinge, die wir aus der alten Brigg mitgenommen hatten.

Bald kamen sie mit dem getrockneten Seegras zurück und es schien recht merkwürdiges Zeug zu sein. Manches davon war in einem Bündel, so dick wie der Körper eines Mannes. Da es wegen seiner Trockenheit recht spröde war, brannte sofort ein schönes Feuer, welches wir mit diesem Seegras und Stücken von dem Schilf fütterten. Wir fanden aber, dass Letzteres schlechtes Brennmaterial war, weil es noch zu viel Saft hatte und schwer in brauchbare Stücke gebrochen werden konnte.

Als das Feuer rot und heiß war, füllte der Bootsmann den Kessel halb mit Meerwasser und legte das Fleisch hinein. Da dieser Topf einen sehr festen Deckel hatte, stellte er ihn mitten ins Feuer, sodass die darin enthaltenen Sachen sehr bald kochten.

Nachdem wir das Abendessen so weit in Arbeit gehabt hatten, machte sich der Bootsmann daran, unser Lager für die Nacht vorzubereiten. Wir fertigten dazu einen groben Rahmen aus Schilfrohr an, über den wir die Segel des Boots und die Abdeckung legten. Splitter von dem Schilf benutzten wir als Pflöcke, um das Tuch am Boden zu halten.

Als das erledigt war, brachten wir alle unsere Sachen dort hin. Danach nahm uns der Bootsmann mit auf die andere Seite der Insel, um noch mehr Brennmaterial für die Nacht zu holen. Jeder Mann trug beide Arme voll damit davon.

Als alle so zwei Ladungen des Brennmaterials herübergebracht hatten, fanden wir das Fleisch gekocht vor, und so, ohne dass noch etwas getan werden musste, setzen wir uns nieder und genossen unser Mahl und einiges von dem Zwieback. Danach nahm jeder von uns einen guten Schluck Rum.

Als unser Essen und Trinken beendet war, ging der Bootsmann hinüber, wo sich Job befand, um zu sehen, wie er sich fühlte. Er lag sehr ruhig da, obwohl er ziemlich heftig atmete.

Wir wussten nicht, was wir Besseres für ihn tun konnten, und so ließen wir ihn dort in der Hoffnung, dass die Natur ihn wieder gesund machen würde, mehr als durch irgendwelche Fähigkeiten, die wir besaßen.

Mittlerweile war es später Nachmittag. Der Bootsmann sagte uns, dass wir bis zum Sonnenuntergang machen könnten, was wir wollten. Er meinte, dass wir uns eine Pause redlich verdient hatten, aber auch deshalb, weil wir uns später von Sonnenuntergang bis zur Morgendämmerung bei der Wache abwechseln sollten. Wir waren zwar nicht mehr länger auf dem Wasser, aber niemand konnte sagen, ob wir der Gefahr entkommen waren oder nicht, wie wir sie heute Morgen erlebt hatten. Er dachte dabei selbstverständlich nicht an eine Gefahr, die von dem Kraken ausgehen könnte, solange wir weit genug vom Wasser wegblieben.

Und so schliefen die meisten Männer von jetzt bis zur Dunkelheit, aber der Bootsmann verbrachte viel von dieser Zeit damit, das Boot zu überholen und nachzusehen, ob es vielleicht unter dem Sturm gelitten hatte und auch, ob die Kräfte des Kraken es irgendwie beschädigt hatten.

In der Tat wurde es schnell deutlich, dass das Boot einige Aufmerksamkeit erfordern würde, denn eine Planke auf seiner Unterseite, die vorletzte zum Kiel auf der Steuerbordseite, war nach innen gedrückt worden. So wie es aussah, wurde das durch einen versteckten Fels unterhalb der Wasseroberfläche verursacht, auf die es der Krake wahrscheinlich gedrückt hatte. Glücklicherweise war der Schaden nur gering, obwohl es sorgfältig repariert werden musste, bevor das Boot wieder seetauglich war.

Was den Rest anbelangte, schien es nichts Weiteres zu geben, dem man sich hätte widmen müssen.

Da ich mich noch nicht schläfrig fühlte, bin ich dem Bootsmann zum Boot gefolgt und half ihm dabei, die unteren Bretter zu entfernen und auch um das Boot ein wenig herumzuschwenken, damit er das Leck näher betrachten konnte.

Als er das mit dem Boot soweit erledigt hatte, ging er rüber zu unseren Sachen und schaute sich den Zustand genau an. Danach suchte er nach allen Wasserbehältern. Als er damit fertig war, sagte er, dass es gut für uns wäre, wenn wir irgendwie Frischwasser auf der Insel finden würden.

Langsam wurde es Abend, und der Bootsmann ging wieder zu Job hinüber. Er fand ihn aber fast noch genauso vor, wie es bei unserem Besuch nach dem Essen war. Daraufhin befahl er mir, eines der längeren Bodenbretter zu bringen. Es sollte uns als Trage dienen, um damit den Burschen ins Zelt zu bringen.

Danach trugen wir alle losen Holzteile des Boots ins Zelt und entleerten dann den Inhalt der Behälter aus dem Schiff im Bach, worin wir einiges an Werg [Fasern von Flachs oder Hanf] fanden, eine kleine Handaxt, eine Spule mit Anderthalb-Zoll-Hanfschnur, eine gute Säge, eine leere Rapsöl-Dose, einen Beutel mit Kupfernägeln, einige Bolzen und Dichtungen, zwei Angelschnüre, drei Ersatz Ruderdollen, eine dreizackige Gabel ohne Stiel, zwei Knäuel von gesponnenem Garn, drei Stränge Bindfaden, ein Stück Segeltuch mit vier Lieknadeln [zum Nähen von Segeln], die drin steckten, die Bootslampe, ein Ersatz-Leckstöpsel und drei Rollen von leichtem Tuch, das zur Segelherstellung verwendet wird.

Und so kam bald die Nacht über die Insel herunter. Der Bootsmann holte die Männer und forderte sie auf, mehr Brennmaterial auf das Feuer zu werfen, das zu einem Haufen Glut heruntergebrannt und von der Asche verdeckt wurde.

Danach füllte einer der Männer den Kessel mit frischem Wasser nach, und bald konnten wir ein höchst köstliches Mahl einnehmen, bestehend aus gekochtem Pökelfleisch, Hartkeksen und Rum, gemischt mit heißem Wasser.

Während des Essens teilte der Bootsmann die Männer in ihre Wachen ein und legte die Reihenfolge fest. Meine Zeit war von Mitternacht bis ein Uhr.

Dann berichtete er uns von der gebrochenen Planke im Boden des Boots und dass man das reparieren musste, bevor wir hoffen konnten, die Insel wieder zu verlassen.

Er sagte uns auch, dass wir nach dieser Nacht sehr sparsam mit dem Proviant umgehen mussten, denn es schien so, dass es nichts Geeignetes für unsere Mägen auf dem Teil der Insel gab, den wir bisher erforscht hatten.

Mehr noch – wenn wir kein Trinkwasser finden würden, müsste er etwas destillieren, um das auszugleichen, was wir bisher getrunken hatten. Auch das musste gemacht werden, bevor wir die Insel wieder verlassen konnten.

Als der Bootsmann mit seinen Erklärungen fertig war, hatten wir unser Essen beendet und kurz danach suchten wir alle einen bequemen Platz im Sand innerhalb des Zelts und legten uns schlafen.

Für eine Weile war ich noch ziemlich wach gewesen, wohl wegen der Wärme der Nacht. Schließlich stand ich auf und ging aus dem Zelt heraus. Ich dachte mir, dass ich im Freien besser Schlaf finden würde. Das war auch so, denn als ich mich auf die Seite des Zelts gelegt hatte, etwas vom Feuer weg, fiel ich sofort in einen tiefen Schlaf, der anfangs traumlos verlief.

Plötzlich aber kam ein sehr seltsamer und beunruhigender Traum, denn ich träumte, dass ich auf der Insel allein gelassen worden bin und sehr niedergeschlagen an der Kante einer mit braunem Schlamm gefüllten Grube saß.

Ich stellte plötzlich fest, dass alles um mich herum sehr dunkel und still war und ich begann zu zittern. Es erschien mir so, dass etwas, das mein ganzer Körper verabscheute, heimlich hinter mich gekommen war.

Daraufhin versuchte ich, mich unter größter Mühe herumzudrehen und in die Schatten der großen Pilze zu sehen, die dort standen. Es fehlte mir aber die Kraft, mich zu drehen, und das Ding kam näher und näher, obwohl ich keinerlei Geräusch vernehmen konnte.

Ich wollte einen Schrei ausstoßen, zumindest hatte ich das vor, aber meine Stimme gab keinen Laut von sich.

Dann berührte etwas Nasses und Kaltes mein Gesicht, glitt herunter und bedeckte meinen Mund und hielt dort einen widerlichen, atemlosen Moment inne.

Es machte weiter und griff an meine Kehle – und blieb dort …

Jemand stolperte und fiel über meine Füße, woraufhin ich plötzlich wach wurde. Es war der Mann, der Wache hatte und um die Rückseite des Zelts herumgegangen war. Er wusste nicht, dass ich da war, bevor er über meine Stiefel gefallen ist. Er war etwas mitgenommen und erschrocken, wie man sich denken kann, beruhigte sich aber schnell wieder, als er feststellte, dass es kein wildes Tier war, dass da zusammengekrümmt im Schatten lag.

Die ganze Zeit über, als ich mich dann mit ihm unterhielt, war ich erfüllt von dem seltsamen und fürchterlichen Gefühl, dass jemand von mir weggegangen war, in dem Moment, als ich aufwachte. Da gab es auch einen schwachen, abscheulichen Geruch in meinen Nasenlöchern, der mir aber nicht fremd war.

Dann, ganz plötzlich, wurde mir bewusst, dass mein Gesicht feucht war und ich ein eigenartiges Kribbeln an meiner Kehle fühlte.

Ich nahm meine Hand hoch und fühlte mein Gesicht. Als ich die Hand wegnahm, war sie glitschig und voller Schleim. Ich berührte meine Kehle mit der anderen Hand, und es war genauso, nur dass es zusätzlich eine kleine geschwollene Stelle gab, ein wenig neben der Luftröhre und von der Art, wie sie ein Moskitostich hinterlassen würde, aber ich konnte keinen Moskito dafür verantwortlich machen.

Das Stolpern des Mannes über mich, mein Erwachen und die Entdeckung, dass mein Gesicht und meine Kehle schleimverschmiert waren, waren Ereignisse von nur ein paar kurzen Augenblicken.

Ich sprang auf meine Füße und folgte ihm um das Feuer herum, denn ich fühlte mich kalt und hatte das große Verlangen, nicht allein zu sein.

Als ich zum Feuer gekommen war, nahm ich einiges von dem Wasser, das im Kessel übrig geblieben war und wusch damit mein Gesicht und meinen Hals, woraufhin ich mich wieder wie meiner selbst fühlte.

Dann bat ich den Mann, dass er sich meine Kehle anschaut, um mir eine Idee davon zu geben, welcher Art die Schwellung ist. Er zündete dazu ein Stück von dem trockenen Seegras an, das ihm als Fackel dienen sollte, und untersuchte meinen Hals. Er konnte aber wenig erkennen, ausgenommen einige ringförmige Flecke, rot auf der Innenseite und weiß an den Rändern, und einer von diesen blutete leicht.

Danach fragte ich ihn, ob er etwas gesehen hatte, das sich um das Zelt herum bewegt hat. Er hatte aber während der ganzen Zeit seiner Wache nichts bemerkt, obwohl er seltsame Geräusche gehört hatte, aber nicht so nahe bei uns.

Die Stellen an meiner Kehle betrachtete er als harmlos und meinte, dass ich von irgendeiner Art Sandfliege gebissen worden bin.

Ich schüttelte mit dem Kopf und erzählte ihm von meinem Traum. Daraufhin schien er genauso bestrebt zu sein, in meiner Nähe zu bleiben, wie ich in der seinen. Und so schritt die Nacht voran, bis meine Zeit der Wache kam.

Für eine Weile saß dann der Mann, den ich abgelöst hatte, neben mir. Ich erkannte, dass er die ·freundliche Absicht hatte, mir Gesellschaft zu leisten. Doch sobald ich dies bemerkt hatte, bat ich ihn, wegzugehen, damit er etwas Schlaf findet. Ich versicherte ihm, dass ich keine Gefühle von Furcht mehr hatte – so wie sie waren, als ich aufgewacht bin und den Zustand meines Gesichts und meiner Kehle wahrgenommen hatte. Daraufhin war er einverstanden, mich zu verlassen, und so saß ich bald allein neben dem Feuer.

Zunächst blieb ich sehr still und lauschte, aber es kam kein Laut zu mir aus der mich umgebenden Dunkelheit. Und so, als wäre das eine neue Entdeckung, kam es wider in mir hoch, dass wir an einem sehr abscheulichen Ort der Einsamkeit und Trostlosigkeit waren, und ich wurde sehr ehrfürchtig.

Während ich so dasaß, verkümmerte das Feuer in zunehmender Weise, da es für eine Weile nicht mit neuem Brennmaterial versorgt worden war, bis es nur noch ein trübes Glühen verbreitete.

Und dann, aus Richtung des Tals, hörte ich plötzlich den Klang eines dumpfen Aufpralls, und das Geräusch kam mit einer sehr erstaunlichen Deutlichkeit zu mir.

Daraufhin wurde mir klar, dass ich meinen Aufgaben – weder für die anderen noch für mich selbst – gerecht wurde, indem ich mich einfach hinsetzte und dem Feuer erlaubte, niederzubrennen.

Ich ergriff sofort eine Menge von dem trockenen Seegras und warf es hinein, sodass eine große Flamme in die Nacht emporschoss. Danach schaute ich mich schnell nach rechts und links um und hielt mein Schwert bereit.

Ich war dem Allmächtigen sehr dankbar, dass ich niemandem durch meine Nachlässigkeit geschadet hatte. Ich glaube, dass es nur wegen einer seltsamen Bewegungsunfähigkeit war, die mich lähmte und die aus einer Furcht heraus entsteht.

Und dann, als ich mich gerade umschaute, kam über die Stille des Strands ein erneutes Geräusch zu mir herüber, ein stetiges, leises Hin- und Herschlittern auf dem Boden des Tals, so als würden zahlreiche Kreaturen heimlich herumlaufen.

Daraufhin warf ich noch mehr Brennmaterial ins Feuer und richtete mein Starren in Richtung des Tals.

Im nächsten Augenblick schien es mir so, als hätte ich etwas gesehen, das ein Schatten gewesen sein könnte, der sich am Rand des vom Feuer geworfenen Lichts bewegt hatte.

Der Mann, der vor mir auf Wache war, hatte seinen Speer senkrecht im Sand stecken lassen und er war für mich nun bequem zu erreichen. Als ich wieder etwas sah, das sich bewegte, nahm ich die Waffe und schleuderte sie mit all meiner Kraft in diese Richtung.

Es kam aber kein Schrei als Antwort, der mir gesagt hätte, dass ich ein lebendes Wesen getroffen hatte, und direkt danach kam wieder die große Stille über die Insel, nur durchbrochen von einem entfernten Platschen im Seegras.

Man kann durchaus annehmen, dass diese Ereignisse meine Nerven stark beansprucht hatten, sodass ich immer wieder hin und her schaute und fortwährend hinter mich blickte, denn es erschien mir so, dass ich jeden Moment damit rechnen musste, dass sich eine dämonische Kreatur auf mich stürzt.

Doch für viele Minuten kam weder der Anblick noch das Geräusch einer lebenden Kreatur zu mir, sodass ich nicht wusste, was ich denken sollte, und zweifelte fast daran, dass ich etwas außerhalb des Normalen gehört hatte.

Und dann, gerade als ich an der Schwelle des Zweifels Halt machte, bekam ich den Beweis, dass ich mich nicht geirrt hatte.

Ganz plötzlich wurde mir bewusst, dass das ganze Tal von Raschelgeräuschen und einem Herumhuschen erfüllt war, durch die hindurch gelegentlich sanfte Schläge kamen und immer wieder das vorausgegangene Hin- und Herschlittern.

Jetzt, nachdem ich überzeugt war, dass eine Unzahl von üblen Dingern auf uns zukam, rief ich nach dem Bootsmann und den Männern, um sie aufzuwecken.

Sofort, nachdem ich gerufen hatte, kam der Bootsmann aus dem Zelt geschossen und die Männer folgten ihm hinterher.

Jeder trug seine Waffe, ausgenommen der Mann, der seinen Speer im Sand hat stecken lassen, und dieser lag nun irgendwo hinter dem Schein des Feuers.

Der Bootsmann sprach mich an und wollte wissen, was mich dazu gebracht hatte, zu rufen.

Ich antwortete ihm nicht, sondern hielt nur meine Hand hoch, zum Zeichen still zu sein. Doch als dies befolgt wurde, waren die Geräusche aus dem Tal verschwunden.

Der Bootsmann drehte sich daraufhin zu mir um, da er einige Erklärungen haben wollte.

Ich bat ihn wieder, noch etwas länger hinzuhören, was er auch tat, und die Geräusche kamen jetzt fast sofort wieder zurück. Er konnte jetzt genug hören, um zu wissen, dass ich sie nicht alle ohne Grund aufgeweckt hatte.

Und dann, als wir alle so dastanden und in die Dunkelheit im Tal starrten, schien ich wieder ein schattenhaftes Ding am Rand des Feuerscheins zu sehen.

Im selben Moment schrie ein Mann und warf seinen Speer in die Dunkelheit. Der Bootsmann drehte sich höchst verärgert zu ihm hin, weil er seine Waffe weggeworfen hatte und somit ohne war und damit eine Gefahr für alle brachte. Dennoch, wie man sich erinnern wird, hatte ich vor Kurzem das Gleiche getan.

Augenblicklich kam wieder die Stille über das Tal.

Da niemand wusste, was dahinter war, packte der Bootsmann ein Bündel von dem trockenen Seegras, zündete es am Feuer an und rannte zu dem Teil des Strands, der zwischen uns und dem Tal lag.

Hier steckte er das Bündel in den Sand und rief den Männern zu, noch mehr von dem Gras zu bringen, damit wir auch dort ein Feuer hatten und somit sehen konnten, wenn etwas aus der Tiefe der Senke zu uns kommen würde.

Wir hatten bald ein sehr gutes Feuer brennen und durch dessen Lichtschein konnten die beiden Speere entdeckt werden. Beide steckten im Sand und kein Yard voneinander getrennt, was mir sehr seltsam erschien.

Für eine gewisse Zeit, nachdem wir das zweite Feuer angezündet hatten, kam kein weiteres Geräusch aus dieser Richtung des Tals. Wirklich nichts, was die Ruhe der Insel gebrochen hätte, ausgenommen das einzelne Platschen, das von Zeit zu Zeit aus der Weite der Seegraswelt kam.

Dann, ungefähr eine Stunde nachdem ich den Bootsmann geweckt hatte, kam ein Mann, der auf die Feuer aufgepasst hatte, zu ihm hin und sagte, dass wir am Ende unseres Vorrats an Seegras-Brennmaterial waren.

Daraufhin erschien der Bootsmann sehr verzweifelt zu sein. Auch dem Rest von uns erging es so, denn wir sahen keine Abhilfe, bis ein Mann an das Bündel von Schilf dachte, das wir abgeschnitten hatten. Da es zu schlecht brannte, hatten wir es zugunsten des Seegrases weggeworfen.

Wir entdeckten es jetzt hinter dem Zelt wieder und fütterten damit das Feuer zwischen uns und dem Tal, aber das andere mussten wir ausgehen lassen, und auch das Schilf war nicht genug gewesen, um wenigstens das eine neue Feuer bis zum Morgengrauen brennen zu lassen.

Schließlich, während es immer noch dunkel war, kamen wir an das Ende unseres Brennmaterials, und als das Feuer nachließ, kamen die Geräusche aus dem Tal zurück.

Und so standen wir da in der sich verstärkenden Dunkelheit. Jeder von uns hatte seine Waffe bereit und einen sehr wachen Blick.

Manchmal blieb die Insel äußerst ruhig, und dann kamen wieder die Geräusche von diesen Dingern, die im Tal umher krochen. Ich denke dennoch, dass uns die Stille mehr zugesetzt hatte.

Und so kam endlich das Morgengrauen.

IX. WAS IN DER ABENDDÄMMERUNG PASSIERTE

Mit dem Herannahen des Tages kam eine dauerhafte Ruhe über die Insel und in das Tal. Als wir davon überzeugt waren, dass wir nichts mehr zu befürchten hatten, forderte uns der Bootsmann auf, uns etwas auszuruhen, während er Wache hielt. So bekam ich schließlich für eine gute Weile meinen Schlaf, der mich wieder für die Arbeit des Tages ausreichend gestärkt hatte.

Nachdem ein paar Stunden vergangen waren, weckte uns der Bootsmann. Wir sollten mit ihm an das andere Ende der Insel gehen, um Brennmaterial zu holen. Bald waren wir alle mit einer Ladung davon zurückgekommen, und kurz danach hatten wir ein fröhlich brennendes Feuer.

Zum Frühstück hatten wir eine Mischung aus gebrochenen Keksen, gesalzenem Fleisch und ein paar Muscheln, die der Bootsmann vom Strand am Fuß des entfernten Hügels aufgesammelt hatte. Das Ganze wurde ziemlich üppig mit Essig gewürzt, von dem der Bootsmann sagte, dass dieser den Skorbut zurückhält, der uns bedrohen könnte.

Und am Ende des Mahls gab er uns etwas von der Melasse, die wir mit heißem Wasser vermischt und dann getrunken hatten.

115

Nachdem die Mahlzeit beendet war, ging er ins Zelt, um nach Job zu sehen. Er hatte das auch schon am frühen Morgen getan, denn der Zustand des Burschen lastete auf ihm. Trotz seiner Größe und außergewöhnlichen Derbheit war er ein Mann mit einem überraschend zartfühlenden Herz.

Der Junge befand sich aber immer noch so ziemlich im gleichen Zustand, wie er am vorangegangenen Abend war. Wir wussten nicht, was wir tun konnten, um ihm Besserung zu bringen. Etwas versuchten wir aber, weil wir wussten, dass ihm seit dem gestrigen Morgen kein Essen über die Lippen gekommen. Wir wollten ein wenig heißes Wasser, vermischt mit Rum und Melasse, durch seine Kehle bringen, denn wir hatten die Befürchtung, dass er aus Mangel an Nahrung sterben könnte. Aber, obwohl wir es für mehr als eine halbe Stunde lang versucht hatten, brachten wir es nicht fertig, ihm genug davon nehmen zu lassen, ohne befürchten zu müssen, dass wir ihn dabei ersticken.

Wir waren deshalb gezwungen, ihn so im Zelt liegenzulassen und gingen unserer Arbeit nach, da wir ansonsten nichts für ihn getan werden konnte.

Jedoch, bevor wir uns um etwas anderes kümmern konnten, führte der Bootsmann uns alle mit ins Tal, mit der Absicht, eine sehr gründliche Untersuchung vorzunehmen. Vielleicht gab es dort ein Untier oder teuflisches Ding, das sich versteckt hält und darauf wartet, uns zu zerstören, während wir arbeiteten. Darüber hinaus wollte er herausfinden, was für eine Sorte von Kreaturen uns in der Nacht gestört hatte.

Als wir am frühen Morgen das Brennmaterial geholt hatten, sind wir im oberen Rand des Tals geblieben, wo die Felsen des näher gelegenen Hügels herunter in den schwammigen Untergrund reichten. Nun aber gingen wir direkt durch den mittleren Teil des Tals und bahnten uns unseren Weg zwischen den mächtigen Pilzen hindurch und zu der grubenartigen Öffnung, die den tiefsten Teil des Tals ausfüllte.

Der Untergrund war hier sehr weich, aber trotzdem federte er dermaßen, dass wir keine Fußspuren hinterlassen hatten, nachdem wir dort ein kleines Stück gegangen waren, das heißt, keine bis auf einige Stellen, wo unter unseren Tritten eine nasse Pfütze zurückblieb.

Dann, als wir näher an die Grube herankamen, wurde der Boden noch weicher, sodass wir mit unseren Füßen einsanken und große Abdrücke hinterließen. Hier fanden wir auch höchst seltsame und befremdliche Spuren.

Mitten in dem Matsch, der sich am Rand der Grube befand – von der ich an dieser Stelle sagen will, dass sie jetzt, als wir näher herankamen, nicht mehr so sehr wie eine Grube ausschaute – gab es zahlreiche Markierungen, die ich mit nichts anderem so annähernd beschreiben könnte wie Spuren von mächtigen Nacktschnecken inmitten des Schlamms.

Sie waren aber nicht alle so wie die von Nacktschnecken, denn es gab andere Markierungen, die von einem Bündel aus Aalen hätten stammen können, die man fortwährend hingeworfen und wieder aufgehoben hatte. So sah es jedenfalls für mich aus, und ich kann es auch nur so beschreiben.

Neben diesen Anzeichen, die ich erwähnt habe, gab es überall eine Menge Schleim, den wir überall im Tal zwischen den großen Pilzen verfolgen konnten. Über das hinaus, was ich bereits bemerkt habe, fanden wir nichts.

Nein, halt! Das habe ich fast vergessen: Wir fanden auch etwas von diesem Schleim auf den Pilzen, die am Ende des kleinen Tals standen, welches sich näher an unserem Lager befand. Hier entdeckten wir auch, dass viele von ihnen frisch abgebrochen oder entwurzelt waren. Es gab die gleichen Abdrücke des Ungeheuers auf allen von ihnen, und nun erinnere ich die dumpfen Schläge, die ich in der Nacht gehört hatte.

Ich hatte wenig Zweifel daran, dass die Kreaturen auf die großen Pilze geklettert sind, damit sie uns ausspionieren konnten. Es könnte auch sein, dass mehrere von ihnen zusammen auf ein einzelnes Exemplar hinaufgeklettert waren und ihr Gewicht den Pilz abgebrochen oder entwurzelt hatte. Das waren jedenfalls die Gedanken, die ich hatte.

So beendeten wir unsere Suche und danach teilte der Bootsmann jeden von uns zur Arbeit ein. Zuerst aber brachte er uns alle zum Strand zurück, um ihm dabei zu helfen, das Boot ganz umzudrehen, damit er noch besser an die beschädigte Stelle herankommt.

Bei dem nun uneingeschränkten Blick auf das Boot hatte er entdeckt, dass es da noch weitere Beschädigungen gab, außer der gebrochenen Planke, denn alle unteren Planken waren vom Kiel gelöst worden, was uns eine sehr ernste Angelegenheit zu sein schien. Das hatte man zuvor nicht erkennen können, als das Boot noch auf dem Bauch lag. Der Bootsmann versicherte uns aber, dass er keinen Zweifel daran hatte, es wieder seefest zu machen, obwohl es jetzt länger dauern würde als bisher angenommen.

Nachdem die Untersuchung des Boots beendet war, schickte der Bootsmann einige Männer weg, um ihm Bodenbretter aus dem Zelt zu holen, denn er brauchte sie als Planken für die Reparatur des Schadens.

Nachdem die Bretter gebracht wurden, fehlte ihm aber noch etwas, was sie nicht liefern konnten, und das war ein Stück von sehr starkem Holz, drei Zoll in der Breite in jeder Richtung, was er auf der Steuerbordseite des Kiels anbringen wollte, nachdem er die Beplankung, so weit wie er konnte, ersetzt hatte.

Er hatte die Hoffnung, dass er durch dieses Teil in der Lage wäre, das Bodenbrett anzunageln, um es dann mit Werg abzudichten. Das würde das Boot wieder so solide wie zuvor zu machen.

Als wir hörten, dass er ein solches Holzstück brauchte, waren wir alle ratlos, wo man dies herbekommen könnte, bis ich mich plötzlich an den Mast und den Topmast auf der anderen Seite der Insel erinnerte, was ich sofort erwähnte.

Daraufhin nickte der Bootsmann und sagte, dass wir das notwendige Stück davon herausbekommen könnten, obwohl es einer beachtlichen Arbeitsleistung bedurfte, da wir nur eine Handsäge und ein kleines Beil hatten. Er schickte uns danach fort, die Masten von dem Seegras zu befreien, und versprach, uns zu folgen, nachdem er es geschafft hatte, die beiden verschobenen Bretter wieder an ihren Platz zu befestigen.

Als wir die runden Holzmasten erreicht hatten, machten wir uns mit großem Eifer daran, das Seegras wegzubekommen, das sich über diese aufgehäuft hatte und sehr in der Takelage verheddert war.

Schon bald hatten wir sie freigelegt und konnten feststellen, dass sie in beachtenswert gesundem Zustand waren, besonders der untere Mast, der ein schönes Stück Holz war.

Das gesamte stehende Gut der beiden Maste war immer noch befestigt, obwohl das untere Takelwerk an manchen Stellen bis halb zu den Wanten hoch verdorben war. Dennoch blieb noch viel davon übrig, das gut und allgemein frei von Verrottung war und darüber hinaus

aus der höchsten Qualität von weißem Hanfseil bestand, wie man es nur auf den besten Schiffen vorfindet.

Ungefähr zu der Zeit, als wir damit fertig waren, das Seegras zu beseitigen, kam der Bootsmann zu uns herüber und brachte die Säge und das Beil mit. Unter seiner Anweisung schnitten wir die Taue von der Takelage des Topmasts ab und sägten diesen gerade über der Mastkappe durch.

Das war ein sehr hartes Stück Arbeit gewesen und hielt uns einen großen Teil des Morgens beschäftigt, obwohl wir uns mit der Säge abwechselten. Als das geschafft war, waren wir sehr froh, als der Bootsmann einen der Männer mit etwas Seegras auf die andere Seite schickte, um dort ein Stück gesalzenes Fleisch zu kochen.

In der Zwischenzeit hatte der Bootsmann damit begonnen, durch den Topmast zu sägen, ungefähr fünfzehn Fuß unterhalb des ersten Schnitts, denn das war die Länge, die für das Kantholz erforderlich war. Die Arbeit war aber so anstrengend, dass wir nicht mehr als die Hälfte abgesägt hatten, als der Mann zurückkam und sagte, dass das Essen bereit sei.

Als wir dann gegessen und uns eine Weile mit unseren Pfeifen ausgeruht hatten, erhob sich der Bootsmann und führte uns zurück, denn er war entschlossen, den Topmast durchzusägen, noch bevor es dunkel wurde. Bald darauf, nachdem wir uns immer wieder abgelöst hatten, hatten wir den zweiten Schnitt erledigt.

Der Bootsmann trug uns auf, einen Block von zwölf Zoll Länge vom verbleibenden Stück des Topmasts abzusägen. Als wir es abgetrennt hatten, fing er damit an, davon Keile mit der Axt herauszuhauen. Dann kerbte er das Ende des Fünfzehn-Zoll-Rundholzes mit der Axt ein und trieb die Keile in die Kerbe, und so, gegen Abend, hatte er – vielleicht auch mit viel Glück und guter Ausführung – das Rundholz in zwei Hälften geteilt, wobei die Trennung ziemlich genau durch die Mitte verlief.

Als er dann feststellte, dass es nahe bei Sonnenuntergang war, trug er den Männern auf, Seegras zu sammeln und es nach drüben zu unserem Lager zu bringen. Einen schickte er allerdings zum Strand, um dort zwischen dem Gras nach Muscheln zu suchen. Er selbst hörte nicht auf, an dem geteilten Stamm zu arbeiten, und behielt mich als Helfer bei sich.

So hatten wir innerhalb der nächsten Stunde ein Stück, vielleicht vier Zoll im Durchmesser, das wir in ganzer Länge aus einer der Hälften herausgearbeitet hatten. Damit schien er zufrieden zu sein, obwohl es nur ein bescheidenes Ergebnis für so viel Arbeit war.

Zu diesem Zeitpunkt kam die Dämmerung über uns, und die Männer, die mit dem Hinübertragen des Seegrases fertig waren, kamen wieder herbei. Sie standen bei uns und warteten darauf, dass der Bootsmann ins Lager kommt.

In diesem Moment kam der Mann zurück, den der Bootsmann weggeschickt hatte, um Muscheln zu sammeln. Er hatte eine große Krabbe auf seinem Speer aufgespießt, den er ihr durch den Körper gejagt hatte.

Diese Kreatur war ziemlich lang, nicht weniger als ein Fuß über den Rücken hinweg, und hatte eine sehr beeindruckende Erscheinung. Sie erwies sich als höchst schmackhaft beim Abendessen, nachdem sie für eine Weile ins kochende Wasser gelegt worden war.

Sofort, nachdem dieser Mann zurückgekommen war, machten wir uns auf zum Lager und trugen das Stück Holz mit uns, das wir aus dem Topmast herausgehauen hatten. Zu diesem Zeitpunkt war es schon recht dunkel geworden, und alles erschien recht seltsam zwischen den großen Pilzen, als wir an der äußersten Kante des Tals zum gegenüberliegenden Strand liefen.

Mit fiel besonders auf, dass der abscheuliche, modrige Gestank dieser monströsen Pflanzen widerlicher war, als ich das während des Tages empfunden hatte. Das konnte aber auch nur deswegen gewesen sein, weil ich jetzt meine Nase mehr gebrauchte, da mir meine Augen nicht mehr so viel nutzten.

Wir waren auf halbem Weg über die Oberseite des Tals, und die Dämmerung verstärkte sich zusehends, als ich über die ruhige Luft des Abends hinweg einen schwachen Geruch wahrnahm. Er war völlig anders als der von den uns umgebenden Pilzen. Einen Moment später bekam ich eine große Duftwolke davon ab und wurde fast krank von deren Abscheulichkeit.

Die Erinnerung an dieses faulige 'Etwas', das im Schein der Morgendämmerung an die Seite des Boots gekommen war, bevor wir die Insel entdeckt hatten, rief in mir einen Schrecken hervor, weit stärker als die Übelkeit in meinem Magen. Plötzlich wusste ich, was für eine Art Ding das war, das mein Gesicht und den Hals in der vorangegangenen Nacht verschleimt und diesen scheußlichen Gestank in meinen Nasenlöchern hinterlassen hatte.

Als mir dies alles bewusst wurde, rief ich dem Bootsmann zu, dass wir uns beeilen sollten, denn es gab da Dämonen bei uns im Tal.

Daraufhin rannten einige Männer los. Er forderte sie aber in einer grimmigen Stimme auf, sich nicht von der Stelle zu rühren und eng zusammenzubleiben, denn sonst würden sie von dem angegriffen und überwältigt werden, was überall im Dunkel zwischen den Pilzen umherstreifte.

Sie folgten seinem Befehl, weil sie die dunkle Umgebung genauso fürchteten wie den Bootsmann, und so kamen wir sicher aus dem Tal heraus, obwohl es so schien, dass uns, ein wenig tiefer den Abhang hinunter, ein unheimliches Herumschlittern begleitete.

Sobald wir das Lager erreicht hatten, ordnete der Bootsmann an, dass vier Feuer angezündet werden sollten – je eines auf jeder Seite des Zelts. Wir taten dies und zündeten es mit der Glut unseres alten Feuers an, das wir höchst dumm hatten niederbrennen lassen.

Als die Feuer brannten, stellten wir den Kessel hinein und bereiteten die Krabbe vor, die ich bereits erwähnt hatte, und bekamen so ein ziemlich reichhaltiges Abendessen. Als wir aßen, hatte jeder der Männer seine Waffe neben sich im Sand stecken, denn wir wussten jetzt, dass sich ein teuflisches Ding im Tal befand, vielleicht sogar viele davon, obwohl uns das nicht den Appetit verdorben hatte.

Bald waren wir mit dem Essen fertig und jeder Mann zog seine Pfeife heraus, um zu rauchen. Der Bootsmann forderte aber einen der Männer auf, sich zu erheben und Wache zu halten, sonst könnten wir der Gefahr ausgesetzt sein, überrascht zu werden, während sich jeder Mann im Sand ausruht.

Das erschien mir sehr vernünftig zu sein, denn man konnte leicht erkennen, dass sich die Männer zu sicher fühlten, wegen der Helligkeit der Feuer um sie herum.

Als die anderen Männer sich im Kreis der Feuer ausruhten, zündete der Bootsmann eines der Talglichter an, das wir aus dem Schiff im Bach mitgenommen hatten, und ging los, um nachzusehen, wie es Job ging, nach einem Tag des Ausruhens.

Daraufhin stand ich auf und machte mir selbst Vorwürfe, dass ich den armen Burschen vergessen hatte, und folgte dem Bootsmann ins Zelt. Kaum hatte ich den Eingang erreicht, stieß er einen lauten Schrei aus und hielt die Kerze dicht über dem Sand. Da konnte ich den Grund für sein Entsetzen erkennen, denn an dem Platz, wo wir Job gelassen hatten, war nichts.

Ich ging ins Zelt hinein, und im selben Moment kam die schwache Ausdünstung des schrecklichen Gestanks in meine Nase, dem ich im Tal begegnet bin und davor bei dem Ding, das an die Seite des Boots gekommen war.

Und dann, ganz plötzlich, wusste ich, dass Job diesen faulen Dingern zum Opfer gefallen war. Daraufhin rief ich dem Bootsmann zu, dass *sie* den Jungen mitgenommen hatten, und meine Augen bemerkten die Schleimspur auf dem Sand, was mir den Beweis brachte, dass ich mich nicht geirrt hatte.

Als ich dem Bootsmann von allem berichtet hatte, was in meinen Gedanken war – obwohl das nur seine eigenen Ansichten bestätigte – ging er schnell aus dem Zelt heraus und forderte die Männer auf zurückzutreten, denn alle hatten sich mittlerweile um den Eingang versammelt. Sie waren sehr aufgeregt über das, was der Bootsmann entdeckt hatte.

Dann nahm sich der Bootsmann ein Bündel von dem Schilf, das sie abgeschnitten hatten, als er sie losschickte, Brennmaterial zu holen. Er holte einige der dicksten

Stiele heraus und an einen von diesen band er eine große Menge von dem trockenen Seegras, woraufhin die Männer, die seine Absicht erahnten, es zusammen mit den anderen gleichermaßen taten, sodass jeder von uns der erforderlichen Mittel für eine große Fackel hatten.

Sobald wir unsere Vorbereitungen beendet hatten, nahm jeder der Männer seine Waffe, hielt die Fackel ins Feuer und gingen der Spur nach, die von den teuflischen Dingern und dem Körper des armen Jungen hinterlassen worden waren. Wir konnten nun annehmen, dass ihm etwas zugestoßen war. Da man die Markierungen im Sand und den Schleim leicht erkennen konnte, war es ein Wunder, dass wir sie nicht früher entdeckt hatten.

Der Bootsmann ging voran, und als er feststellte, dass die Spuren direkt ins Tal führten, fing er an zu rennen und hielt dabei seine Fackel hoch über seinem Kopf. Wir taten es ihm alle gleich, denn wir hatten das starke Verlangen, zusammenzubleiben, und darüber hinaus, wie ich mit Bestimmtheit sagen kann, waren wir alle wütend darauf aus, Job zu rächen, sodass wir weniger Angst in unseren Herzen hatten, als es sonst der Fall gewesen wäre.

In weniger als einer halben Minute hatten wir das Ende des Tals erreicht. Aber hier war der Untergrund nicht so beschaffen, dass er Spuren preisgibt, und wir wussten nicht, in welche Richtung wir weitergehen sollten.

Der Bootsmann rief laut nach Job, weil er vielleicht noch am Leben war, aber es kam keine Antwort zu uns zurück, ausgenommen ein schwaches und unangenehmes Echo.

Nun wollte der Bootsmann nicht mehr Zeit verlieren und rannte direkt hinunter in die Mitte des Tals. Wir folgten ihm und hielten unsere Augen offen.

Als wir etwa auf halbem Weg waren, rief ein Mann, dass er etwas gesehen hatte, aber der Bootsmann hatte es bereits bemerkt, denn er rannte direkt darauf zu. Er hielt dabei seine Fackel hoch und schwang sein großes Entermesser.

Dann, anstatt zuzuschlagen, fiel er auf seine Knie. Wir waren sofort bei ihm und im selben Moment schien es mir so, dass eine Anzahl von weißen Umrissen schnell mit den Schatten vor uns verschmolzen.

Ich konnte an diese aber keinen Gedanken verschwenden, als ich sah, wo der Bootsmann kniete, denn es war neben dem nackten Körper von Job.

Es gab keine auch noch so kleine Stelle auf ihm, die nicht mit den ringförmigen Markierungen versehen war, die ich auch an meinem Hals entdeckt hatte. Überall dort kam ein Rinnsal von Blut heraus, sodass sich uns ein höchst schrecklicher und furchteinflößender Anblick bot.

Als wir uns Job ansahen, der so zugerichtet und blutverschmiert war, kam eine plötzliche Totenstille über uns. In diesem Moment der Ruhe legte der Bootsmann seine Hand über das Herz des armen Burschen; es bewegte sich aber nicht, obwohl der Körper noch warm war.

Sofort danach stand er mit einem gewaltigen Zorn auf seinem Gesicht auf. Er zog seine Fackel aus dem Boden heraus, die er dort hingesteckt hatte, und starrte in die Stille des Tals um ihn herum. Es war aber kein lebendes Ding zu sehen; es gab da nichts außer den riesigen Pilzen und den seltsamen Schatten, die von unseren Fackeln geworfen wurden, und die Einsamkeit.

In diesem Moment zerfiel die Fackel eines Mannes in Stücke. Sie war fast abgebrannt, sodass er nichts außer dem verkohlen Griff in der Hand hielt, und sofort danach gingen zwei weitere aus.

Daraufhin bekamen wir Angst, dass die anderen nicht bis zur Rückkehr ins Lager halten würden, und schauten auf den Bootsmann, was er nun tun würde. Er war aber sehr still und schaute überall in die Schatten hinein.

Dann zerfiel eine vierte Fackel in verstreute Glutstücke und ich drehte mich, um hinzusehen. Im selben Augenblick flackerte ein großes Licht hinter mir auf, begleitet von dem dumpfen Knall von etwas Trockenem, das plötzlich in Flammen aufgeht.

Ich schaute mich schnell zum Bootsmann um. Er starrte auf einen der gigantischen Giftpilze, an dem überall entlang seines äußeren Rands die Flammen züngelten, die mit unglaublicher Heftigkeit brannten und geisterhafte Flammen hinausschickten. Immer wieder gaben sie dabei einen scharfen Knall ab, und bei jedem Knall wurde ein feiner Staub ausgestoßen, der in unsere Hälse und Nasenlöcher kam und uns höchst bemitleidenswert zum Niesen und Husten brachte.

Ich bin überzeugt, wenn in diesem Moment irgendein Feind über uns gekommen wäre, dann hätte er uns aufgrund unserer großen Hilflosigkeit erledigt.

Ob es dem Bootsmann selbst eingefallen war, den ersten der Pilze anzuzünden, weiß ich nicht. Es hätte auch sein können, dass seine Fackel ihn versehentlich berührte und zum Brennen gebracht hatte.

Wie auch immer, der Bootsmann nahm das als regelrechten Hinweis der Vorsehung und war bereits dabei, seine Fackel an einen Pilz zu halten, der sich ein wenig weiter weg befand, während der Rest von uns durch unser Husten und Niesen nahe am Ersticken war.

Wir waren so plötzlich durch die Kraft des Staubs überwältigt worden, dass fast eine ganze Minute vergangen war, bevor wir uns in der Art des Bootsmanns ans Werk machten.

Diejenigen, deren Fackeln ausgegangen waren, schlugen flammende Stücke aus den brennenden Pilzen heraus, steckten sie auf ihre Fackelhalter und erledigten so die Sache genauso gut.

Das alles passierte innerhalb von fünf Minuten nach der Entdeckung von Jobs Körper, und das scheußliche Tal schickte den Rauch seiner Brände gen Himmel, während wir, erfüllt von mörderischem Verlangen, mit unseren Waffen hin- und herrannten und versuchten, die abscheulichen Kreaturen zu finden und zu zerstören, die dem armen Burschen solch einen entsetzlichen Tod gebracht hatten.

Bald wurde das Tal unpassierbar, wegen der Hitze, den herumfliegenden Funken und dem überreichlichen, beißenden Staub. Wir gingen zu dem Körper des Jungen zurück und trugen ihn von dort zum Ufer.

Die ganze Nacht über schlief keiner von uns. Das Brennen der Pilze schickte eine mächtige Flammensäule aus dem Tal hoch wie aus dem Mund einer riesigen Grube, und als der Morgen kam, brannte es immer noch.

Dann, als es Tag geworden war, schliefen einige von uns, die sehr müde waren, aber manche hielten trotzdem Wache.

Als wir dann aufwachten, gab es starken Wind und Regen auf der Insel.

X. DAS LICHT IM SEEGRAS

Der Wind, der von der See hereinkam, war sehr heftig und drohte unser Zelt wegzublasen, was uns veranlasst hatte, unser langes Frühstück zu beenden.

Der Bootsmann forderte uns auf, es nicht wieder aufzurichten, sondern es auszubreiten und die Ecken mit unseren aus dem Schilf gemachten Stützen anzuheben, damit wir etwas von dem Regen auffangen konnten. Es war unerlässlich, unseren Wasservorrat zu ergänzen, bevor wir wieder hinaus auf die See fahren konnten.

Und während einige von uns damit beschäftigt waren, holte er die anderen und stellte mit den Ersatzplanen ein kleines Zelt auf, unter das er all unsere Sachen stellte, die vom Regen beschädigt werden konnten.

Schon nach kurzer Zeit kam der Regen in Strömen herunter und wir hatten in der Plane fast genug gesammelt, um einen Wasserbehälter damit zu füllen. Wir wollten es gerade umschütten, als uns der Bootsmann zurief, dass wir aufhören und das Wasser erst kosten sollten, bevor wir es mit dem vermischen, das wir bereits abgefüllt hatten.

Wir tauchten unsere Hände ein und schöpften etwas davon heraus. Danach stellten wir fest, dass es nach Brackwasser schmeckte und kaum genießbar war. Ich war sehr erstaunt darüber, bis uns der Bootsmann daran erinnerte, dass die Plane für viele Tage vom Salzwasser durchtränkt wurde, sodass es eine große Menge von Frischwasser bedurfte, bevor das ganze Salz wieder ausgewaschen war.

Dann sagte er uns, dass wir sie flach auf den Boden legen und auf beiden Seiten mit dem Sand abscheuern sollten. Wir machten dies und danach ließen wir sie wieder vom Regen gut ausspülen.

Das Wasser, das wir als Nächstes auffingen, war fast frisch, jedoch immer noch nicht genug für unsere Zwecke.

Als wir es dann die Plane noch einmal überspülten, war sie frei von dem Salz, sodass wir alles behalten konnten, was wir danach aufgefangen hatten.

Und dann, kurz vor Mittag, hörte der Regen auf, obgleich er hin und wieder für kurze Zeit zurückkam. Der Wind hatte aber nicht nachgelassen, sondern blies so ohne Unterbrechung weiter, auch während der gesamten Zeit, in der wir uns noch auf der Insel befanden.

Nachdem es aufgehört hatte zu regnen, rief uns der Bootsmann zusammen, damit wir diesem unglücklichen Burschen Job ein anständiges Begräbnis geben konnten, dessen sterbliche Überreste während der Nacht auf einem der Bodenbretter des Boots gelegen hatten.

Nach einer kurzen Diskussion wurde entschieden, ihn am Strand zu vergraben, denn der einzige Teil der Insel, wo es einen weichen Boden gab, war im Tal, und niemand wollte das dort machen. Darüber hinaus war der Sand weich und leicht aufzugraben, und da wir keine geeigneten Werkzeuge hatten, war das ein entscheidender Punkt.

Bald nachdem wir die Bodenbretter und die Ruder zum Schaufeln genommen hatten, sowie die kleine Axt, hatten wir ein Loch, das tief und lang genug war, um den Jungen hineinzulegen. Wir hielten bei ihm kein Gebet, aber verweilten noch etwas still am Grab. Dann gab der Bootsmann das Zeichen, den Sand zurückzuschaufeln, womit wir den armen Burschen begruben und ihm seine letzte Ruhe gaben.

Danach bereiteten wir sofort das Essen vor. Am Ende gab der Bootsmann jedem von uns einen sehr kräftigen Schluck Rum, denn er wollte uns in eine bessere Stimmung zurückbringen.

Nachdem wir eine Weile herumgesessen und geraucht hatten, teilte uns der Bootsmann in zwei Gruppen ein, um die Insel zwischen den Felsen abzusuchen; vielleicht würden wir Wasser finden, das von dem Regen zwischen Hohlräumen und den Spalten aufgefangen worden ist.

Obwohl wir durch unsere Vorrichtung mit der Plane schon einiges gesammelt hatten, war es dennoch nicht genug für unsere Bedürfnisse. Er war besonders darauf bedacht, dass wir uns beeilten, denn die Sonne war wieder herausgekommen, und er war sich sicher, dass diese kleinen Pfützen schnell durch die Hitze ausgetrocknet werden würden.

Der Bootsmann führte unsere Gruppe an und überließ die andere dem großgewachsenen Seemann. Er forderte jeden auf, seine Waffen bereitzuhalten. Dann ging er mit uns zu den Felsen am näher gelegenen Hügel und schickte die anderen zu dem größeren und weiter entfernten.

In jeder Gruppe trugen wir einen leeren Wasserbehälter, der an einem Paar starken Schilfrohren hing, sodass wir alle Tröpfchen, die wir finden würden, direkt hineingeben konnten, noch bevor sie Zeit gehabt hatten, in der heißen Luft zu verdunsten. Um das Wasser zu schöpfen, hatten wir unsere Zinnpfännchen mitgebracht und eines von den Schöpfgeräten aus dem Boot.

Nach einer Weile und viel Herumklettern zwischen den Felsen kamen wir an eine kleine Wasseransammlung, die bemerkenswert süß und frisch war. Wir konnten fast drei Gallonen herausholen, bevor sie erschöpft war.

Danach kamen wir an fünf oder sechs andere, aber keine davon so groß wie die erste. Dennoch waren wir nicht ganz unzufrieden, denn wir hatten den Wasserbehälter fast zu drei Viertel gefüllt. So machten wir uns auf den Weg zurück ins Lager und wollten wissen, welches Glück die andere Gruppe hatte.

Als wir in die Nähe des Lagers gekommen waren, stellten wir fest, dass die anderen vor uns zurückgekommen und anscheinend sehr zufrieden mit sich waren. Wir mussten sie deshalb auch nicht fragen, ob sie ihren Wasserbehälter haben füllen können.

Als sie uns gesehen hatten, rannten sie uns entgegen, um uns zu sagen, dass sie in einer tiefen Höhle auf ein großes Becken mit frischem Wasser gestoßen waren, ungefähr drei Viertel des Weges hoch auf den entfernteren Hügel.

Der Bootsmann bat uns, unseren Wasserbehälter abzustellen, damit wir alle zu dem Hügel gehen und er sich selbst davon überzeugen konnte, ob die Nachrichten wirklich so gut waren, wie es den Anschein hatte.

Sofort gingen wir in Begleitung der anderen Gruppe um die Hinterseite dieses entfernteren Hügels herum und stellten fest, dass es mit einem leichten Anstieg hoch zum Gipfel ging, mit vielen Vorsprüngen und abgebrochenen Stellen, sodass es kaum schwieriger war, als eine Treppe hochzusteigen.

Und so, nachdem vielleicht neunzig oder einhundert Fuß hochgeklettert waren, kamen wir plötzlich an den Ort, wo das Wasser war.

Wir fanden heraus, dass sie mit ihrer Entdeckung nicht übertrieben hatten, den das Becken war fast zwanzig Fuß lang und zwölf breit, und das Wasser war so klar, als wäre es aus einer Quelle gekommen. Es hatte eine beträchtliche Tiefe, wie wir feststellen konnten, als wir den Schaft eines Speers hineingesteckt hatten.

Als der Bootsmann nun selbst gesehen hatte, welch großer Wasservorrat für unsere Bedürfnisse vorhanden war, schien er sehr erleichtert zu sein. Er verkündete, dass wir wohl spätestens nach drei Tagen die Inseln verlassen könnten, was keiner von uns bedauerte. In der Tat, wenn das Boot nicht beschädigt worden wäre, hätten wir noch am selben Tag aufbrechen können. Das ging aber nicht, da noch viel getan werden musste, bevor es wieder seefest war.

Nachdem wir gewartet hatten, bis der Bootsmann seine Begutachtung zu Ende gebracht hatte, drehten wir uns herum, um herabzusteigen. Wir dachten, dass dies auch die Absicht des Bootsmanns war.

Er sagte uns aber, dass wir bleiben sollten. Als wir uns umdrehten, sahen wir, dass er das Erklimmen des Hügels zu Ende bringen wollte. Daraufhin hasteten wir ihm nach, obwohl wir keine Idee hatten, warum er höher gehen wollte.

Schnell hatten wir den Gipfel erreicht und fanden dort einen sehr ebenen, geräumigen Platz, ausgenommen, dass an ein oder zwei Stellen von einem tiefen Riss durchzogen war, vielleicht einen halben Fuß bis zu einem Fuß breit und vielleicht drei bis sechs Klafter lang.

Abgesehen von diesem und einigen großen Felsen war dies, wie ich schon sagte, ein geräumiger Platz. Darüber hinaus war er knochentrocken und angenehm fest unter den Füßen, nach der langen Zeit auf dem Sand.

Ich denke, dass ich bereits zu diesem frühen Zeitpunkt erkennen konnte, was der Plan des Bootsmanns war. Als ich nämlich an die Kante heranging, von wo aus man das Tal überblickte und herunterschaute, stellte ich fest, dass es da einen fast steilen Abgrund gab. Ich bemerkte, dass ich mit dem Kopf nickte, als würde ich mir selbst einem halb zu Ende gedachten Wunsch zustimmen.

Dann schaute ich mich um und stellte fest, dass der Bootsmann den Teil untersuchte, der zu dem Seegras ausgerichtet war. Ich ging hinüber zu ihm. Auch hier sah ich, dass der Hügel sehr steil abfiel. Danach gingen wir zu der seewärts gerichteten Kante, und auch hier war es fast so steil wie auf der Seegrasseite.

Dann, als ich ein wenig über die Sache nachgedacht hatte, sagte ich dem Bootsmann geradeheraus, dass dies hier einen idealen Lagerplatz ergeben würde, wo nichts von den Seiten und dem hinteren Teil zu uns kommen konnte, und auf der Vorderseite gab es den Hang, der leicht zu bewachen war. All das legte ich ihm wärmstens ans Herz, denn ich hatte fürchterliche Angst vor der kommenden Nacht.

Als ich fertig geredet hatte, erklärte mir der Bootsmann, dass dies – wie ich vermutet hatte – seine eigene Absicht war. Sofort rief er die Männer, dass wir nach unten eilen und unser Lager auf die Spitze des Hügels bringen sollten. Dem stimmten alle Männer zu, und jeder von uns hastete zum Lager und begannen sofort damit, unsere Sachen hoch auf den Gipfel zu bringen.

In der Zwischenzeit ging der Bootsmann wieder zum Boot und nahm mich als Helfer mit. Er wollte seinen angefertigten Balken in die rechte Form bringen, damit sie an die Seite des Kiels geht und sich diesem gut anpasst. Besonders aber wollte er die Planke richten, die aus ihrer Position herausgesprungen war.

Daran arbeitete er den größten Teil des Nachmittags und benutzte dazu die kleine Axt, um das Holz zu bearbeiten. Er tat dies mit großem Geschick, dennoch hatte er, als der Abend kam, nicht alles zu seiner Zufriedenheit erledigen können.

Man muss jetzt nicht annehmen, dass er nichts anderes gemacht hatte, als am Boot zu arbeiten, denn er musste auch noch die Männer anleiten. Einmal musste er sogar auf den Hügel hoch, um den Platz für das Zelt festzulegen. Als es aufgestellt war, wies er die Männer an, das trockene Seegras zum neuen Lager zu bringen. Damit beschäftigte er sie fast bis zur Abenddämmerung, denn er hatte sich geschworen, niemals mehr ohne genügend Brennmaterial zu sein.

Zwei von den Männern schickte er aber zum Muschelsammeln. Er übertrug diese Aufgabe bewusst an zwei von ihnen, denn er wollte nicht einen allein auf der Insel haben, weil er nicht wusste, ob es eine Gefahr gibt, obwohl es heller Tag war.

Das hatte sich als äußerst glückliche Maßnahme erwiesen, denn wir hörten sie ein wenig nach der Mitte des Nachmittags von anderen Ende des Tals rufen. Wir wussten zwar nicht, ob sie Hilfe brauchten, rannten aber trotzdem so schnell hin, wie wir konnten, um den Grund ihres Rufens zu erfahren. Dabei kamen wir an der rechten Seite des rußgeschwärzten und durchnässten Tals vorbei.

Als wir den hinteren Strand erreicht hatten, sahen wir etwas höchst Unglaubliches. Die beiden Männer rannten uns durch die dicken Haufen des Seegrases entgegen, während sie nicht mehr als vier oder fünf Klafter hinter ihnen von einer riesigen Krabbe verfolgt wurden.

Ich hatte gedacht, dass die Krabbe, die wir versucht hatten, zu fangen, bevor wir auf die Insel kamen, ein unvergleichliches Wunder war, aber diese Kreatur war mehr als dreimal so groß. Es schien so, als wäre ein gewaltiger Tisch hinter ihnen her.

Trotz ihrer monströsen Größe lief sie schneller über das Seegras als die Männer, was ich mir nicht hätte vorstellen können. Sie rannte fast seitwärts und mit einer enormen Schere, die sie neben einem Dutzend Füßen hochhielt.

Ob die Männer – Unfälle beiseitegelassen – auf dem festeren Untergrund hätten entfliehen können, wo sie eine größere Geschwindigkeit erreichen konnten, weiß ich nicht, aber plötzlich fiel einer von ihnen über eine verschlungene Stelle des Grases und lag im nächsten Moment hilflos auf seinem Gesicht.

Unmittelbar danach wäre er tot gewesen, wenn nicht sein Begleiter den Schneid gehabt hätte, sich mannhaft zu dem Monster hin umzudrehen und ihm mit seinem Zwanzig-Fuß-Speer entgegenzurennen.

Es sah für mich so aus, dass der Speer die Riesenkrabbe etwa einen Fuß unterhalb der überhängenden Panzerung der großen Rückenschale getroffen hatte, und ich konnte sehen, dass er für ein gutes Stück in die Kreatur eingedrungen war. Der Mann hatte mit viel Glück einen verwundbaren Teil getroffen.

Als sie diesen Stoß abbekam, unterbrach die mächtige Krabbe ihre Verfolgung und griff mit ihrem großen Kiefer nach dem Schaft des Speers. Sie zerbrach die Waffe mit größerer Leichtigkeit, als ich das mit einem Strohhalm hätte tun können.

In der Zwischenzeit hatten wir die Männer erreicht. Derjenige, der gestolpert war, war wieder aufgestanden und drehte sich um, damit er seinem Kameraden helfen konnte. Der Bootsmann schnappte sich aber dessen Speer und sprang selbst nach vorne, denn die Krabbe war nun hinter diesem anderen Mann her.

141

Er versuchte nicht, den Speer in das Monster zu werfen, stattdessen führte er zwei schnelle Stöße in Richtung der großen vorstehenden Augen aus. Sofort rollte sich die Kreatur zusammen, hilflos, nur die große Schere schwenkte ziellos herum.

Daraufhin holte uns der Bootsmann zurück, obwohl der Mann, der die Krabbe angegriffen hatte, es zu Ende bringen wollte. Er meinte, dass man aus ihr ein gutes Mahl zubereiten könnte. Der Bootsmann wollte aber nichts davon hören und sagte, dass sie immer noch ein tödliches Unheil anrichten konnte, wenn jemand nur in die Reichweite des gewaltigen Kiefers kommen würde.

Danach forderte er sie auf, nicht mehr nach Muscheln zu suchen, sondern die beiden vorhandenen Angelschnüre nehmen sollten, um zu sehen, ob sie etwas von dem sicheren Felsvorsprung des Hügels aus fangen können, wo wir unser Lager aufgeschlagen hatten.

Dann ging er zurück und fuhr mit der Reparatur des Boots fort.

Kurz bevor der Abend auf die Insel herunterkam, hörte er auf zu arbeiten. Danach trug er den Männern auf, die das Sammeln des Brennmaterials beendet hatten und nahe dabeistanden, alle vollen Wasserbehälter unter dem umgedrehten Boot zu lagern, von denen wir glaubten, dass es aufgrund ihres Gewichts keinen Sinn machen würde, sie ins Lager zu tragen.

Einige von ihnen hielten die Seite hoch, während andere die Behälter drunter schoben. Dann legte der Bootsmann die halb fertigen Bretter daneben, und wir senkten das Boot wieder ab, im Vertrauen darauf, dass sein Gewicht irgendwelche Kreaturen daran hindern würde, die Sachen anzurühren.

Danach gingen wir sofort ins Lager, da wir ausgelaugt und müde waren und uns sehr auf das Abendessen freuten.

Als wir auf der Oberseite des Hügels angekommen waren, kamen die beiden Männer herbei, die er mit den Angelschnüren losgeschickt hatte, und zeigten ihm einen sehr schönen Fisch, etwas wie eine riesige Königsmakrele, die sie ein paar Minuten zuvor gefangen hatten.

Nachdem er sie untersucht hatte, sagte er, dass sie zum Verzehr geeignet sei, woraufhin sie sich dranmachten, den Fisch auszunehmen und zu reinigen.

Nun, wie ich bereits sagte, war sie einer großen Königsmakrele nicht unähnlich, und genau wie diese hatte sie den Mund voll von beachtlichen Zähnen, deren Gebrauch man besser verstehen konnte, wenn man sich den Mageninhalt anschaute. Er schien aus nichts anderem zu bestehen als die aufgerollten Tentakel von Tintenfischen oder Sepia, von denen es, wie ich bereits gesagt habe, in der Seegraswelt nur so wimmelte.

Als wir diese auf dem Fels ausgebreitet hatten, war ich ziemlich verwirrt, die Länge und Stärke von einigen von diesen zu sehen. Ich konnte mir nur denken, dass dieser besondere Fisch ein sehr erbitterter Feind von ihnen war und in der Lage, Monster anzugreifen, deren Körpermasse unendlich größer war als die eigenen.

Danach, während das Abendessen zubereitet wurde, rief der Bootsmann einige Männer zu sich, damit sie ein Stück von dem Ersatz-Segeltuch mit ein paar Schilfrohren aufstellen, um einen Schutz gegen den Wind zu haben, da dieser dort oben so stark wehte, dass er manchmal nahe dran gewesen war, das Feuer um uns herum zu verteilen. Das war keine so schwere Aufgabe für sie gewesen, denn in Richtung der Windseite befand sich der Riss, den ich vorher schon erwähnt hatte, und in diesen klemmten sie die Halterungen ein und hatten so nach kurzer Zeit das Feuer geschützt.

Bald war auch das Essen fertig und ich fand den Fisch durchaus genießbar, obwohl er etwas derb schmeckte. Das war aber keine große Sache gewesen, mit so einem leeren Magen, wie ich ihn hatte.

An dieser Stelle möchte ich erwähnen, dass wir durch das Fischen während der restlichen Zeit auf der Insel unseren Proviant schonen konnten.

Als wir dann mit dem Essen fertig waren, legten wir uns sehr bequem zum Rauchen hin, denn wir fürchteten auf dieser Höhe keinen Angriff bei den steilen Abhängen auf allen Seiten, ausgenommen der Hang, welcher vor uns lag. Nachdem wir eine Weile geraucht und uns ausgeruht hatten, teilte der Bootsmann die Wachen ein, denn er wollte kein Risiko wegen irgendwelcher Nachlässigkeiten eingehen.

Zu diesem Zeitpunkt war die Nacht weiter fortgeschritten, aber es war noch nicht so dunkel, dass man Dinge auf eine kurze Distanz nicht hätte erkennen können.

Ich befand mich in einer Stimmung, wo ich nachdenken wollte, und hatte den Wunsch, für mich alleine zu sein.

Ich ging vom Feuer weg in Richtung auf die vom Wind abgewandte Seite des Hügels und lief dort für eine Weile auf und ab, rauchte und dachte nach. Bald konnte ich über die Unendlichkeit dieses gewaltigen Kontinents aus Seegras und Schleim blicken, der sich in seiner Trostlosigkeit bis hinter den sich verdunkelnden Horizont ausdehnte.

Und jetzt kamen die schrecklichen Fantasien wegen der Männer wieder zu mir, deren Schiffe sich in dessen seltsamer Vegetation verfangen hatten, und so richteten sich meine Gedanken an den einsamen Schiffsrumpf, der da unten in der Dunkelheit lag, und ich dachte darüber nach, wie wohl das Ende der Besatzung gewesen war und wurde noch ehrfürchtiger in meinem Herzen.

Ich meinte, dass sie zumindest am Hunger gestorben sein mussten, und wenn nicht dadurch, dann durch einige der teuflischen Kreaturen, welche die einsame Seegraswelt bevölkern.

Und dann, gerade als mir diese Gedanken gekommen waren, klopfte mir der Bootsmann auf die Schulter und sagte mir auf sehr herzliche Art, dass ich zum Licht des Feuers gehen und alle trübsinnigen Gedanken verbannen sollte.

Er hatte eine sehr tief gehende Wahrnehmung und war mir leise vom Lagerplatz aus gefolgt, da er schon ein- oder zweimal zuvor Grund gehabt hatte, mich wegen trüber Gedanken zu schelten. Dafür, aber auch wegen anderer Dinge, begann ich ihn immer mehr zu mögen.

Ich dachte manchmal, dass das auch umgekehrt der Fall war. Er sprach aber zu wenig, um mich seine Gefühle erkennen zu lassen. Ich hoffte jedoch, dass sie so waren, wie ich es vermutete.

So kam ich zurück ans Feuer und sofort, da ich keine Lust hatte, bis nach Mitternacht aufzubleiben, ging ich ins Zelt, um eine Zeit lang zu schlafen, nachdem ich zuerst eine komfortable Unterlage aus den weicheren Teilen des trockenen Grases ausgebreitet hatte, um mir ein Bett zu machen.

Ich schlief sehr fest, da ich recht müde war. Deshalb konnte ich auch den Mann, der Wache hatte, nicht hören, als er nach dem Bootsmann rief. Das Aufstehen der anderen hatte mich aber geweckt.

Als ich zu mir kam, war das Zelt leer, woraufhin ich eiligst zum Eingang lief und dort feststellte, dass ein klarer Mond am Himmel erschienen war. Weil es die vorausgegangene Bewölkung nicht zuließ, haben wir ihn die letzten zwei Nächte nicht sehen können.

Auch die Schwüle war weg, da sie der Wind mit den Wolken weggeblasen hatte. Dennoch, obwohl mir das gefiel, war das nur in einer unterbewussten Weise, denn ich wollte herauszufinden, wo sich die Männer befanden und auch den Grund, warum sie das Zelt verlassen hatten.

Ich trat deshalb aus dem Zelt heraus, und im nächsten Augenblick entdeckte sie alle auf einem Haufen neben der vom Wind abgewandten Seite am Rand des Hügels.

Ich verhielt mich still, denn ich wusste nicht, ob sie Ruhe wünschten, rannte aber hastig zu ihnen hin und fragte den Bootsmann, was für eine Sache sie aus dem Schlaf gerufen hatte. Als Antwort zeigte er hinaus in die große Weite der Seegraswelt.

Daraufhin starrte ich über die ganze Breite des Seegrases hinweg, das sich sehr geisterhaft im Mondlicht zeigte, aber in diesem Moment sah ich noch nicht, worauf er meine Aufmerksamkeit richten wollte.

Dann, ganz plötzlich, kam es in mein Blickfeld – ein kleines Licht draußen in der Einsamkeit. Für einige Momente starrte ich fassungslos hin. Dann erkannte ich sofort, dass es von dem einsamen Schiff kam, das draußen im Seegras lag, dasselbe, das ich an diesem bestimmten Abend sorgenvoll und voller Ehrfurcht bestaunt hatte, weil ich an das Ende derjenigen dachte, die in ihm gewesen waren.

Und nun nahm ich wahr, dass dort ein Licht schien, das allem Anschein nach aus einer der hinteren Kabinen kam, obwohl der Mond nicht kraftvoll genug war, um die Umrisse des Rumpfes klar in der Wildnis darum herum erkennen zu können.

Von diesem Zeitpunkt an, bis es wieder Tag wurde, konnten wir nicht schlafen. Wir zündeten das Feuer an und saßen darum herum, voller Aufregung und Verwunderung. Wir standen immer wieder auf, um nachzusehen, ob das Feuer noch brannte.

Es erlosch ungefähr eine Stunde, nachdem ich es zum ersten Mal bemerkt hatte, aber es war dennoch der Beweis, dass es dort jemanden wie uns gab, nicht mehr als eine halbe Meile von unserem Lager entfernt.

Schließlich wurde es Tag.

XI. DIE SIGNALE VON DEM SCHIFF

Sofort, als es taghell war, gingen wir alle an den vom Wind abgewandten Abhang des Hügels und starrten auf den Schiffsrumpf, von dem wir nun Grund hatten, zu glauben, dass es kein Wrack war, sondern ein immer noch bemanntes Schiff. Obwohl wir es für mehr als zwei Stunden beobachteten, konnten wir aber keine Anzeichen von lebenden Kreaturen erkennen.

Das hätten wir bei klarerem Verstand nicht als ungewöhnlich betrachtet, da wir sehen konnten, dass es durch die großen Überbauten vollkommen abgeschottet war. Wir waren aber so versessen darauf, ein Wesen unserer Rasse zu sehen, nach so viel Einsamkeit und Schrecken in seltsamen Gegenden und Meeren, dass wir uns nicht gedulden konnten, bis diejenigen, die sich im Rumpf befanden, beschlossen hatten, sich uns zu zeigen.

Und schließlich, da wir müde vom Hinsehen waren, stellten wir uns alle zusammen. Wir wollten gemeinsam rufen, wenn der Bootsmann das Signal gibt. Das würde einen ziemlichen Lärm machen, von dem wir dachten, dass ihn der Wind bis zum Schiff tragen würde.

Obwohl wir oft und mit einer uns ziemlich groß erscheinenden Lautstärke gebrüllt hatten, kam keine Antwort von dem Schiff. Schließlich mussten wir unser Rufen abbrechen und uns einen anderen Weg ausdenken, um uns für die im Rumpf bemerkbar zu machen.

Wir sprachen für eine Weile miteinander; die einen schlugen dies vor, die anderen etwas anderes, aber nichts davon schien unseren Zwecken zu genügen.

Dann wunderten wir uns darüber, dass das Feuer, welches wir im Tal angezündet hatten, sie nicht zu der Feststellung gebracht hatte, dass Wesen ihrer eigenen Art auf der Insel waren. Wenn es aber doch so war, konnten wir nur annehmen, dass sie die Insel ununterbrochen beobachten, bis der rechte Zeitpunkt gekommen war, dass sie unsere Aufmerksamkeit erregen konnten.

Nein! Es war kaum glaubhaft, dass sie uns nicht selbst mit einem Feuer geantwortet oder irgendwelche ihrer Flaggen über den Überbauten gezeigt hätten, sodass unser Blick darauf fallen würde, sobald wir in Richtung des Schiffsrumpfs schauten. Das Licht, welches wir in der vergangenen Nacht gesehen hatten, war mehr ein Zufall als eine absichtliche Zurschaustellung.

Wir machten uns dann sofort über unser Frühstück her und ließen es uns gut schmecken. Unsere schlaflose Nacht hatte uns einen mächtigen Appetit gebracht. Trotzdem waren wir so sehr von dem Mysterium des einsamen Schiffes eingenommen, dass ich kaum glaubte, dass irgendjemand von uns bemerkte, womit er sich gerade den Magen gefüllt hatte, denn es wurde stets die eine Sache vorgebracht, und wenn man sich dann darüber gestritten hatte, wurde etwas anderes erwähnt.

Auf diese Weise kam es schließlich dazu, dass einige der Männer daran zweifelten, dass das Schiff von irgendwelchen menschlichen Wesen bewohnt war und meinten, dass es eher von einer teuflischen Gestalt aus der großen Seegraswelt in Beschlag genommen wurde. Bei dieser These wurden wir sehr still. Sie dämpfte nicht nur unsere Erwartungen, sondern brachte eine erneute Furcht über uns, von der wir mittlerweile schon genug hatten.

Dann sprach der Bootsmann, der uns mit echter Verachtung für unsere plötzlichen Ängste auslachte. Er sagte uns, dass es genauso gut möglich sein könnte, dass die Leute auf dem Schiff durch die große Feuersbrunst in dem Tal verängstigt worden waren, anstatt sie als ein Zeichen zu betrachten, dass Mitgeschöpfe und Freunde in der Nähe waren. Wer von uns könnte sagen, was es für fürchterliche Bestien und Dämon in der Seegraswelt gibt? Und wenn wir Grund zu der Annahme hatten, dass sich sehr grausame Dinge in dem Seegras befinden, um wie viel mehr mussten sie – nach allem, was wir wissen – für eine lange Zeit von diesen geplagt worden sein.

Und so, wie er mit seinen Erklärungen fortfuhr, konnten wir annehmen, dass ihnen sehr wohl bewusst war, dass irgendwelche Wesen auf die Insel gekommen waren. Vielleicht wollten sie sich nicht zu erkennen geben, bis sie diese haben sehen können, und deswegen müssten wir warten, bis sie sich von selbst dazu entschließen, sich zu zeigen.

Nachdem der Bootsmann geendet hatte, fühlten wir uns alle sehr erleichtert, denn sein Vortrag erschien uns sehr plausibel zu sein. Dennoch gab es viele Dinge, die uns alle beunruhigten, denn – so wie es einer formulierte – war es denn nicht sehr seltsam, dass wir das Licht nicht schon früher gesehen hatten oder während des Tages den Rauch von ihrem Feuer in der Kombüse?

Hierauf entgegnete der Bootsmann, dass sich unser Lager bis jetzt an einem Ort befand, wo wir keine Sicht darauf hatten, noch nicht einmal auf die große Seegraswelt und schon gar nicht auf den Schiffsrumpf.

Was noch hinzukam: Zu den Gelegenheiten, wo wir zum Strand auf der anderen Seite hinübergegangen waren, haben uns andere Dinge ernsthaft beschäftigt, sodass wir wenig daran gedacht hatten, das Schiff zu betrachten, welches aus dieser Position nur seine großen Überbauten zeigte. Darüber hinaus waren wir bis zum gestrigen Tag nur einmal höher gestiegen, und von dort konnte man unser jetziges Lager und den Rumpf nicht gleich sehen. Selbst jetzt mussten wir näher an den Abgrund auf der vom Wind abgewandten Seite herangehen, um etwas erkennen zu können.

Und so, nachdem das Frühstück beendet war, gingen wir alle los, um zu sehen, ob es irgendwelches Leben in dem Schiffsrumpf gab. Aber nach einer Stunde waren wir immer noch nicht schlauer.

Deshalb wäre es Unsinn gewesen, weitere Zeit zu verlieren, und der Bootsmann ließ einen Mann zurück, um weiter Wache an der Vorderseite des Hügels zu halten. Dabei trug er ihm ausdrücklich auf, in dieser Position zu bleiben, damit er von jedem an Bord des mysteriösen Schiffes gesehen werden konnte.

Dann nahm er den Rest von uns mit sich nach unten, um ihm bei der Reparatur des Boots zu helfen. Von diesem Moment an und über den Tag verteilt, ließ er jeden der Männer einen Teil der Wache übernehmen und sagte ihnen, dass er ihm zuwinken sollte, wenn irgendein Zeichen aus dem Schiffsrumpf kommen sollte.

Die Wache ausgenommen, hielt er jeden Mann so viel wie möglich beschäftigt; einige brachten das Gras, um das Feuer aufrechtzuerhalten, das er in der Nähe des Boots angezündet hatte. Einer half ihm dabei, den Balken zu drehen und zu halten, an der er arbeitete, und zwei schickte er hinüber zu den Resten des Mastes, um eine der Püttinge [Beschläge für die Befestigung der Wanten] abzunehmen, welche (was sehr selten ist) aus Eisenstangen gefertigt waren.

Als sie diese brachten, sagte er mir, dass ich sie im Feuer erhitzen und dann an einem Ende geradebiegen sollte. Als dies erledigt war, trug er mir auf, damit Löcher durch den Kiel des Boots zu brennen, an allen Stellen, die er markiert hatte. Diese waren für die Bolzen gedacht, mit denen er den Balken befestigen wollte.

In der Zwischenzeit fuhr er damit fort, das Stück Balken zu formen, bis es seinen Vorstellungen nach gut gelungen und passend war. Und die ganze Zeit über trieb er die Männer an, dies zu tun und das zu tun. Ich erkannte daran, dass er, abgesehen von der Notwendigkeit, das Boot in einen seefesten Zustand zu bringen, den Wunsch hatte, die Männer beschäftigt zu halten. Sie waren so aufgeregt durch den Gedanken, dass sich menschliche Geschöpfe in Rufweite befanden, dass er nicht hoffen konnte, sie unter Kontrolle zu behalten, ohne ihnen etwas zu tun zu geben.

Man muss nun aber auch nicht denken, dass der Bootsmann sich nicht an unserer Aufregung beteiligt hätte, denn ich konnte sehen, dass er immer wieder ein Blick zum Hügel hochwarf, weil vielleicht der wachhabende Mann Neuigkeiten für uns haben könnte.

Der Morgen ging aber vorüber, und es kam kein Signal zu uns, das auf die Absicht der Leute hinweisen würde, sich dem Mann auf dem Wachposten zu zeigen, und so gingen wir zum Mittagessen.

Bei dieser Mahlzeit hatten wir – wie man annehmen kann – eine erneute Diskussion wegen der Seltsamkeit des Benehmens seitens derjenigen, die sich im Schiffsrumpf befanden. Wieder konnte niemand eine logischere Erklärung liefern als die, welche der Bootsmann uns am Morgen gegeben hatte, und so ließen wir es dabei.

Nachdem wir geraucht und uns bequem ausgeruht hatten – denn der Bootsmann war kein Tyrann – erhoben wir uns auf seine Anweisung hin, um noch einmal zum Strand hinunterzugehen.

In diesem Moment aber, nachdem einer der Männer an die Kante des Hügels gerannt war, um einen kurzen Blick auf das Schiff zu werfen, rief dieser aus, dass jetzt ein großer Teil der Überbauten an der Seite entfernt oder zurückgeschoben wurden und dass sich dort anscheinend eine Gestalt befand, so wie es ihm mit bloßen Augen schien. Diese schaute durch ein Fernrohr und beobachtete die Insel.

Es wäre schwer, an dieser Stelle die ganze Aufregung zu beschreiben, die aufgrund dieser Nachricht in uns hochkam, und wir rannten sofort hin, um selbst zu sehen, ob es so war, wie er uns sagte.

Und so war es wirklich, denn wir konnten die Person sehr deutlich sehen, obwohl sie aufgrund der Distanz weit entfernt und recht klein war.

Dass auch wir gesehen wurden, konnten wir sofort feststellen, denn er begann plötzlich mit etwas zu wedeln, von dem ich annahm, dass es das Fernglas war. Er tat dies in einer wilden Art und Weise und schien dabei Auf und Ab zu springen.

Ich zweifle nicht daran, dass wir genauso aufgeregt waren, denn plötzlich bemerkte ich, dass ich mit dem

Rest der Männer wie verrückt herumbrüllte. Darüber hinaus winkte ich mit meinen Händen und rannte an der Kante des Hügels hin und her.

Dann sah ich, dass die Gestalt in dem Schiff verschwunden war, aber nur für einen kurzen Moment, denn dann kam sie zurück und nun waren dort fast ein Dutzend von ihnen. Es schien mir so, dass einige davon Frauen waren, aber die Entfernung war zu groß, um sicher zu sein.

Alle von ihnen, die uns an der Kante des Hügels gesehen hatten, wo wir uns deutlich von dem Himmel abhoben, begannen sofort wie wild zu winken, und wir, die wir in der gleichen Weise antworteten, schrien uns heißer, mit unseren vergeblichen Rufen.

Wir wurden aber bald müde von unserer unbefriedigenden Methode, unsere Aufregung zu zeigen, und einer nahm ein Stück von dem rechteckigen Segeltuch, ließ es im Wind ausbreiten und winkte ihnen damit. Ein anderer nahm ein zweites Stück und machte es ihm nach, während ein dritter einen Fetzen davon kegelförmig zusammenrollte und ihn als Sprachrohr benutzte. Ich bezweifele aber, dass seine Stimme dadurch weiter weggetragen wurde.

Was mich anbelangt, hatte ich mir einen der langen bambusartigen Schilfrohre genommen, die in der Nähe des Feuers lagen. Damit wedelte ich herum und gab eine sehr beeindruckende Vorstellung.

Daran kann man ermessen, wie groß und echt unsere Begeisterung über die Entdeckung dieser armen Menschen war, die in diesem einsamen Seegefährt von der Welt abgeschnitten waren.

Dann, ganz plötzlich, schienen wir zu begreifen, dass *sie* zwischen dem Seegras waren und *wir* auf dem Gipfel des Hügels und wir keine Möglichkeit hatten, das zu überbrücken, was zwischen uns lag.

Danach schauten wir uns alle an und diskutierten darüber, was wir machen könnten, um die Menschen im Schiff zu retten.

Es gab aber wenig, was wir hätten vorschlagen können. Einer sprach davon, dass er einmal gesehen hatte, wie ein Seil durch einen Granatwerfer auf ein Schiff katapultiert wurde, das vom Ufer entfernt lag. Das half uns aber wenig, denn wir hatten keinen Granatwerfer.

Daraufhin rief derselbe Mann, dass sie so etwas auf dem Schiff haben könnten, was sie in die Lage versetzen würde, das Seil zu uns rüber zu schießen. An dieser Stelle dachten wir mehr über das nach, was er gesagt hatte. Wenn sie solch eine Waffe hätten, dann könnten sich unsere Schwierigkeiten erledigen.

Wir waren aber in völliger Unkenntnis darüber, wie wir herausfinden könnten, ob sie so etwas besitzen und auch, wie wir ihnen unseren Plan vermitteln sollten.

Aber hier kam uns der Bootsmann zu Hilfe. Er forderte einen Mann auf, schnell zu dem Feuer hinzugehen und einige der Schilfrohre zu verkohlen. Während dieser das erledigte, legte der eines der Ersatz Segeltücher auf den Fels und rief dann dem Mann zu, ihm eines der verkohlen Schilfrohre zu bringen, mit dem er unsere Frage auf das Tuch schrieb, und verlangte dann nach neuen verkohlten Stücke, wenn er sie brauchte.

Als er sein Schreiben beendet hatte, forderte er zwei der Männer auf, das Tuch an den Enden zu halten und es denen auf dem Schiff zu zeigen. Auf diese Weise brachten wir sie dazu, unsere Fragen zu verstehen, denn sofort ging einer von ihnen weg und kam kurz darauf wieder und zeigte uns ein großes weißes Laken, auf dem 'Nein' geschrieben stand.

Daraufhin waren wir wieder am Ende unserer Weisheit angelangt und hatten keine Vorstellung davon, wie wir die auf dem Schiff retten könnten.

Unser ganzer Wunsch, die Insel zu verlassen, wurde in die Entschlossenheit verwandelt, die Leute im Schiff zu retten. In der Tat, wenn wir diese Absicht nicht gehabt hätten, wären wir richtige Hundesöhne gewesen.

Ich bin froh, sagen zu können, dass wir an diesem Punkt keinen anderen Gedanken hatten als an diejenigen, die nun auf uns schauten, damit wir sie wieder in die Welt bringen, die ihnen für so lange Zeit fremd geworden ist.

Nun, wie ich schon sagte, waren wir jedoch wieder am Ende unserer Weisheit, was die Möglichkeit betraf, zu den Menschen im Schiff zu kommen.

So standen wir dann alle zusammen und sprachen miteinander, um vielleicht einen Plan zu entwickeln, und immer wieder drehten wir uns zu denen hin, die uns so aufgeregt betrachteten und winkten ihnen.

Eine ganze Weile war vergangen, und wir waren einer Methode, mit der wir sie retten konnten, nicht näher gekommen.

Dann hatte ich einen Gedanken (vielleicht wegen der Erwähnung des Granatwerfers, mit dem das Seil hinüber geschossen wurde).

Ich hatte einmal in einem Buch von einer blonden Maid gelesen, deren Liebhaber ihr die Flucht aus einer Burg mit einer ähnlichen Vorrichtung ermöglicht hatte, nur dass er dafür einen Bogen benutzte, anstelle eines Granatwerfers und einer Schnur anstatt eines dicken Seils. Seine Liebste holte dann das Seil mithilfe der Schnur hoch.

Nun erschien es mir möglich zu sein, einen Bogen anstelle eines Granatwerfers zu verwenden, wenn man nur das Material dafür finden würde, solch eine Waffe zu bauen.

Mit dieser Idee im Kopf nahm ich ein Stück von dem bambusähnlichen Schilfrohr und prüfte dessen Elastizität, die ich als sehr gut empfand.

Dieses ungewöhnliche Gewächs, von dem ich danach immer als Bambus gesprochen habe, hatte keine Ähnlichkeit mit dieser Pflanze über sein Aussehen hinaus, denn es war außerordentlich zäh und holzig und hatte sogar eine bessere Beschaffenheit als Bambus.

Als ich die Spannkraft geprüft hatte, ging ich rüber zum Zelt und schnitt ein Stück 'Samson-Seil' [besonders starkes, geflochtenes Seil, heute aus Kunststoff] ab, das ich zwischen den Ausrüstungsgegenständen fand. Damit und dem Schilfrohr machte ich einen groben Bogen.

Dann schaute ich mich um, bis ein sehr junges und schlankes Stück von diesem Rohr fand, das mit den anderen abgeschnitten wurde, und davon machte ich eine Art Pfeil, den ich mit Teilen aus den breiten, steifen Blättern befiederte, die an den Pflanzen wuchsen.

Danach ging ich zu der Gruppe der Männer am Rand der vom Wind abgewandten Seite des Hügels.

Als sie mich so bewaffnet ankommen sahen, dachten sie, dass ich mir einen Scherz erlauben wollte. Einige lachten und meinten, dass ich mir da eine recht seltsame Sache ausgedacht hatte.

Als ich ihnen aber erklärte, was ich im Sinn hatte, hörten sie auf zu lachen und schüttelten ihre Köpfe, weil ich nur Zeit verschwenden würde, denn sie sagten, dass nichts außer Schießpulver eine so große Distanz überwinden könnte.

Danach drehten sie sich wieder zum Bootsmann hin, mit dem einige von ihnen anscheinend diskutierten. Für eine kurze Weile sagte ich deshalb nichts und hörte zu.

Ich konnte dem Gespräch entnehmen, dass manche den Männern vorschlugen, das Boot zu nehmen – sobald es ausreichend repariert worden ist – um dann durch das Seegras zum Schiff zu fahren, nachdem sie einen kleinen Kanal herausgeschnitten hatten.

Der Bootsmann schüttelte aber seinen Kopf und erinnerte sie an den großen Kraken und die Krabben und die schrecklicheren Dinge, die im Seegras verborgen waren und sagte, dass diejenigen, die sich in dem im Schiff befanden, diese Möglichkeit schon lange genutzt hätten.

Darauf hin schwiegen die Männer, da sie durch seine Warnungen ihrer unbegründeten Begeisterung beraubt worden sind.

Genau zu diesem Zeitpunkt passierte etwas, das die kluge Voraussicht dessen bestätigte, was der Bootsmann behauptete.

Plötzlich rief einer der Männer, dass wir hinübersehen sollten, woraufhin wir uns schnell umdrehten und sahen, dass es einen großen Tumult bei denen gab, die in den offenen Bereichen der Überbauten standen.

Sie rannten drüben im Schiff hierhin und dahin, und einige drängten sich an der Rutsche, welche sich in der Öffnung ins Schiff befand.

Sofort danach sahen wir den Grund für ihre Aufregung und die Hast, denn es gab eine Bewegung im Gras in der Nähe des Stevens des Schiffes [Steven / Vor- und Achtersteven, vom Kiel ausgehende, stabilisierende Verlängerung von Bug und Heck – Abschluss des Schiffsrumpfs, besonders bei Holzschiffen].

Im nächsten Augenblick griffen monströse Tentakel nach dem Platz, wo die Öffnung war, aber die Tür war schon geschlossen und diejenigen an Bord des Schiffs in Sicherheit.

Nach diesem Ereignis schrien die Männer, welche die Benutzung des Boots vorschlugen, aber auch die anderen ihr Entsetzen über die riesige Kreatur hinaus.

Ich bin davon überzeugt, wenn die Rettung einzig von dem Gebrauch des Boots abhängig gewesen wäre, hätte dies für diejenigen im Schiff für immer den Untergang bedeutet.

Ich dachte, dass dies ein guter Augenblick war, um meine Idee noch einmal mit Hartnäckigkeit vorzutragen.

Sofort begann ich damit, noch einmal deren Erfolgsaussichten zu erläutern, wobei ich mich diesmal besonders an den Bootsmann gewandt hatte.

Ich sagte ihm, dass ich davon gelesen hatte, dass man im Altertum mächtige Waffen baute, von denen einige einen großen Stein vom Gewicht zweier Männer über eine Entfernung wegschleudern konnten, die mehr als eine Viertelmeile betrug.

Sie verwendeten auch große Katapulte, die eine Lanze oder einen großen Pfeil sogar noch weiter werfen konnten.

Daraufhin zeigte er sich sehr überrascht, da er davon noch nie etwas gehört hatte. Er bezweifelte aber, dass wir eine solche Waffe konstruieren konnten.

Ich entgegnete ihm aber, dass ich darauf vorbereitet war und sagte ihm auch, dass wir den Wind zu unseren Gunsten hatten und auch, dass wir uns auf einer großen Höhe befanden, die es dem Pfeil ermöglicht, weiter zu fliegen, bevor er bis auf das Seegras herunterkommt.

Dann ging ich an den Rand des Hügels, bat ihn, zuzusehen, und legte meinen Pfeil auf die Sehne.

Nachdem ich den Bogen gespannt hatte, ließ ich los, woraufhin der Pfeil, unterstützt von dem Wind und der Höhe, auf der ich mich befand, in das Gras eintauchte, fast zweihundert Yards von meinem Standpunkt aus entfernt. Das war ungefähr ein Viertel der Strecke zum Schiff hin.

Danach war der Bootsmann von meiner Idee überzeugt, obwohl er bemerkte, dass der Pfeil kürzer geflogen wäre, wenn er die Schnur hinter sich hergezogen hätte.

Ich gab ihm recht, sagte ihm aber, dass mein Bogen und mein Pfeil nur grobe Muster waren, und darüber hinaus war ich kein Bogenschütze.

Als ich ihm jedoch versprach, dass ich mit dem Bogen, den ich anfertigen würde, einen Pfeilschaft sauber hinüber zum Schiff werfen würde, bot er mir seine Unterstützung an und forderte die Männer auf, mir zu helfen.

Wenn ich dies nun im Lichte eines größeren Wissens betrachte, denke ich, dass mein Versprechen zu diesem Zeitpunkt überaus vorschnell gegeben wurde, aber ich hatte Vertrauen in meine Idee und war sehr bestrebt, sie einem Test zu unterziehen.

Dem wurde nach intensiven Diskussionen während des Mittagessens schließlich zugestimmt.

XII. DIE HERSTELLUNG DES GROSSEN BOGENS

Die vierte Nacht auf der Insel war die erste, die ohne Zwischenfall vorüberging. Natürlich konnten wir das Licht aus dem Schiffsrumpf im Seegras erkennen, aber da wir nun die Insassen gesehen hatten, war es nicht mehr länger ein Grund zur Aufregung, sondern eher zum Nachdenken.

Was das Tal anbelangte, hatten diese abscheulichen Dinger ihr Tun beendet, und alles erschien sehr verlassen und trostlos im Mondlicht. Ich hatte mir vorgenommen, es während meiner Wache zu beobachten. Es lag leer vor mir, war sehr gespenstisch und ein Platz, um unbequeme Gedanken heraufzubeschwören, sodass ich nicht viel Zeit damit verschwendete, darüber zu grübeln.

Auch die zweite Nacht war frei von dem Terror dieser teuflischen Dinger, und es erschien mir so, dass das große Feuer ihnen Angst vor uns gemacht und sie vertrieben hatte.

Die Wahrheit oder besser den Irrtum dieser Annahme würde ich bald erfahren.

Ich muss auch zugeben, dass ich dem, abgesehen von einem kurzen Blick ins Tal und gelegentlichen Blicken zu dem Licht im Seegras, wenig Aufmerksamkeit gewidmet hatte, sondern eher den Plänen für den großen Bogen.

Als ich damit fertig war, hatte ich jedes Detail ausgearbeitet, sodass ich sehr genau wusste, welche Aufgabe ich den Männern übertragen würde, sobald wir früh am nächsten Tag damit beginnen würden.

Schon bald war der Morgen angebrochen, und als wir unser Frühstück beendet hatten, wandten wir uns dem großen Bogen zu, während der Bootsmann die Männer unter meiner Aufsicht anleitete.

Die erste Sache, um die ich mich gekümmert hatte, war, die übrig gebliebene Hälfte des Topmasts auf den Hügel heraufzubringen, den der Bootsmann zuvor in zwei Hälften getrennt hatte, um den Balken für das Boot zu machen.

Dazu gingen wir alle hinunter zu dem Strand, wo die Bruchstücke lagen. Als wir zu dem Teil kamen, welches ich benutzen wollte, brachten wir es zurück an den Fuß des Hügels.

Dann schickten wir einen Mann nach oben, um das Seil herunterzulassen, mit dem wir das Boot am Seeanker festgemacht hatten. Als wir dieses sicher um das Holzstück herum befestigt hatten, gingen wir wieder rauf auf den Hügel und stellten uns hintereinander am Seil auf.

Bald, nach viel ermüdendem Ziehen, hatten wir es oben.

Die gespaltene Oberseite des Holzstücks glatt schleifen zu lassen, war die nächste Sache, die ich getan haben wollte, was der Bootsmann gut erledigen konnte.

Während er damit beschäftigt war, ging ich mit einigen Männern zu den Schilfgewächsen hin. Dort wählte ich mit großer Sorgfalt einige der besten und sehr langen Stücke aus, die für den Bogen verwendet werden sollten.

Danach schnitt ich etliche sehr saubere und gerade Rohre ab, die für die großen Pfeile vorgesehen waren.

Damit gingen wir wieder ins Lager zurück. Dort schnitt ich noch einige der Blätter zurecht und bewahrte sie auf, denn ich hatte noch eine Verwendung für sie.

Dann nahm ich ein Dutzend Schilfrohre und schnitt sie alle auf die größte Länge ab. Diese wollte ich danach an den Enden einkerben, um die Sehne aufzunehmen.

In der Zwischenzeit hatte ich zwei Männer wieder zu den Bruchstücken des Masts geschickt, um dort ein paar der Hanfseile herauszuschneiden und ins Lager zu bringen. Als sie zurückkamen, forderte ich sie auf, die Hanfseile aufzudröseln, damit sie die feinen weißen Garne herausholen konnten, die sich unter der äußeren Schicht aus Teer und Schwärzung befanden. Nachdem sie diese freigelegt hatten, fanden wir, dass sie gut und stark waren.

Daraufhin bat ich sie, ein aus drei Strängen bestehendes Tauwerk zu flechten, das die Sehne für die Bögen werden sollte.

Nun, man wird bemerkt haben, dass ich 'Bögen' sagte, und ich will das erklären.

Es war meine ursprüngliche Absicht, einen einzigen großen Bogen zu machen, indem ich ein Dutzend der Schilfrohre hintereinander zusammenbinden würde. Als ich aber darüber nachdachte, stellte ich fest, dass dies kein guter Plan war, denn dies würde bedeuten, dass viel Intensität und Kraft verloren gehen würde, wenn solch ein Bogen losgelassen wird.

Um dies zu vermeiden und das Biegen des Bogens zu erreichen, was mir zuerst Kopfzerbrechen bereitet hatte, wie dies bewerkstelligt werden könnte, hatte ich beschlossen, zwölf separate Bögen anzufertigen. Diese wollte ich am Ende des Balkens befestigen, einen über den anderen, sodass sie alle plan und waagrecht aufeinanderlagen.

Durch diese Art der Armbrust-Konstruktion war ich in der Lage, einen Bogen nach dem anderen zu spannen. Die Sehnen würden dann in der Mitte zusammengebunden und so als eine einzige wirken.

All das erklärte ich dem Bootsmann, der selbst darüber nachgedacht hatte, wie es uns gelingen könnte, einen solchen Bogen zu spannen, wie ich ihn ursprünglich vorhatte, und er war überaus zufrieden mit meiner neuen Methode. Sie vermied diese Schwierigkeit und zugleich auch eine andere, die größer war als die des Spannens des Bogens, und das wäre die Anfertigung einer einzelnen Sehne gewesen – ein sehr schwieriges Stück Arbeit.

Bald danach rief mir der Bootsmann zu, dass er die Oberfläche des Balkens ausreichend geglättet hatte. Ich ging zu ihm hinüber, denn nun wollte ich, dass er eine leichte Nut in die Mitte hineinbrennt, die von Ende zu Ende geht. Ich wollte das sehr genau ausgeführt haben, denn davon hing viel für den präzisen Pfeilflug ab.

Dann ging ich wieder zurück zu meiner Arbeit, denn ich war noch nicht fertig damit, die Bogenenden einzukerben. Als das erledigt war, fragte ich nach einem Stück des Hanfseils. Mithilfe eines anderen Mannes brachte dieses als Sehne auf einen der Bögen. Danach fand ich, dass er sehr elastisch war, aber auch schwer zu biegen, sodass ich dafür alle Kraft aufwenden musste, und das stellte mich sehr zufrieden.

Jetzt dachte ich daran, einige Männer damit zu beschäftigen, die Schnur anzufertigen, welche der Pfeil hinübertragen sollte. Sie sollte ebenfalls aus dem weißen Hanf gemacht werden. Wegen des benötigten leichten Gewichts dachte ich, dass eine Dicke des Garns ausreichend war. Da sie aber auch genügend stark sein musste, bat ich die Männer, das Garn aufzuspalten und die zwei Hälften aufeinanderzulegen.

Auf diese Weise bekam ich eine sehr leichte und feste Schnur. Das konnte natürlich nicht so schnell erledigt werden, denn ich benötigte eine halbe Meile am Stück davon und man brauchte dafür länger als für die Bögen selbst.

Da nun alle Dinge in Arbeit waren, machte ich mich daran, einen der Pfeile herzustellen. Ich dachte darüber nach, was für eine Spitze ich ihnen geben sollte. Ich wusste, wie viel von der Balancierung bei der Genauigkeit des Geschosses abhängt.

Am Ende macht ich einen sehr ordentlichen, mit seinen eigenen Blättern befiederten Pfeil, den ich mit meinem Messer begradigt und geglättet hatte. Danach brachte ich einen kleinen Bolzen in das vordere Ende ein, der als Spitze dienen und, wie ich dachte, den Pfeil ausbalancieren sollte. Ob ich bei Letzterem richtig lag, vermag ich nicht zu sagen.

Noch bevor meinen Pfeil fertig war, hatte mir der Bootsmann die Längsnut gemacht und mich zu sich herüber gerufen, damit ich sie bewundere, was ich auch tat, denn sie war mit bester Sorgfalt ausgeführt worden.

Nun, ich war so mit meiner Beschreibung beschäftigt, wie wir den großen Bogen gemacht hatten, dass ich nicht erwähnt habe, wie schnell die Zeit verflogen war und wir währenddessen unser Essen eingenommen hatten und wie uns die Leute im Schiff zugewunken hatten und wir ihre Signale zurückgegeben hatten und dann auf ein Stück Segeltuch geschrieben hatten 'WARTET'.

Daneben hatten einige von uns das Brennmaterial für die Nacht gesammelt.

Und so kam bald der Abend über uns, aber wir hörten nicht auf zu arbeiten, denn der Bootsmann trug den Männern auf, ein zweites Feuer anzuzünden, neben dem ersten. Durch dessen Licht konnten wir noch etwas länger arbeiten, doch selbst das erschien recht kurz, was die Notwendigkeit der Arbeit anbelangte.

Schließlich ordnete der Bootsmann an, dass wir aufhören und das Abendessen zubereiten sollten, was wir dann taten. Danach teilte er die Wachen ein und der Rest von uns ging hinein, denn wir waren alle sehr erschöpft.

Trotz meiner vorangegangenen Müdigkeit fühlte ich mich sehr frisch und hellwach, als mich der Mann rief, den ich als Wache ablösen sollte, und ich verbrachte einen großen Teil meiner Zeit damit – wie auch in der vorangegangenen Nacht – über meine Pläne der Fertigstellung des großen Bogens nachzudenken.

Und in diesen Momenten legte ich endgültig fest, wie ich die Bögen quer am Ende des Balkens befestigen würde. Bis dahin war ich noch ein wenig am Zweifeln und hatte noch nicht zwischen verschiedenen Methoden entschieden.

Nun entschloss ich mich dazu, am vorderen, abgesägten Teil des Balkens zwölf Kerben anzubringen und die Bögen dort mittig einzulegen, einen über den anderen, wie ich bereits erwähnt hatte.

Mit dieser Idee war ich sehr zufrieden, denn sie versprach, die Bögen ohne einen großen Arbeitsaufwand festzuhalten.

Obwohl ich während meiner Wache viel Zeit damit verbracht hatte, über verschiedene Dinge an dieser gewaltigen Waffe nachzudenken, darf man aber nicht annehmen, dass ich meine Pflichten als Wachmann vernachlässigt hätte. Ich lief ständig auf dem Hügel entlang und hielt mein Schwert im Falle einer plötzlichen Gefahr bereit.

Meine Zeit verging aber ruhig genug, obwohl es erwähnt werden muss, dass ich Zeuge von etwas wurde, das mich für einen kurzen Moment beunruhigt hatte.

Es kam so: Ich bin zu dem Teil des Hügels gekommen, der zum Tal hin ausgerichtet war und hatte plötzlich das Verlangen, nahe an die Kante heranzugehen, um darüber hinwegzusehen.

Das Mondlicht war sehr hell und das verlassene Tal recht klar zu sehen. Es erschien es mir so, dass ich eine Bewegung innerhalb bestimmter Pilze gesehen hatte, die nicht verbrannt waren, sondern zusammengeschrumpft und geschwärzt im Tal standen. Ich konnte aber nicht sagen, ob es nicht nur eine plötzliche Einbildung war, die sich aus der Unheimlichkeit des trostlos aussehenden Tals ergab, umso mehr, da ich wahrscheinlich durch die Ungewissheit des Lichts getäuscht wurde, das der Mond verstrahlte.

Weil ich meine Zweifel beseitigen wollte, ging ich zurück, bis ich einen Stein gefunden hatte, der leicht zu werfen war. Ich fasste ihn, nahm einen kurzen Anlauf und zielte auf die Stelle, wo ich dachte, dass es dort eine Bewegung gegeben hatte.

Direkt danach konnte ich erkennen, dass sich etwas bewegte und dann, etwas rechts davon, rührte sich noch etwas. Ich schaute direkt hin, konnte aber nichts Bestimmtes entdecken.

Als ich dann auf die Stelle blickte, auf die ich mein Geschoss gerichtet hatte, sah ich, dass die mit Schleim bedeckte Grube, die sich in der Nähe befand, überall bebte – so schien es jedenfalls. Dennoch war ich im nächsten Augenblick voller Zweifel, denn als ich genau hinschaute, erschien mir alles ziemlich ruhig zu sein.

Danach hielt ich für eine geraume Zeit meinen Blick direkt auf das Tal gerichtet, konnte aber nirgends etwas entdecken, das meine Vermutungen hätte bestätigen können.

Schließlich hörte ich mit meinen Beobachtungen auf, denn ich hatte die Befürchtung, dass meine Fantasie mit mir durchgeht, und so ging ich rüber zu dem Teil des Hügels, der zum Seegras hin ausgerichtet war.

Sofort nachdem ich abgelöst wurde, ging ich wieder schlafen und tat dies bis zum Morgen.

Wir hatten in großer Hast unser Frühstück eingenommen – denn wir waren alle mächtig darauf versessen, den großen Bogen fertiggestellt zu sehen – und fuhren wieder damit fort, jeder mit seiner ihm zugewiesenen Arbeit.

Der Bootsmann und ich machten sich daran, die zwölf Kerben an der vorderen flachen Stirnkante des Balkens anzubringen, wo ich die Bögen hineinlegen wollte. Wir machten dies mithilfe der eisernen Püttinge machen, die wir im mittleren Teil erhitzten. Dann nahmen wir sie, jeder auf einer Seite, an beiden Enden (nachdem wir unsere Hände mit einem Stück von dem Segeltuch geschützt hatten) und legten das glühende Eisen auf das Holz, bis wir die Kerben gut und akkurat eingebrannt hatten.

Diese Arbeit beschäftigte uns den ganzen Morgen über, denn diese Kerben mussten tief eingebrannt werden, und in der Zwischenzeit hatten die Männer genügend Tauwerk für die Bespannung des Bogens hergestellt.

Diejenigen aber, die an der Schur arbeiteten, welche der Pfeil hinter sich hertragen sollte, hatten kaum mehr als die Hälfte davon fertig, sodass ich einen der Männer, die am Tauwerk arbeiteten, dorthin schickte, um ihnen dabei zu helfen.

Als wir später unser Essen beendet hatten, arbeiteten der Bootsmann und ich daran, die Bögen in ihre Position zu bringen, und befestigten sie mit vierundzwanzig Bolzen, die in das Holz des Balkens getrieben wurden, ungefähr zwölf Zoll vom Ende entfernt.

Danach bogen und bespannten wir die Bögen, wobei wir große Vorsicht walten ließen, damit sich jeder genauso biegt wie der darunter liegende. Auf diese Weise hatten wir vor Sonnenuntergang unseren Teil der Aufgaben beendet.

Da die beiden Feuer, die wir an der vorangegangenen Nacht angezündet hatten, unser Brennmaterial verbraucht hatte, dachte der Bootsmann, dass es die Vorsicht gebietet, die Arbeiten zu beenden, damit wir alle nach unten gehen, um einen frischen Vorrat von trockenem Seegras und einige Bündel des Schilfes nach oben zu bringen.

Wir machten uns sofort daran und beendeten unser Umherlaufen erst, als die Dämmerung über die Insel kam.

Dann machten wir ein zweites Feuer, wie an der vorangegangenen Nacht. Wir nahmen zuerst unser Abendessen ein, und danach wartete noch einige Arbeit auf uns, da wir uns alle auf die Schnur konzentrierten, die der Pfeil hinübertragen sollte. Der Bootsmann und ich beschäftigten uns gleichzeitig damit, einen neuen Pfeil anzufertigen, denn ich hatte erkannt, dass wir erst ein oder zwei Pfeilflüge machen mussten, bevor wir unsere Entfernung hatten und richtig zielen konnten.

Später, ungefähr um neun Uhr abends, forderte uns der Bootsmann auf, dass wir alle unsere Arbeit niederlegen sollten, und teilte die Wachen ein. Danach ging der Rest von uns schlafen, denn auch die Stärke des Windes macht einen Unterschlupf zu einer angenehmen Sache.

In dieser Nacht, als ich mit der Wache dran war, beobachtete ich das ins Tal. Obwohl ich während der halben Stunde immer mal wieder herunterschaute, sah ich nichts, das mich an die Sache erinnerte, die ich von hier aus in der vorangegangenen Nacht gesehen hatte.

Ich fühlte mich in meinen Gedanken deshalb wesentlich sicherer, dass wir von diesen teuflischen Dingern nicht mehr belästigt werden, die den armen Job getötet hatten.

Ich muss dennoch eine Sache festhalten, die ich während meiner Wache gesehen hatte. Es war an der Seite des Hügels, von der aus man zum Seegras hinschaut. Es war nicht im Tal selbst, sondern innerhalb der Ausdehnung des Wassers, die zwischen der Insel und dem Gras lag.

Als ich hinsah, schien es mir so, dass eine Anzahl großer Fische von der Insel aus hinausschwärmte, schräg auf die große Seegraswelt zu. Sie schwammen in einer geraden Linie hintereinander her, durchbrachen aber nicht die Wasseroberfläche, wie es Delfine oder Grindwale tun.

Obwohl ich das jetzt erwähne, muss man nicht denken, dass ich bei diesem Anblick etwas Ungewöhnliches darin gesehen habe. Ich dachte nicht mehr darüber nach, als mich zu fragen, was für eine Art Fische das sein könnte. Ich konnte sie zwar nur undeutlich im Mondlicht erkennen, aber ihre Erscheinung erschien mir recht seltsam, da jeder von ihnen wohl zwei Schwänze hatte.

Weiterhin glaubte ich, dass ich da ein Aufblitzen von etwas gesehen hatte, wie von Tentakeln direkt unterhalb der Wasseroberfläche, aber darüber war ich mir keineswegs sicher.

Am nächsten Morgen, nachdem wir alle hastig unser Frühstück eingenommen hatten, machte sich jeder von uns wieder an seine Aufgabe, denn wir hatten die Hoffnung, dass wir unseren großen Bogen noch vor dem Mittagessen bereit haben würden.

Bald schon hatte der Bootsmann seine Arbeit am Pfeil beendet, und auch meiner war kurz darauf fertig.

Nun war nichts mehr zu erledigen, außer der Fertigstellung der Schnur und den Bogen in seine Position zu bringen.

Letzteres wurde nun mit Unterstützung der Männer in Angriff genommen. Wir machten eine Unterlage aus Felsgestein an der Seite des Hügels, die zum Seegras hin ausgerichtet war, und legten den großen Bogen darauf.

Dann, nachdem wir die Männer wieder zu ihrer Arbeit an der großen Schnur zurückgeschickt hatten, beschäftigten wir uns mit dem Zielen der großen Waffe.

Wir hatten die Konstruktion, so wie wir uns das dachten, direkt auf das Schiff ausgerichtet. Dies gelang uns mithilfe der vom Bootsmann in der Mitte des Balkens längs eingebrannten Nut, über die hinweg wir zielen konnten.

Dann beschäftigten wir uns mit der Haltekerbe und dem Abzugsmechanismus. Die Kerbe sollte die Bogensehnen halten, wenn die Waffe gespannt war, und der Auslösemechanismus – ein lose, an der Seite angebrachtes Brett direkt unter unterhalb der Kerbe – konnte diese nach oben schieben, wenn wir den Bogen abschießen wollten.

Dieser Teil der Arbeit beanspruchte nur kurze Zeit, und bald hatten wir alles bereit für einen ersten Flug.

Dann machten wir uns daran, die Bögen bereitzumachen. Wir bogen den untersten zuerst und dann nacheinander die darüber liegenden. Danach legten wir den Pfeil sehr sorgfältig in die Nut. Ich nahm zwei Stücke von dem gesponnenen Garn und zurrte die Sehnen am Ende der Kerbe zusammen. Damit konnte ich sicherstellen, dass alle Sehnen gemeinsam arbeiten, wenn sie auf den hinteren Teil des Pfeils treffen.

Somit hatten wir alles bereit für den Abschuss.

Ich stellte meinen Fuß auf den Abzugsmechanismus, bat den Bootsmann, den Pfeilflug genau zu beobachten, und löste aus. Im nächsten Moment, mit einem scharfen Klang und einem Zittern, welches das große Stück Holz am Boden zum Zittern brachte, entspannte sich die Sehne und warf den Pfeil in einem riesigen Bogen davon.

Man kann sich vorstellen, mit welch großem Interesse wir den Flug beobachteten, aber nach kurzer Zeit mussten wir feststellen, dass wir zu weit nach rechts gezielt hatten.

Der Pfeil flog aber nicht in das Seegras davor, sondern dahinter. Daraufhin platzte ich fast vor Stolz. Die Männer, die nach vorne gekommen waren, um bei dem Versuch zuzusehen, riefen laut heraus als Anerkennung für meinen Erfolg, während der Bootsmann mir zweimal auf die Schulter klopfte, um mir seine Wertschätzung zu zeigen, und dabei brüllte er selbst so laut wie die anderen. Nun erschien es mir so, dass bei richtigem Zielen die

Rettung der Menschen aus dem Schiff nur noch eine Angelegenheit von ein, zwei Tagen sein würde.

Wenn wir einmal die Schnur zum Schiff gebracht hatten, konnten wir damit ein dünnes Seil von ihnen herüberholen und mit diesem dann ein stärkeres. Das würden wir so straff wie möglich spannen und daran die Leute im Schiff auf die Insel holen, indem wir eine Art Sitz an dem Seil befestigen, den wir nach unten hinübergleiten lassen würden und dann abwechselnd mit einem daran befestigten Seil zu uns hochziehen konnten.

Nachdem wir festgestellt hatten, dass der Bogen den Pfeil wirklich bis zum Schiff werfen würde, machten wir uns gleich daran, unseren zweiten Pfeil auszuprobieren. Zuvor forderten wir aber die Männer auf, zurück an ihre Arbeit mit der Schur zu gehen, die wir in Kürze brauchen würden.

Direkt nachdem ich den Bogen etwas weiter nach links ausgerichtet hatte, löste ich zunächst die Schnur, welche die Enden der Sehnen zusammengehalten hatte, damit man die Bögen wieder einzeln spannen konnte. Danach machten wir die große Waffe wieder bereit.

Der Pfeil lag gerade in der Nut. Ich band die Sehnen wieder zusammen, nachdem die Bögen gespannt wurden, und ließ sofort los.

Dieses Mal, zu meiner großen Freude und zu meinem großen Stolz, flog der Pfeil wunderbar geradeaus in

Richtung des Schiffs, ging über die Überbauten hinweg, entschwand aus unserer Sicht und fiel dahinter herunter.

Ich war nun voller Ungeduld, die Schnur vor dem Essen zu dem Schiff zu bekommen, aber die Männer hatten noch nicht genügend davon fertig. Es gab davon nur vierhundertfünfzig Klafter (wie der Bootsmann abgemessen hatte, indem er seine großen Arme über die Brust hinweg ausbreitete). Da dies nicht zu ändern war, gingen wir zum Essen, das wir mit großer Hast einnahmen.

Danach arbeiteten alle von uns mit an der Schnur und hatten so nach einer Stunde genug davon, da ich es auch nicht als klug angesehen hatte, einen Versuch mit weniger als fünfhundert Klaftern zu machen. Da wir jetzt genug davon hatten, trug der Bootsmann einem der Männer auf, sie sehr sorgfältig neben den felsigen Bogen zu legen.

Er selbst hatte sie vorab an allen Stellen untersucht, die ihm zweifelhaft erschienen, und so war alles schnell bereit.

Ich band sie dann an den Pfeil, und da ich den Bogen schon bereitgemacht hatte, während die Schnur ausgelegt wurde, war ich sofort bereit, die Waffe anzuschießen.

Den ganzen Morgen über hatte uns ein Mann auf dem Schiff durch das Fernrohr beobachtet. In seiner Position ragte seinen Kopf etwas über die Überbauten heraus.

Da er sich über unsere Absichten im Klaren war – wegen der Beobachtung der vorangegangenen Pfeilflüge – verstand er den Bootsmann, als der ihm zuwinkte, dass wir uns für einen dritten Schuss bereitgemacht hatten. Mit einem antwortenden Winken mit seinem Fernrohr verschwand er aus unseren Augen.

Daraufhin, nachdem ich mich zuerst noch einmal umgedreht hatte, um zu sehen, ob alle von der Schnur weg waren, betätigte ich den Auslösemechanismus.

Mein Herz schlug heftig und der Pfeil war auf seinem Weg. Nun aber, unzweifelhaft wegen des Gewichts der Schnur, flog der Pfeil auch nicht annähernd so gut wie zuvor.

Er landete etwa zweihundert Yards vor dem Schiffsrumpf im Seegras. Ich hätte daraufhin vor Ärger und Enttäuschung fast weinen können.

Direkt nach meinem Fehlversuch rief der Bootsmann die Männer, damit sie die Schnur wieder sehr sorgfältig hereinholen, damit sie nicht durchtrennt wird, wenn der Pfeil sich im Gras verfängt.

Dann kam er zu mir herüber und schlug vor, dass wir uns sofort daranmachen sollten, einen schwereren Pfeil anzufertigen, weil er vermutete, dass ein Mangel an Gewicht dazu geführt hatte, dass der Pfeil zu kurz geflogen war.

Wir schöpften wieder Hoffnung und ich machte mich sofort daran, einen neuen Pfeil zu machen. Auch der Bootsmann hatte dies getan; in seinem Fall machte er aber einen leichteren, als den, bei dem der Versuch misslungen war. Er sagte, wenn der schwerere Pfeil zu kurz gehen würde, könnte vielleicht der leichtere Erfolg haben.

Wenn es dann aber bei beiden nicht klappt, ist anzunehmen, dass der Bogen nicht stark genug war, um die Schnur hinüber zu tragen. In diesem Fall müssten wir etwas anderes ausprobieren.

Nach zwei Stunden hatte ich meinen Pfeil gemacht; der Bootsmann hatte seinen etwas früher fertig.

Und so, nachdem die Männer die Schnur wieder ausgelegt hatten, machten wir uns für einen neuen Versuch bereit, die Schnur zum Schiff hinüberzuschießen.

Aber auch beim zweiten Mal war uns das misslungen. Wir waren auch so weit vom Ziel entfernt, dass es hoffnungslos zu sein schien, an einen Erfolg zu denken.

Obwohl es so war, bestand der Bootsmann darauf, einen letzten Versuch mit dem leichteren Pfeil zu unternehmen.

Sofort nachdem wir die Schnur wieder bereitgelegt hatten, ließen wir den Pfeil in Richtung des Schiffs los.

Jetzt war unser Versagen so beklagenswert, dass ich dem Bootsmann entgegenrief, das nutzlose Ding zu verbrennen.

Ich war über diesen Fehlversuch so überaus verdrossen, dass ich es kaum hinbringen konnte, mich in anständigen Worten auszudrücken.

Nachdem der Bootsmann gesehen hatte, wie ich mich fühlte, rief er allen Männern zu, dass wir uns für den Moment keine Sorgen wegen des Schiffs machen, sondern Schilf und Seegras für das Feuer holen sollten, denn der Abend würde bald kommen.

Wir taten dies jedoch alle von uns mit großer Niedergeschlagenheit, denn wir wähnten uns bereits so nahe am Erfolg, der nun noch weiter weg zu sein schien.

Nach einer Weile hatten wir genügend Brennmaterial nach oben gebracht, und der Bootsmann schickte zwei Männer an den Rand des Hügels, der über die See hinausragte, um zu versuchen, einen Fisch für unser Essen zu fangen.

Dann nahmen wir unsere Plätze um das Feuer herum ein und diskutierten darüber, wie wir zu den Leuten im Schiff hinkommen könnten.

Für eine Weile kam kein zu gebrauchender Vorschlag, bis mir schließlich eine beachtenswerte Idee kam. Ich rief plötzlich heraus, dass wir einen kleinen Feuerballon machen sollten, um damit die Schnur hinüberzubringen.

Daraufhin waren die Männer am Feuer für eine Weile still, denn die Idee war neu für sie; darüber hinaus musste ich ihnen erklären, was ich damit gemeint hatte.

Dann, als sie das völlig begriffen hatten, rief der Mann, der vorgeschlagen hatte, aus den Messern Speere zu machen, warum man das nicht mit einem Drachen versuchen könnte.

Ich war sofort verdutzt darüber, warum ein solches einfaches Hilfsmittel nicht schon einem anderen zuvor eingefallen war, denn es wäre nur eine Kleinigkeit, eine Leine mittels eines Drachens zu ihnen rüberzubringen, und weiterhin würde ein solches Ding wenig Aufwand erfordern.

Und so, nach ein paar weiteren Gesprächen, wurde beschlossen, dass wir bei Morgenanbruch eine Art von Drachen bauen sollten, um damit eine Schnur zum Schiff zu schicken. Das sollte keine schwierige Aufgabe sein, bei einer so guten Brise, die wir ständig um uns hatten.

Dann, nachdem wir bei unserem Mahl einen sehr feinen Fisch essen konnten, den unsere beiden 'Fischersleute' gefangen hatten, während wir diskutierten, teilte der Bootsmann die Wachen ein und der Rest von uns ging ins Zelt.

XIII. DIE SEEGRASMENSCHEN

In der Nacht, als ich meine Wache begann, stellte ich fest, dass der Mond nicht zu sehen war. Ausgenommen von dem Licht, das vom Feuer kam, war die Oberseite des Hügels in Dunkelheit gehüllt. Das aber beunruhigte mich nicht so sehr, denn wir waren seit dem Verbrennen der Pilze im Tal unbehelligt geblieben. Dadurch hatte ich viel von meiner Angst vor Verfolgung verloren, die seit dem Tod von Job über mich gekommen war.

Dennoch, obwohl ich nicht mehr so sehr fürchtete wie zuvor, traf ich alle mir notwendig erscheinenden Vorsichtsmaßnahmen und macht meine Runde um das Lagerfeuer.

An den Kanten der Klippen, die uns von drei Seiten schützten, machte ich jeweils eine Pause, schaute hinunter in die Dunkelheit und lauschte, obwohl Letzteres wenig Sinn machte wegen des starken Winds, der mir fortwährend in den Ohren dröhnte.

Obwohl ich weder etwas sehen noch hören konnte, wurde ich plötzlich von einer seltsamen Unruhe ergriffen, die mich dazu brachte, zwei oder dreimal an die Seiten der Klippen zurückzukehren, aber jeweils sah oder hörte ich nichts, was mein Gefühl bestätigt hätte.

Und so beschloss ich, der Fantasie keinen Raum mehr zu geben. Ich vermied die Ränder der Klippen und hielt mich mehr an dem zum Abhang gerichteten Teil auf, auf dem wir bei unseren Ausflügen auf die Insel rauf und runter gingen.

Ich hatte fast die Hälfte meiner Zeit auf Wache hinter mir, als aus der riesigen Ausdehnung des Seegrases heraus, die auf der vom Wind abgewandten Seite lag, ein aus der Ferne kommender Klang an meine Ohren kam. Dieser erhob sich immer stärker zu einem furchterregenden Schreien und Kreischen, bevor er dann als seltsame Schluchzer in die Ferne entschwand und schließlich zu einem Ton wurde, der unter dem Wind nicht mehr hörbar war.

Es hatte mich, wie man sich vorstellen kann, ein wenig durchgerüttelt, als ich solch ein schreckliches Geräusch gehört hatte, das aus dieser großen Einsamkeit herauskam.

Dann, ganz plötzlich, kam mir der Gedanke, dass das Schreien aus dem Schiff kam, das vor unser Leeseite lag.

Ich rannte sofort zu der Klippe, welche zum Seegras hin zeigte und starrte in die Dunkelheit. Nun konnte ich wegen des Lichts, das in dem Schiff brannte, sehen, dass das Schreien aber von einem Ort kam, der weit entfernt auf der rechten Seite lag. Gleichfalls, wie mir mein Verstand sagte, konnte es aber auf keinen Fall möglich sein, dass die Stimmen der Leute im Schiff bis zu mir gedrungen sind, gegen eine solche Brise, wie wir sie zurzeit hatten.

Und so stand ich für eine Weile herum, dachte nervös nach und starrte in die Dunkelheit der Nacht.

Nach einer Weile nahm ich einen matten Schimmer über dem Horizont wahr und plötzlich wurde die obere Kante des Mondes sichtbar, was ein sehr willkommener Anblick für mich war, denn ich war schon an dem Punkt angelangt, den Bootsmann über die Klänge zu informieren, die an meine Ohren gekommen waren. Ich hatte aber noch gezögert, denn ich hatte Angst, dass ich verrückt erscheinen würde, wenn danach nichts passiert.

Dann aber, als ich den Mond dabei beobachtete, wie er sich erhob, kam mir wieder der Anfang dieses Schreiens entgegen, irgendwie ähnlich dem Klang einer Frau mit einer gigantischen schluchzenden Stimme.

Er wuchs an und verstärkte sich, bis es das Brüllen des Windes mit einer erstaunlichen Klarheit durchdrang. Und dann, langsam und wie ein Echo, verschwand er in der Entfernung und danach gab es kein Geräusch mehr neben dem des Windes.

Daraufhin, nachdem ich zuerst fest in die Richtung geblickt hatte, aus der dieser Klang kam, rannte ich direkt zum Zelt und weckte den Bootsmann. Ich hatte keine Ahnung, was dieses Geräusch mit sich bringen würde, aber nach diesem zweiten Schreien hatte ich alle Schüchternheit abgelegt.

Der Bootsmann war schon fast auf seinen Füßen, bevor ich aufgehört hatte, ihn zu schütteln. Er nahm sein großes Entermesser, das er immer an seiner Seite liegen hatte, und folgte mir geschwind auf den Gipfel des Hügels.

Hier erklärte ich ihm, dass ich einen höchst furchterregenden Klang gehört hatte, der allem Anschein nach aus der Weite der Seegraswelt gekommen war. Ich sagte, dass ich mich dazu entschlossen hatte, ihn zu wecken, als ich ihn zum zweiten Mal gehört hatte, da ich nicht wusste, ob es ein Zeichen für eine aufziehende Gefahr für uns war.

Daraufhin lobte mich der Bootsmann, obwohl er mich auch gleichzeitig dafür tadelte, dass ich gezögert hatte, ihn schon beim ersten Auftreten dieses Klangs zu rufen.

Dann folgte er mir zu der Kante der Klippe an der Leeseite und stand dort bei mir, wartete und lauschte, ob vielleicht das Geräusch wiederkommen würde.

Wir standen vielleicht für über eine Stunde da, sehr still und lauschten; es kam aber kein Klang zu uns, über das fortwährende Lärmen des Windes hinweg.

Schließlich waren wir durch das Warten etwas ungeduldig geworden, und da der Mond nun vollständig aufgegangen war, forderte mich der Bootsmann auf, mit ihm eine Runde um das Lager zu drehen.

Als ich mich gerade abgewandt hatte und zufällig auf das klare Wasser direkt unterhalb von mir blickte, war ich verblüfft, eine unbeschreibliche Vielzahl von großen Fischen zu sehen, wie diejenigen, die ich an der vorangegangenen Nacht gesehen hatte und die jetzt von der Seegraswelt in Richtung der Insel schwammen.

Daraufhin ging ich näher an den Rand heran, denn sie schwammen so direkt auf die Insel zu, dass ich dachte, sie kämen ans Ufer. Ich konnte dort jedoch keinen von ihnen genau erkennen, denn sie schienen alle an einem Punkt, etwa dreißig Yards von der Insel entfernt, zu verschwinden.

Da ich sowohl über die große Anzahl der Fische als auch über ihre seltsame Erscheinung erstaunt war, aber auch über die Art, wie sie fortwährend herankamen und dabei niemals das Ufer erreichten, rief ich nach dem Bootsmann, dass er herkommen und sich das anschauen sollte, denn er war schon einige Schritte weiter vorausgegangen.

Als er mich rufen hörte, kam er zurückgerannt, woraufhin ich auf die See unterhalb zeigte. Er beugte sich nach vorne und schaute intensiv hin, was auch ich tat. Dennoch konnte keiner von uns die Bedeutung einer solch seltsamen Begebenheit erkennen.

Für eine Weile schauten wir so dem Treiben zu, wobei der Bootsmann genauso interessiert zu sein schien, wie ich.

Dann drehte er sich aber um und sagte, dass es unsinnig sei, hier herumzustehen und auf diesen seltsamen Anblick zu starren, wenn wir uns eigentlich um das Wohl des Lagers kümmern sollten, und so begannen wir damit, den Gipfel des Hügels zu umrunden.

Als wir alles so angestrengt beobachtet und belauscht hatten, ließen wir dabei das Feuer auf einen fast kläglichen Rest herunterbrennen. Dadurch gab es auch nicht mehr die erforderliche Beleuchtung, welche das Lager erhellen sollte, trotz des aufgegangenen Monds. Als wir das bemerkten, ging ich hin und warf etwas Brennmaterial auf das Feuer. Während meiner Vorwärtsbewegung schien es mir so, als hätte sich etwas im Schatten des Zelts bewegt.

Daraufhin rannte ich zu der Stelle hin, stieß einen Schrei aus und schwenkte mein Schwert; ich konnte jedoch nichts entdecken. Ich fühlte mich deswegen etwas albern und ging zurück, um mich um das Feuer zu kümmern, wie es meine Absicht gewesen war.

Während ich damit beschäftigt war, kam der Bootsmann zu mir herübergerannt und wollte wissen, was ich gesehen hatte. Im selben Moment sprangen drei Männer aus dem Zelt heraus, die alle durch meinen plötzlichen Schrei aufgeweckt worden waren.

Ich konnte ihnen aber nichts sagen, ausgenommen, dass meine Fantasie mir einen Streich gespielt und etwas gezeigt hatte, das meine Augen nicht entdecken konnten.

Daraufhin gingen zwei der Männer zurück, um weiterzuschlafen, aber der dritte, der große Bursche, dem der Bootsmann eines der Entermesser gegeben hatte, kam zu uns und brachte seine Waffe mit. Obwohl er still blieb, erschien es mir so, als würde er sich unwohl fühlen; ich, für meinen Teil, war nicht traurig darüber gewesen, in seiner Gesellschaft zu sein.

Wir gingen zu dem Teil des Hügels, der zum Tal hinging, und ich trat an den Rand der Klippe, mit der Absicht, darüber hinwegzusehen, denn dieses Tal übte eine sehr unselige Anziehung auf mich aus.

Kaum hatte ich einen Blick nach unten geworfen, erschrak ich und rannte zurück zum Bootsmann und zog ihn am Ärmel. Als er meine Aufregung sah, kam er dennoch ruhig mit mir, um zu sehen, was mich so in Aufruhr versetzt hatte.

Als auch er hinübersah, war er ebenso erschrocken und zog sich sofort zurück. Unter großer Vorsicht beugte er sich aber nochmals nach vorne und starrte hinunter. Jetzt schlich sich auch der großgewachsene Seemann auf Zehenspitzen hinter uns heran und beugte sich nach vorne, um zu ergründen, was für eine Sache wir entdeckt hatten.

Und so starrten wir alle nach unten, auf einen höchst gespenstigen Anblick, denn in dem Tal unter uns war ein Schwarm von sich bewegenden Kreaturen, weiß und unheimlich im Mondlicht, und ihre Bewegungen ähnelten ein wenig denen von monströsen Schnecken, obwohl diese Dinger deren Gestalt wenig ähnlich waren. Sie erinnerten mich an nackte Menschen, sehr fleischig und auf ihren Bäuchen kriechend. Ihren Bewegungen fehlte aber nicht eine überraschende Schnelligkeit.

Und jetzt, während ich dem Bootsmann ein wenig über die Schulter schaute, stellte ich fest, dass diese Kreaturen aus der kleinen Schlammgrube herauskamen, und sofort wurde ich an die Vielzahl der seltsamen Fische erinnert, die wir gesehen hatten, als sie auf die Insel zuschwammen, die aber alle verschwunden waren, bevor sie das Ufer erreicht hatten. Ich zweifelte nicht daran, dass sie durch eine ihnen bekannte natürliche Passage unterhalb der Wasseroberfläche in diese Grube kamen.

Und jetzt verstand ich meine Gedanken, die ich in der vorangegangenen Nacht hatte, als ich das Aufblitzen von Tentakeln gesehen hatte, denn diese Dinger da unter uns hatten alle zwei kurze und plumpe Arme, deren Enden aber in eine abscheuliche und sich schlängelnde Masse von kleinen Tentakeln aufgeteilt war, die hin und her rutschten, als sich diese Kreaturen über den Boden des Tals bewegten. An ihrem hinteren Ende, wo ihnen Füße gewachsen sein sollten, schienen sich andere züngelnde Bündel zu befinden. Man darf aber nicht glauben, dass wir das alles haben klar sehen können.

Es ist kaum möglich, den außerordentlichen Ekel zu beschreiben, den der Anblick dieser menschlichen

Nacktschnecken in mir hochkommen ließ. Ich glaube auch nicht, dass ich das könnte, denn sonst würden andere genauso würgen, wie ich, da die Verkrampfung ohne Vorwarnung und dem Schrecken heraus kam.

Und dann – plötzlich – krank vor Abscheu und Unbehagen, erblickte ich, kaum einen Klafter unter meinen Füßen, ein Gesicht, ein Gesicht wie das, welches mir in jener Nacht in mein eigenes geblickt hatte, als wir an der Seegraswelt vorbeigetrieben sind.

Daraufhin hätte ich schreien können, wenn ich weniger Furcht gehabt hätte. Seine riesigen Augen, so groß wie Kronen-Münzen, der Schnabel, in umgedrehter Form wie der von einem Papagei, und die schneckenartige Wellenform seines weißen und schlanken Körpers, ließ mich in Stummheit eines vom Tod gezeichneten erstarren.

Noch als ich so dastand, mit einem hilflos gebeugten und steifen Körper, drang mir ein mächtiger Fluch des Bootsmanns ins Ohr. Er lehnte sich nach vorne und versetzte dem Ding einen Hieb mit dem Entermesser, denn in dem Moment, als ich es gesehen hatte, war es bereits etwa ein Yard weiter nach oben gekrochen.

Durch diese Handlung des Bootsmanns kam ich plötzlich wieder zu mir selbst und schlug das Schwert mit so viel Schwung nach unten, sodass die Gefahr bestand, dem Kadaver des Tiers zu folgen, denn ich verlor das

Gleichgewicht und tanzte für einen kurzen Moment schwindlig an der Ecke zur Ewigkeit.

Dann fasste mich der Bootsmann am Gürtel, und ich war wieder in Sicherheit.

In dem Moment jedoch, als ich noch um mein Gleichgewicht kämpfte, hatte ich bemerkt, dass das fast die gesamte Klippe von der Vielzahl dieser Dinger verdeckt wurde, die auch zu uns heraufkamen.

Ich drehte mich zum Bootsmann um und rief ihm zu, dass Tausende von ihnen nach oben schwärmten. Er war aber schon von mir weg und dem Feuer entgegengerannt und rief den Männern im Zelt zu, uns ihrer Leben wegen schnell zu Hilfe zu kommen. Von dort raste er mit einem großen Armvoll des Seegrases zurück. Ihm folgte der großgewachsene Seemann, der ein brennendes Büschel von dem Lagerfeuer bei sich hatte. Bald darauf hatten wir ein gutes Feuer brennen, und die Männer brachten mehr von dem Seegras, von dem wir einen guten Vorrat auf dem Hügel hatten, wofür wir dem Allmächtigen danken mussten.

Kaum hatten wir dieses Feuer angesteckt, rief der Bootsmann dem großen Seemann zu, ein weiteres an der Kante der Klippe entlang zu entfachen. Im selben Moment schrie ich und rannte zu dem Teil des Hügels, der zur offenen See hinging, denn ich hatte einige sich bewegende Dinge an der seewärts gerichteten Klippe gesehen.

Hier gab es ziemlich viel Schatten, denn dort, auf diesem Teil des Hügels, waren viele große Felsbrocken verstreut. Diese hielten sowohl das Licht des Mondes ab, als auch das vom Feuer. Ich traf dort unmittelbar auf drei große Gestalten, die sich heimlich dem Zelt näherten. Hinter diesen, so wie ich undeutlich sehen konnte, gab es weitere.

Mit einem lauten Hilfeschrei stürzte ich mich auf die drei. Als ich hinrannte, bauten sie sich vor mir auf, und ich stellte fest, dass sie mir über den Kopf gingen und mir ihre widerlichen Tentakel entgegenstreckten.

Ich schlug mit voller Kraft zu, schnappte nach Luft und bekam einen plötzlichen Gestank in die Nase, den Gestank dieser Kreaturen, mit dem ich schon Bekanntschaft gemacht hatte.

Dann fasste mich etwas an, schleimig und ekelhaft, und große Kiefer machten ihre Kaugeräusche direkt vor meinem Gesicht. Ich aber stieß mein Schwert nach oben. Das Ding fiel von mir ab und ließ mich benommen und krank und nur noch mit schwacher Abwehrkraft zurück.

Dann kam das Geräusch von rennenden Füßen hinter mir und eine plötzliche Feuersbrunst. Der Bootsmann rief mir Mut zu, und direkt danach warfen sich er und der große Seemann vor mich und wedelten mit großen Mengen des brennenden Seegrases, das jeder von ihnen auf ein Schilfrohr gesteckt hatte.

Sofort waren die Dinger verschwunden und rutschen hastig über die Kante der Klippe.

Und so war ich bald wieder mehr ich selbst und rieb mir den Schleim von meiner Kehle, der beim Zupacken des Monsters zurückgeblieben war. Danach rannte ich mit Seegras von Feuer zu Feuer und versorgte es. So kam eine Zeitspanne, während der wir in Sicherheit waren, denn wir hatten jetzt überall oben auf dem Hügel Feuer brennen. Die Monster hatten tödliche Angst vor Feuer, denn sonst wären wir alle tot gewesen – alle von uns – in dieser Nacht.

Kurz vor Morgengrauen erkannten wir – zum zweiten Mal, seit wir auf der Insel waren – dass unser Brennmaterial nicht die ganze Nacht reichen würde, bei der Menge, die wir verbrennen mussten. Also befahl der Bootsmann den Männern, jedes zweite auszutreten. So schoben wir den Zeitpunkt für eine Weile hinaus, an dem wir uns dem Fluch der Dunkelheit stellen mussten und den Dingern, die im Moment von den Feuern zurückgehalten wurden.

Schließlich gingen uns das Seegras und das Schilf aus.

Der Bootsmann forderte uns auf, die Ränder der Klippen sorgfältig zu beobachten und in dem Moment zuzuschlagen, wenn sich irgendeines dieser Dinger zeigt. Dann sollten wir, wenn der Ruf kommt, alle zusammen beim zentralen Feuer für einen letzten Widerstand zusammenstehen.

Danach verfluchte er den hinter einer dunklen Wolkenbank verschwundenen Mond. So war es jetzt, und das Feuer sank niedriger und niedriger.

Dann hörte ich einen Mann fluchen, von dem Teil des Hügels aus, der zur Seegraswelt hin ausgerichtet war. Sein Schrei kam mir gegen den Wind entgegen, und der Bootsmann rief uns zu, alle vorsichtig zu sein.

Direkt danach schlug ich auf etwas ein, das leise über die Kante auf der anderen Seite des Kliffs, das ich bewacht hatte, herübergekommen war.

Es verging vielleicht eine Minute, und dann kamen Rufe von allen Teilen des Hügels, und ich wusste, die Seegrasmenschen waren über uns gekommen. Im selben Moment kamen zwei über den Rand in meiner Nähe, die sich mit einer geisterhaften Ruhe erhoben hatten, sich aber dennoch flott bewegten.

Den ersten stach ich irgendwo in die Kehle, und er fiel zurück. Der zweite aber, obwohl ich ihn durchstoßen hatte, fasste mein Schwert mit einem Bündel von Tentakeln und war dabei, es mir zu entreißen, aber ich trat ihm ins Gesicht. Darauf hin war er, wie ich glaube, mehr erstaunt, als es ihm wehtat, und er ließ mein Schwert los und verschwand sofort außer Sichtweite.

Das hatte, alles zusammen, nicht mehr als zehn Sekunden gedauert, aber ich nahm später nicht weniger als vier dieser Wesen wahr, die ich ein wenig zu meiner

Rechten sehen konnte. Es erschien mir nun so, dass uns der Tod sehr nahe sein musste, denn ich wusste nicht, wie man diesen Kreaturen Herr werden konnte, die so forsch und mit großer Geschwindigkeit herankamen.

Dennoch, ich zögerte nicht, sondern rannte ihnen entgegen. Ich stieß diesmal nicht zu, sondern zerschnitt ihr Gesicht und fand, dass dies sehr wirkungsvoll war, denn auf diese Weise wurde ich mit drei von ihnen mit der gleichen Anzahl von Schlägen los. Der vierte aber war schon über die Kante hinweg und erhob sich vor mir auf seinem hinteren Teil, wie es auch die anderen getan hatten, als mir der Bootsmann zu Hilfe gekommen war.

Daraufhin zog ich mich mit einem innerlichen und lebhaften Grauen zurück. Da ich aber überall um mich herum die Kampfschreie hörte und wusste, dass ich keine Hilfe erwarten konnte, ging ich dennoch auf die Bestie los.

Als sie sich bückte und eines der Bündel voller Tentakel vorstreckte, sprang ich zurück und schlug auf sie drauf. Sofort danach stieß ich ihr in den Magen, woraufhin sie in eine sich windende Kugel zusammenfiel, die auf die eine und die andere Seite herumrollte und so in ihrer Qual an die Kante der Klippe kam und hinüber fiel.

Ich bleib zurück, krank von dem fürchterlichen Gestank dieser Bestien und fast hilflos dagegen.

Zu diesem Zeitpunkt waren alle Feuer am Rand des Hügels zu matt glimmenden Aschehäufchen heruntergebrannt, aber das, welches in der Nähe des Eingangs zum Zelt loderte, gab noch einen guten Lichtschein ab. Das half uns aber wenig, denn wir kämpften weit außerhalb des inneren Kreises seiner Strahlen, um davon einen Nutzen zu haben.

Der Mond, auf den ich immer wieder verlangende Blicke warf, war nicht mehr als eine geisterhafte Scheibe hinter der großen Wolkenbank, die darüber hinwegzog.

Dann, als ich gerade über meine linke Schulter nach oben sah, bemerkte ich mit einem plötzlichen Erschrecken, dass etwas in meine Nähe gekommen war.

Unmittelbar nahm ich den Gestank dieses Dings wahr.

Ich sprang voller Angst zur Seite und drehte mich dabei herum. In genau diesem Moment entging ich meiner Vernichtung, denn als ich sprang, schmierten die Tentakel dieser Kreatur gerade noch an meinem Hals entlang.

Dann schlug ich zu – immer und immer wieder – und besiegte es.

Direkt danach entdeckte ich etwas, dass den dunklen Raum überquerte, der zwischen dem trüben Aschehäufchen des nächsten Feuers lag und dem etwas weiter zum Gipfel des Hügels hin.

Und so rannte ich, ohne Zeit zu verschwenden, zu dem Ding hin und verpasste ihm zweimal einen Schnitt über den Kopf hinweg, noch bevor es sich auf sein Hinterteil stellen konnte, die Haltung, die ich so stark fürchten gelernt hatte.

Doch kaum hatte ich dieses vernichtet, kamen ungefähr ein Dutzend von ihnen auf mich zu gerannt. Sie waren in der Zwischenzeit leise über den Rand des Kliffs gekrochen.

Ich ergriff die Flucht und rannte wie ein Verrückter in Richtung des glühenden Aschehäufchens des nächsten Feuers.

Die Bestien folgten mir fast so schnell, wie ich rennen konnte, aber ich kam als Erster ans Feuer.

Dann kam mir ein plötzlicher Gedanke.

Ich stocherte mit der Spitze meines Schwerts in der Glut und verteilte einen großen Hagel davon in Richtung dieser Kreaturen.

Das gab mir einen vorübergehenden, klaren Blick auf die viele weißen, scheußlichen Gesichter, die mich ansahen, und braune, kauende Kiefer, deren oberer Schnabel in den unteren ging, und auf ihre klumpigen, schlängelnden Tentakel, die herumzuckten.

Dann wurde es wieder düster, aber hastig warf ich wieder einen Hagel von der brennenden Glut in ihre Richtung. Ich sah sofort, wie sie zurückwichen, und dann waren sie verschwunden.

Ich konnte dies noch mehrmals beobachten, überall am Rand der Klippen, wo die Feuer verstreut worden waren, denn die anderen hatten sich auch dieses Mittels bedient, um sie aus ihren Nöten zu befreien.

Kurz danach hatte ich ein wenig Zeit, um durchzuatmen. Die Bestien schienen die Flucht ergriffen zu haben. Dennoch zitterte ich noch am ganzen Leib und schaute hierhin und dorthin und wusste nicht, ob noch eine oder mehrere von ihnen auf mich zukommen würden.

Immer wieder schaute ich hoch zum Mond und betete zum Allmächtigen, dass die Wolken schnell vorbeiziehen würden, denn sonst wären wir bald alle tote Männer.

Und dann, als ich betete, erhob sich ein plötzlicher, sehr fürchterlicher Schrei von einem der Männer, und im selben Moment kam etwas über den Rand der Klippe, die vor mir lag. Ich aber zerhackte es, bevor es höher steigen konnte, und in meinen Ohren klang immer noch das Echo des plötzlichen Schreis, der von dem Teil des Hügels kam, der zu meiner Linken lag.

Ich wage trotzdem nicht, meine Position zu verlassen, denn wenn ich das gemacht hätte, wäre ich ein Risiko für alle eingegangen, und so blieb ich, gequält durch die Anspannung, nicht zu wissen, was passiert war – und meiner eigenen Angst.

Wieder hatte ich einen kurzen Moment, wo ich frei von Überfällen war; nichts war zu sehen, links oder rechts von mir, obwohl die anderen weniger gut dran waren, wie die Flüche und der Klang von Schlägen mir sagten.

Und dann kam ein erneuter Schmerzensschrei. Ich schaute wieder hoch zum Mond und betete laut, dass er herauskommen und etwas von seinem Licht zeigen sollte, bevor wir alle erledigt waren.

Dann kam mir plötzlich ein Gedanke in den Kopf, und ich rief dem Bootsmann zu, dass er den großen Armbrust-Bogen auf das zentrale Feuer legen sollte. Das würde ein großes Aufflammen bewirken – denn das Holz war schön trocken.

Zweimal rief ich ihm zu und sagte: »Verbrennt den Bogen! Verbrennt den Bogen!« Sofort reagierte er und rief alle Männer zu sich, um ihn zum Feuer zu tragen. Das machten wir und legten ihn ins Feuer. Dann rannten wir, so schnell wir konnten, wieder an unsere Plätze.

Nach einer Minute hatten wir etwas mehr Licht, und dieses wurde stärker, als das große Holzstück vom Feuer erfasst wurde und der Wind fächelte es zu einer Feuersbrunst an.

Ich schaute hinaus, um zu sehen, ob irgendeine abscheuliche Kreatur sich am Rand vor mir zeigen würde, oder zu meiner Rechten oder Linken. Ich sah aber nichts, ausgenommen einen züngelnden Tentakel, der etwas zu meiner Rechten hochgekommen war, aber für eine gewisse Zeit passierte sonst nichts.

Es passierte vielleicht fünf Minuten später, als ein neuer Angriff kam. Diesmal hätte ich dabei durch meinen Leichtsinn, zu nahe an den Rand der Klippe zu gehen, fast mein Leben verloren, denn plötzlich schoss ein Klumpen von Tentakeln aus der Dunkelheit darunter hoch und fasste mich am linken Knöchel.

Sofort wurde ich in eine sitzende Haltung gezwungen und beide Füße waren schon über dem Rand des Abgrunds. Es war nur durch die Gnade Gottes, dass ich nicht kopfüber in das Tal gestürzt war.

Ich befand mich in einer großen Gefahr, denn die Bestie hatte mich am Fuß gepackt, hielt ihn mit eiserner Faust fest und wollte mich herunterziehen.

Ich konnte mich dem aber widersetzen und benutze meine Hände und die Sitzposition, um mich zu halten. Als sie dann entdeckte, dass sie in dieser Weise mein Ende nicht herbeiführen konnte, ließ der Druck von ihr wenig nach.

Sie biss in meinen Fuß und drang durch das harte Leder ein, was meine kleine Zehe fast zerdrückte.

Da ich nun aber nicht länger dazu verdammt war, meine beiden Hände zu benutzen, um meine Position zu behaupten, hieb ich mit großer Heftigkeit auf sie ein, durch den Schmerz und die Todesangst in Rage gebracht, welche die Bestie mir bescherte.

Dennoch konnte ich mich nicht sofort von ihr befreien, denn sie erfasste meine Schwertklinge; ich konnte sie ihr aber wieder entreißen, bevor sie diese fest in den Griff bekam.

Dabei wurden möglicherweise ihre Fühler eingeschnitten, obwohl ich mir da nicht sicher sein kann, denn es erschien mir so, dass sie dabei keinen Griff ausübte, sondern eine *Saug*-Wirkung.

Dann, in einem Moment und durch einen glücklichen Schlag, verstümmelte ich sie und war in der Lage, mich einigermaßen in Sicherheit zurückzuziehen.

Von diesem Moment an waren wir frei von irgendwelchen Übergriffen. Wir hatten diesbezüglich zwar keine Sicherheit, aber die Ruhe der Seegrasmenschen deutete nicht auf einen erneuten Angriff hin.

So kam endlich das Morgengrauen, aber in der ganzen Zeit hatte der Mond uns nicht geholfen, der durch die Wolken ziemlich verdeckt geblieben war, die nun die ganze Wölbung des Himmels bedeckten und der Dämmerung einen sehr trostlosen Anblick gaben.

Bald gab es aber wieder genügend Licht, und wir untersuchten das Tal, aber dort gab es nirgends Anzeichen von den Seegrasmenschen.

Nein!, noch nicht einmal von ihren Toten, denn es schien so, dass sie diese, wie auch ihre Verwundeten, weggebracht hatten, und so hatten wir keine Gelegenheit gehabt, diese Seegrasmenschen bei Tageslicht zu untersuchen.

Dennoch, obwohl wir nicht auf ihre Toten gestoßen sind, war der ganze Rand der Klippen voller Blut und Schleim, und von Letzterem kam immer noch der fürchterliche Gestank, der für diese Bestien typisch war.

Darunter hatten wir aber wenig zu leiden, denn der Wind trug ihn weit zur Leeseite hin weg und füllte gleichzeitig unsere Lungen mit süßer und heilsamer Luft.

Sofort, nachdem er gesehen hatte, dass die Gefahr vorüber war, rief uns der Bootsmann zum zentralen Feuer, wo die Reste des großen Bogens immer noch brannten, und hier entdeckten wir zum ersten Mal, dass ein Mann von uns fehlte.

Daraufhin suchten wir auf dem Gipfel des Hügels und später im Tal und überall auf der Insel, konnten ihn aber nicht finden.

XIV. IN VERBINDUNG

An die Suche, welche wir im Tal nach dem Körper von Tompkins gemacht haben – das war der Name des verlorenen Mannes – habe ich traurige Erinnerungen.

Bevor wir das Lager verlassen hatten, gab uns der Bootsmann einen recht kräftigen Schluck Rum und für jeden auch einen Keks. Danach eilen wir hinunter, wobei jeder Mann seine Waffe bereithielt.

Nachdem wir zu dem Strand gekommen waren, der das Tal auf der Seeseite begrenzte, führte uns der Bootsmann am Fuß des Hügels herum, wo die Steilhänge in den weicheren Bereich des Bodens abfielen, der das Tal bedeckte. Hier begannen wir unsere sorgfältige Suche, denn vielleicht war er heruntergefallen und lag dort tot oder verwundet in unserer Nähe.

Dem war aber nicht so. Danach gingen wir zur Öffnung der großen Grube und stellten dort fest, dass der Schlamm darum herum voller Abdrücke war. Zusätzlich zu diesen und dem Schleim fanden wir viele Blutspuren, aber nirgends ein Zeichen von Tompkins.

Nachdem wir das ganze Tal durchsucht hatten, kamen wir zu dem Seegras, das auf dem näher an der Seegraswelt liegen Ufer verstreut lag. Auch hier fanden wir nichts, bis wir zu dem Fuß des Hügels kamen, der dort direkt in die See abfiel.

Hier stieg ich auf einen Vorsprung – derselbe, von dem die Männer ihre Fische gefangen hatten – und dachte, dass Tompkins am Fuß der Klippe liegen würde, wenn er von oben ins Wasser heruntergefallen war, das hier eine Tiefe von vielleicht einigen zehn bis zwanzig Fuß hatte.

Für einen kurzen Moment sah ich nichts. Dann entdeckte ich plötzlich, dass es da etwas Weißes gab, unten im Meer zu meiner Linken. Daraufhin kletterte ich etwas weiter hinaus auf den Rand.

So konnte ich sehen, dass der Körper, der meine Aufmerksamkeit auf sich gezogen hatte, von einem der Seegrasmenschen war. Ich konnte ihn nur undeutlich erkennen und erhaschte hin und wieder einen Blick von ihm auf der Oberfläche, wenn sich das Wasser zwischenzeitlich beruhigt hatte.

Es erschien mir so, dass er irgendwie zusammengerollt dalag und etwas auf der rechten Seite. Als Beweis, dass er tot war, sah ich eine riesige Wunde, wo ihm beinahe der Kopf abgesäbelt worden wäre. Und so, nachdem ich nochmals hingeschaut hatte, kam ich herunter und erzählte den anderen, was ich gesehen hatte.

Wir waren nun davon überzeugt, dass Tompkins wirklich zu Tode gekommen war und beendeten unsere Suche.

Zunächst aber, bevor wir diesem Ort verlassen hatten, ging der Bootsmann nach vorne, um einen Blick auf den toten Seegrasmenschen zu bekommen, und dann folgten ihm alle Männer, denn sie waren sehr neugierig darauf, genau zu erkennen, was für Kreaturen das waren, die uns in der vergangenen Nacht angegriffen hatten.

Nachdem sie soviel von der Bestie gesehen hatten, wie es das Wasser erlaubte, kamen sie wieder zum Strand, und wir kehrten auf die gegenüberliegende Seite der Insel zurück.

Als wir dort angekommen waren, gingen wir zum Boot hinüber, um zu sehen, ob es beschädigt ist. Wir stellten aber fest, dass es unberührt geblieben war.

Die Kreaturen waren aber überall um es herum gewesen, was wir an den Abdrücken und dem Schleim im Sand erkennen konnten und auch an der seltsamen Spur, die sie auf der weichen Oberfläche hinterlassen hatten.

Dann rief einer der Männer aus, dass etwas am Grab von Job gewesen sein musste, das, wie man sich erinnern wird, im Sand angelegt wurde, in kurzer Entfernung von unserem alten Lager. Wir schauten wir uns alle an. Man konnte leicht erkennen, dass es gestört worden war. Ohne zu wissen, was uns erwarten würde, rannten wir eiligst hin. Wir fanden es leer vor, denn die Monster hatten den Körper des armen Burschen ausgegraben, von dem wir keine Spur entdecken konnten.

Nun fürchteten wir uns noch mehr als je zuvor vor den Seegrasmenschen, denn wir wussten nun, dass sie schändliche Leichenfledderer waren, die noch nicht einmal einen toten Körper in seinem Grab ruhen lassen konnten.

Danach führte uns der Bootsmann zurück auf den Gipfel des Hügels und schaute dort nach unseren Wunden. Ein Mann hatte in dem nächtlichen Kampf zwei Finger verloren, ein anderer wurde brutal in den Arm gebissen, während ein dritter das Gesicht voller Quaddeln hatte, wo ihn eine der Bestien mit ihren Tentakeln berührt hatte.

Alle von ihnen hatten bisher wenig Aufmerksamkeit bekommen, wegen der Belastung durch den Kampf, die noch in uns steckte, und auch danach nicht, als wir entdeckt hatten, dass Tompkins vermisst wurde.

Nun kümmerte sich der Bootsmann um sie, wusch und verband sie. Als Wundverband nahm er etwas von dem Werg, das wir bei uns hatten, und legte darum Streifen von dem aufgerollten Segeltuch, welches sich im Schränkchen des Boots befand.

Was mich anbelangte, nahm ich die Gelegenheit wahr, meine verwundete Zehe zu untersuchen, die mich zum Humpeln gezwungen hatte. Ich stellte aber fest, dass ich weniger verletzt war, als ich gedacht hatte, denn der Knochen der Zehe hatte nichts abbekommen. Als sie dann gereinigt war, hatte ich keine übermäßigen

Schmerzen mehr, obwohl es mir schwerfiel, den Stiefel wieder anzuziehen. Ich band deshalb etwas Segeltuch um meinen Fuß, solange bis er ausgeheilt war.

Sofort, nachdem alle Wunden versorgt waren, was einige Zeit in Anspruch genommen hatte, da keiner von uns unbehelligt geblieben war, forderte der Bootsmann den Mann mit den verletzten Fingern auf, sich ins Zelt zu legen. Den gleichen Befehl richtete er auch an denjenigen, der in den Arm gebissen worden war.

Dann befahl er dem Rest von uns, mit ihm nach unten zu gehen, um Brennmaterial einzusammeln, denn die Nacht hatte ihm gezeigt, wie sehr unsere Leben davon abhingen, genügend davon zu haben.

So brachten wir den ganzen Morgen über Brennmaterial auf den Hügel hinauf, sowohl Seegras als auch Schilf, und machten bis zum Mittag keine Pause, bis er uns einen weiteren Schluck von dem Rum gab. Danach beauftragte er einen der Männer, das Essen zuzubereiten.

Dann fragte er den Mann – Jessop war sein Name – der den Vorschlag gemacht hatte, einen Drachen rüber zu dem Schiff fliegen zu lassen, ob er irgendwelche handwerklichen Kenntnisse bei der Fertigstellung einer solchen Sache hätte. Daraufhin lachte der Bursche und sagte dem Bootsmann, dass er ihm einen Drachen bauen würde, der stabil und stark fliegen würde, und das auch noch ohne die Hilfe eines Schwanzes.

Und so forderte ihn der Bootsmann auf, dass er sich ohne Verzögerung daranmachen sollte, damit wir diesen gut zu den Leuten im Schiff hinüberbringen konnten, um anschließend die Insel so schnell wie möglich zu verlassen, die nichts Besseres war als ein Nest für Leichenfledderer.

Als ich gehört hatte, dass der Drachen ohne einen Schwanz fliegen würde, war ich sehr gespannt darauf zu sehen, wie er das machen würde. Ich hatte so etwas noch nie gesehen und noch zuvor davon gehört, dass das möglich sei.

Er hatte aber nicht zu viel versprochen, denn er schnitt Schilfrohr auf verschiedene Längen ab. Teilweise band er sie gleich zusammen, teilweise hielten wir sie so lange, bis sie in die Konstruktion eingefügt befestigt wurden.

Als wir so weit gekommen waren, rief uns der Bootsmann zum Essen. Wir gingen hin und konnten anschließend noch kurz rauchen. Während wir damit beschäftigt waren, kam zu unserer Erleichterung die Sonne heraus, was sie den ganzen Tag über nicht getan hatte, woraufhin wir uns schnell besser fühlten.

Der Tag war zuvor sehr von den Wolken verdunkelt worden. Auch wegen des Verlusts von Tompkins und unserer eigenen Furcht und den Verletzungen waren wir außerordentlich trübsinnig gewesen, aber nun, wie ich schon sagte, wurden wir etwas heiterer und gingen mit Eile daran, den Drachen fertigzustellen.

An diesem Punkt erinnerte sich der Bootsmann plötzlich daran, dass wir nicht an die Schnur für den Drachenflug gedacht hatten, und er rief nach dem Mann, weil er wissen wollte, welche Stärke für den Drachen gebraucht würde. Jessop antwortete ihm, dass vielleicht ein Tauwerk aus zehn Kabelgarnen ausreichend sein würde. Daraufhin schickte der Bootsmann drei von uns zu dem zerstörten Mast am entfernteren Strand, und von dort holten wir alles, was von den Wanten übrig geblieben war und trugen es den Hügel hinauf.

Nachdem wir sie ausgelegt hatten, machten wir uns daran, das Tauwerk anzufertigen. Wir benutzten zehn Garne, flochten aber jeweils zwei davon vorab zusammen, wodurch wir schneller vorankamen, als hätten wir sie einzeln genommen.

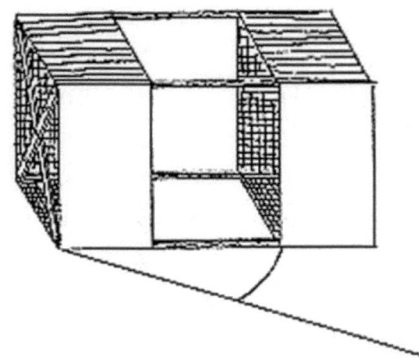

Ich schaute ab und zu auf Jessop und sah, dass er ein rundherum gehendes Band von leichtem Tuch an jedem Ende seines Drachens befestigte. Ich schätzte, dass diese Bänder etwa vier Fuß breit waren und so einen Bereich dazwischen offenließen. Dieser Kastendrachen sah fast wie ein umgelegtes Kaspertheater aus, nur dass die Öffnung rundherum ging und etwas zu groß und am falschen Platz war.

Danach bracht er eine Zügelhalterung an, was er aus einem Stück gutem Hanfseil machte, das er im Zelt gefunden hatte. Dann rief er dem Bootsmann zu, dass sein Drachen fertig war.

Der Bootsmann kam herüber und begutachtete ihn, was wir dann alle taten, denn niemand von uns hatte zuvor so ein Ding gesehen, und ich zweifele nicht daran, dass nur wenige von uns genug Vertrauen hatten, dass es fliegen würde, denn es erschien uns so groß und schwerfällig zu sein.

Nun, ich glaube, dass Jessop einiges von unseren Gedanken erahnen konnte, denn er rief einen von uns, um den Drachen zu halten, damit er nicht fortgeweht wird. Dann ging er ins Zelt und brachte den Rest des Hanfseils heraus, das gleiche, mit dem er die Halterung gemacht hatte.

Er band dieses daran fest, gab das Ende in unsere Hände und bat uns, zurückzugehen, bis die ganzen Windungen im Seil verschwunden waren, während er in der Zwischenzeit den Drachen festhielt.

Als wir dann die Leine gespannt hatten, rief er uns zu, diese ganz besonders festzuhalten. Dann bückte er sich, nahm den Drachen vom Boden hoch und warf ihn in die Luft. Daraufhin und zu unserem Erstaunen fiel er ein wenig auf eine Seite, stabilisierte sich und erhob sich wie ein Vogel hoch in den Himmel.

Wir waren, wie ich erwähnen muss, sehr erstaunt, denn es erschien uns wie ein Wunder ein solch beschwerliches Ding mit so viel Anmut und Beharrlichkeit fliegen zu sehen. Weiterhin waren wir mächtig überrascht über die Art, wie er an dem Seil zog. Er zerrte mit solch einer Heftigkeit, dass wir ihn in unserem ersten Erstaunen fast verloren hätten, wenn Jessop uns nicht zugerufen und gewarnt hätte.

Und nun, da wir von der Eignung des Drachens vollkommen überzeugt waren, forderte der Bootsmann uns auf, ihn hereinzuziehen, was wir unter großen Schwierigkeiten taten, wegen seiner Größe und der Stärke des Windes.

Als wir ihn dann zurück auf dem Hügel hatten, verankerte ihn Jessop sehr sicher an einem großen Felsbrocken. Dann, nachdem er unsere Anerkennung genossen hatte, kam er zu uns hin, um bei der Herstellung der Drachenschnur zu helfen.

Bald wurde es Abend, und der Bootsmann forderte uns auf, die Feuer auf dem Gipfel vorzubereiten.

Danach winkten wir den Leuten im Schiff zu und wünschten ihnen eine Gute Nacht, nahmen das Abendessen ein und legten uns zum Rauchen hin, bis wir uns dann wieder an das Flechten der Schnur machten, denn wir waren bemüht, sie so schnell wie möglich fertigzustellen.

Als dann die Dunkelheit über uns heruntergekommen war, befahl uns der Bootsmann, brennendes Seegras von dem zentralen Feuer zu nehmen und die Seegrashaufen anzuzünden, die wir an den Rändern des Hügels angehäuft hatten.

Innerhalb von wenigen Minuten war der ganze Gipfel sehr hell und freundlich. Dann wurden zwei Männer für die Wache und für die Beaufsichtigung der Feuer eingeteilt. Den Rest von uns schickte er wieder zum Anfertigen der Schnur zurück, was uns bis etwa zehn Uhr nachts beschäftigt hatte.

Danach ordnete er an, dass abwechselnd jeweils zwei Männer die ganze Nacht hindurch Wache halten sollten und forderte den Rest von uns auf, ins Zelt zu gehen, wo er sich nochmals unsere verschiedenen Wunden angesehen hatte.

Als meine Zeit der Wache gekommen war, stellte ich fest, dass ich ausgewählt wurde, dem großen Seemann Gesellschaft zu leisten, worüber ich keineswegs unzufrieden war, denn er war ein ganz ausgezeichneter Bursche und zudem auch ein sehr kräftiger Mann, den man gerne in seiner Nähe hatte, wenn irgendetwas Unerwartetes passieren sollte.

Trotzdem waren wir froh, dass die Nacht ohne irgendwelche Schwierigkeiten vorüberging, bis dann schließlich der Morgen kam.

Sobald wir unser Frühstück beendet hatten, nahm uns der Bootsmann alle mit nach unten, um Brennmaterial zu tragen, denn er hatte sehr klar erkannt, dass unser Schutz von einem guten Vorrat davon abhing.

So arbeiteten wir den halben Morgen lang, um Seegras und Schilf für unsere Feuer zu sammeln.

Als wir genug davon für die kommende Nacht hatten, ließ er uns wieder bis zur Mittagszeit an der Drachenschnur arbeiten.

Es war dennoch klar zu sehen, dass es noch mehrere Tage dauern würde, bis wir genügend Leine für unsere Zwecke fertig haben würden. Aus diesem Grund überlegte der Bootsmann, wie wir die Herstellung beschleunigen könnten.

Nachdem er ein wenig nachgedacht hatte, brachte er ein langes Stück Hanfseil, mit dem wir den Seeanker am Boot befestigt hatten, und begann damit, es aufzudrehen, bis er die drei Stränge voneinander getrennt hatte.

Dann band er die drei Stücke zusammen und hatte so ein sehr strapazierfähiges Seil mit einer ungefähren Länge von einhundertachtzig Klafter, aber dennoch so fest, dass er es als stark genug betrachtete, und somit hatten wir selbst viel weniger von der Schnur zu machen.

In der Zeit nach dem Mittagessen und für den Rest des Tages blieben wir sehr angestrengt beschäftigt, sodass wir dann, die Arbeit des vorangegangenen Tages eingeschlossen, fast zweihundert Klafter zusammenhatten, bis uns der Bootsmann zum Abendessen rief.

Wenn man nun alles zusammenrechnete, eingeschlossen das Stück Hanfseil, das am Drachen befestigt war, konnte man sagen, dass zu diesem Zeitpunkt fast vierhundert Klafter von der für unsere Zwecke benötigten Länge zusammengekommen war, die wir insgesamt auf fünfhundert Klafter geschätzt hatten.

Nach dem Abendessen, als alle Feuer angezündet waren, machten wir mit unseren Flechtarbeiten weiter, bis der Bootsmann die Wachen einteilte und wir uns für die Nacht bereitmachten; zuerst hatten wir aber dem Bootsmann noch unsere Wunden gezeigt.

Auch diese Nacht, wie auch die vorangegangene, brachte uns keinen Ärger, und als der Tag kam, nahmen wir zuerst unser Frühstück ein.

Dann kümmerten wir uns wieder um das Einsammeln von Brennmaterial, und danach verbrachten wir den Rest des Tages damit, an der Schnur weiterzuarbeiten.

Am Abend hatten wir genug davon hergestellt, was der Bootsmann mit einem sehr aufrüttelnden Schluck Rum feierte.

Als wir schließlich unser Essen eingenommen hatten, zündeten wir die Feuer an und hatten einen sehr angenehmen Abend. Im Anschluss daran ließen wir den Bootsmann, wie an den vorangegangenen Nächten, nach unseren Wunden sehen.

Danach machten wir uns für die Nachtruhe bereit, und diesmal ließ der Bootsmann den Mann, der zwei Finger verloren hatte und denjenigen, der so schwer in den Arm gebissen wurde, wieder ihre ersten Wachen seit der Nacht des Überfalls übernehmen.

Als der Morgen kam, waren wir alle eifrig damit beschäftigt, den Drachen fliegen zu lassen, denn es erschien uns möglich zu sein, dass wir die Rettung der Leute aus dem Schiff noch bis zum Abend durchführen könnten, was uns gedanklich sehr in Aufregung gebracht hatte.

Dennoch, bevor uns der Bootsmann den Drachen anfassen ließ, bestand er darauf, dass wir unseren üblichen Vorrat an Brennmaterial einsammeln sollten. Dieser Befehl, obwohl sehr weise gedacht, ärgerte uns sehr wegen all der Mühe, die wir an den Tag gelegt hatten, die Rettung bald durchzuführen.

Schließlich war alles erledigt. Wir machten die Schnur fertig, prüften die Verknotungen und schauten nach, ob alles für die Aktion bereit war.

Wir konnten den Drachen jedoch nicht fliegen lassen, denn der Bootsmann schickte uns zum entlegenen Strand, um die Halterungen für die Rah des Royalsegels und des Bramsegels zu bringen, die noch am Mast befestigt waren.

Als wir das alles oben auf dem Hügel hatten, legte er sie auf zwei Felsen, türmte darum herum einen Haufen großer Gesteinsbrocken auf und ließ den mittleren Teil frei.

Er wickelte die Schnur des Drachens zwei- oder dreimal darum herum und gab dann Jessop das Ende, damit er es an die Zügelhalterung des Drachens bindet.

Somit war alles bereit, um zu dem Wrack hinzufliegen.

Und nun, da wir nichts mehr tun konnten, versammelten wir uns ringsherum und sahen zu.

Sofort, nachdem der Bootsmann das Signal gegeben hatte, warf Jessop den Drachen in die Luft. Der Wind erfasst ihn, hob ihn stark und konstant nach oben, sodass der Bootsmann kaum genug Leine nachgeben konnte.

Bevor der Drachen losgeschickt wurde, hatte Jessop ein großes Stück von dem gesponnenen Garn an dessen Vorderseite gebunden, das dann herunterhing und von denen auf dem Schiff gepackt werden konnte, wenn es über sie hinwegkommt.

Begierig darauf zu sehen, ob sie es ohne Mühe sichern konnten, rannten wir alle an den Rand des Hügels, um zuzusehen.

Fünf Minuten später, nachdem der Drachen losgelassen wurde, sahen wir, dass die Leute im Schiff uns zuwinken, damit wir aufhören sollten, ihn noch weiter fliegen zu lassen.

Direkt danach kam der Drachen schnell nach unten, wodurch wir sehen konnten, dass sie die Fangleine erwischt hatten und daran zogen.

Daraufhin brach Jubel bei uns aus und wir setzen uns wieder hin und rauchten und warteten, bis sie unsere Anweisungen gelesen hatten, die wir auf die Abdeckungen des Drachens geschrieben hatten.

Etwa eine halbe Stunde später gaben sie uns Zeichen, unsere Leine hereinzuholen, was wir sofort machten.

Nach kurzer Zeit hatten wir sie wieder vollkommen hereingeholt und kamen ans vordere Ende der ihren, was sich als ein starkes Hanfseil erwies, neu und sehr gut.

Wir konnten uns aber nicht vorstellen, dass dieses der Belastung standhalten würde, die entsteht, wenn wir eine ausreichende Länge über das Seegras hinweg hochholen würden, wie wir das brauchten, geschweige denn die Leute auf dem Schiff daran herüberzubringen.

So warteten wir eine Weile und dann signalisierten sie uns, dass wir wieder ziehen sollten. Als wir dies taten, stellten wir bald fest, dass sie ein noch dickeres Hanfseil an das dünnere gebunden hatten, die nun beide parallel hochgezogen wurden. Das erste war dafür gedacht, das schwerere Seil über das Seegras hinweg zur Insel zu bringen und um später die Last am großen Seil zu bewegen. Es war dann lang genug, um von beiden Seiten hin und her gezogen zu werden.

Nach einer Zeit voller Mühen brachten wir das Ende des größeren Seils den Hügel hinauf und stellten fest, dass es ein außerordentlich dickes und festes Seil war, gleichmäßig aus feinem Garn gemacht, sehr rund und eben und bestens gesponnen. Mit diesem konnten wir auf jeden Fall zufrieden sein.

Am vorderen Ende des großen Seils hatten sie einen Brief angebracht, der in einem wasserfesten Beutel steckte. Darin richteten Sie einige sehr freundliche und dankbare Worte an uns.

Sie hatten auch einen Code festgelegt, durch den wir in der Lage waren, uns bei bestimmten Dingen zu verständigen. Am Ende fragten sie, ob sie uns einige Versorgungsartikel herüberschicken sollten, da es, wie sie uns mitteilten, noch eine Weile dauern würde, bis sie das starke Seil für unsere Bedürfnisse ausreichend befestigt und die Tragekonstruktion in Funktion hätten.

Schließlich baten sie uns noch, das dünnere Hanfseil weiter zu uns hereinzuziehen, damit man es auf die volle Distanz zwischen uns hin und her bewegen konnte.

Als wir den Brief gelesen hatten, sagten wir dem Bootsmann, dass sie uns etwas Brot schicken sollten, woraufhin er unserem Wunsch noch etwas Verbandsmull und Verbände und Salbe für unsere Wunden hinzufügte. Ich sollte das für ihn auf eines der großen Schilfblätter schreiben und am Ende wollte er noch fragen, ob sie wollten, dass wir ihnen etwas frisches Wasser schicken.

All das schrieb ich mit einem angespitzten Splitter des Schilfrohrs, indem ich die Worte in die Oberfläche des Blattes einritzte.

Als ich mit dem Schreiben fertig war, gab ich das Blatt an den Bootsmann, und er legte es in den wasserdichten Beutel. Danach signalisierte er denen im Schiff, dass sie das dünnere Seil wieder ein Stück herunterholen sollten, was sie dann taten.

Sofort forderten sie uns auf, dass wir wieder auf unserer Seite am dünneren Seil ziehen und es hochholen sollten, was ebenfalls sofort machten.

Als wir ein ausreichendes Stück davon hereingeholt hatten, kamen wir wieder an den kleinen wasserdichten Beutel, in dem wir Verbandsmull, Verbände und Salbe fanden und einen weiteren Brief, in dem sie mitteilten, dass sie Brot backen und uns bald etwas davon schicken würden, sobald es aus dem Ofen heraus sei.

Zusätzlich zu den Sachen, die zur Heilung unserer Wunden dienten, hatten sie ein Bündel von losen Papierblättern beigelegt, einige Federkiele und ein Tintenfass, und am Ende ihrer Mitteilung baten sie uns sehr dringlich, ihnen einige Nachrichten von der Außenwelt zu schicken, denn sie wären schon etwas über sieben Jahre in dieser seltsamen Seegraswelt eingeschlossen.

Sie sagten uns auch, dass es zwölf von ihnen im Schiffsrumpf gab, drei davon seien Frauen, von denen eine die Frau des Kapitäns war. Dieser war aber bald gestorben, nachdem sich das Seefahrzeug im Seegras verfangen hatte, und mit ihm auch die Hälfte der Leute auf dem Schiff, als sie bei dem Versuch, das Schiff aus dem Gras zu befreien, durch riesige Kraken angegriffen worden sind.

Danach hatten diejenigen, die überlebt hatten, alles mit Überbauten verstärkt, als Schutz gegen den Kraken und die *Teufelsmenschen*, wie sie diese genannt hatten. Denn bis sie das erledigt hatten, gab es keine Sicherheit auf Deck, weder am Tag noch in der Nacht.

Auf unsere Frage, ob sie Frischwasser brauchen würden, teilten sie uns mit, dass sie genügend davon hätten und darüber hinaus bestens mit Vorräten ausgestattet waren, denn das Schiff war von London aus mit Stückgut-Fracht unterwegs, in der sich eine große Menge an Lebensmitteln aller Art befand.

Diese Nachrichten machten uns sehr zufrieden, denn wir sahen, dass wir uns nicht über einen Mangel an Proviant Sorgen machen mussten. Deshalb erwähnte ich in dem Brief, den ich im Zelt geschrieben hatte, dass bei uns der Proviant nicht überreichlich vorhanden war. Ich dachte, dass sie diesen Fingerzeig verstehen und dem Brot noch etwas hinzufügen würden, wenn es fertig gebacken war.

Danach schrieb ich die wichtigsten Ereignisse nieder, die sich in den letzten sieben Jahren ereignet hatten, so wie sie mir ins Gedächtnis kamen. Dazu noch einen Bericht über unserer eigenen Abenteuer, die wir bis heute erlebt hatten und von dem Angriff auf uns durch die Seegrasmenschen.

Ich stellte auch Fragen, die mir aus Neugier und Verwunderung in den Sinn kamen.

Während ich in der Öffnung des Zelts saß und schrieb, hatte ich immer wieder beobachtet, wie sich der Bootsmann und die Männer damit beschäftigten, das Ende des starken Seils um einen mächtigen Felsbrocken zu wickeln, der ungefähr zehn Klafter von der Kante der Klippe entfernt lag, die zum Schiffsrumpf hin zeigte.

Er umwickelte das Seil an den Stellen, wo die Felsbrocken scharfe Kanten hatten, um es davor zu schützen, eingeschnitten zu werden. Dazu benutzte er etwas von unserem Segeltuch.

In dem Moment, wo ich meinen Brief fertig hatte, war das Seil sehr sicher an dem großen Felsbrocken befestigt. Weiterhin hatten sie eine große Schutzvorrichtung gegen das Scheuern unter den Teil des Seils gelegt, wo es über den Rand der Klippe ging.

Nachdem ich nun, wie ich sagte, den Brief fertig hatte, ging ich damit zum Bootsmann. Bevor ich ihn in den wasserdichten Beutel legte, fügte er am Ende noch eine Notiz hinzu, um zu sagen, dass das große Seil befestigt war und sie es stramm zu sich hereinziehen konnten, sobald sie dazu bereit waren.

Zu diesem Zeitpunkt war es schön spät am Nachmittag geworden und der Bootsmann rief uns, damit wir etwas zu essen zubereiten. Er ließ einen Mann zur Beobachtung des Schiffsrumpfs zurück, falls sie uns etwas signalisieren würden.

In der Aufregung bei den Arbeiten des Tages hatten wir unser Mittagessen vergessen und spürten jetzt unser Versäumnis. Als wir mittendrin waren, rief der Mann auf dem Ausguck aus, dass sie uns etwas vom Schiff aus signalisierten.

Daraufhin rannten wir alle los, um zu sehen, was sie wollten. Durch den Code, den wir zwischen uns vereinbart hatten, wussten wir, dass sie darauf warteten, dass wir das schwächere Seil hochziehen würden.

Als wir dies taten, stellten wir sofort fest, dass wir etwas über das Seegras hinwegzogen, ein ziemlich großes Bündel, was uns für unsere Arbeit entschädigen würde, denn wir dachten, dass es das Brot sei, was sie uns versprochen hatten.

Das stellte sich als richtig heraus. Es war sehr sorgfältig mit einer Plane abgedeckt worden, die sowohl um die Brote als auch um das Seil gewickelt und an den Enden fest verschlossen war. Das ergab eine spitzer zulaufende Verpackung, die besser über das Seegras hinweg gleitet, ohne sich dabei zu verfangen.

Als wir dieses Paket öffneten, sahen wir, dass mein Wink mit dem Zaunpfahl eine große Wirkung gehabt hatte, denn neben den beiden Laib Brot gab es in dem Paket gekochten Schinken, einen holländischen Käse, zwei Flaschen Portwein – gut gegen Bruch geschützt – und vier Pfund zusammengepressten Tabak.

Nachdem diese schönen Sachen angekommen waren, standen wir alle am Rand des Hügels und winkten unsere Dankesgrüße zu denen im Schiff hinüber. Sie winkten freundlich zurück, und danach gingen wir wieder zu unserem Essen, wobei wir auch die neuen Esswaren mit großem Appetit probierten.

Da war aber noch etwas in dem Paket, ein Brief, sehr sorgfältig in einer femininen Handschrift verfasst, wie auch die vorangegangenen Nachrichten, sodass ich mir dachte, dass eine der Frauen der Verfasser war.

Dieses Schreiben beantwortete einige meiner Fragen, insbesondere – wie ich mich erinnere – informierte es mich darüber, was die mögliche Ursache für das seltsame Schreien war, das dem Angriff der Seegrasmenschen vorausging.

Man meinte, dass bei jedem Mal, als ihr Schiff angegriffen wurde, immer das gleiche Schreien vorausging, was augenscheinlich ein Sammelruf oder das Signal zum Angriff war.

Wie es aber abgegeben wurde, konnte der Verfasser des Briefes nicht sagen, denn diese Seegras-*Teufel* – so sprachen sie im Schiff immer von ihnen – machten niemals irgendein Geräusch, wenn sie angriffen haben, selbst dann nicht, wenn sie tödlich verwundet wurden.

Ich muss an dieser Stelle erwähnen, dass wir nie erfahren haben, wie dieses einsame Schluchzen entstanden ist, noch konnten – weder wir noch sie – den allerkleinsten Hinweis auf die Mysterien entdecken, die diese große Seegraswelt in ihrer Stille verbirgt.

Eine andere Sache, auf die ich mich bezogen hatte, war der Wind, der fortwährend von einer Seite blies.

Der Schreiber des Briefes teilte mir mit, dass dies mindestens sechsmal in Jahr der Fall ist und er eine sehr beständige Stärke hat.

Auch eine andere Sache hatte mich sehr interessiert, denn das Schiff war nicht immer da gewesen, wo wir es entdeckt hatten.

Sie antworteten, dass es einmal so weit in dem Seegras drin war, dass sie die offene See kaum vom Horizont unterscheiden konnten. Manchmal aber öffnete sich das Seegras in großen Spalten, die für mehrere Meilen um sie herum auseinanderklafften. So wurden die Form und die Küstenlinie des Seegrases ständig verändert und es geschah meistens mit dem Wandel des Windes.

Es gab noch vieles mehr, was sie uns mitteilten und am Schluss noch, wie sie das Gras für ihr Brennmaterial getrocknet hatten und wie der Regen, der zu mancher Zeit in großen Mengen herunterkam, sie mit frischem Wasser versorgt hatte, obwohl es manchmal knapp wurde und sie lernen mussten, genügend für ihre Bedürfnisse zu destillieren, bis der nächste Regen kam.

Am Ende des Schreibens kamen einige Nachrichten darüber, was sie zurzeit machten. So erfuhren wir, dass die im Schiff damit beschäftigt waren, den Stumpf des Besanmasts aufzustellen. Daran wollten sie das große Seil befestigen, indem sie es durch die große, eiserne Halterung führen wollten, die am Kopf des Stumpfs befestigt war, und dann runter auf die Winde des

Besanmasts, mit der sie unter Zuhilfenahme eines starken Flaschenzugs die Leine so stramm ziehen konnten, wie es nötig war.

Nachdem wir unser Essen beendet hatten, nahm der Bootsmann den Verbandsmull, die Bandagen und die Wundsalbe, die sie uns aus dem Schiffsrumpf geschickt hatten und machte sich daran, unsere Verletzungen zu versorgen. Er fing mit dem Mann an, der zwei Finger verloren hatte, dessen Wunde glücklicherweise gut heilte.

Danach gingen wir alle an den Rand der Klippe und schickten den Mann am Ausguck zurück, damit er sich alle Ecken seines Magens füllen konnte, die bis jetzt leer geblieben waren. Vorher hatten wir ihm aber schon einige große Stücke von dem Brot und dem Schinken und dem Käse gebracht, damit er während seiner Zeit auf der Wache etwas zu essen hatte, und somit keinen großen Schaden nahm.

Etwa eine Stunde danach zeigte mir der Bootsmann, dass die im Schiff damit begonnen hatten, das große Seil hochzuhieven. Ich betrachtete die Aktion und passte gut auf. Ich wusste, dass der Bootsmann besorgt darüber war, dass es genügend weit über dem Seegras war, damit die im Schiff daran entlanggezogen werden konnten, ohne von den großen Kraken belästigt zu werden.

Sofort, als die ersten Anzeichen des Abends kamen, forderte er uns auf, unsere Feuer um den Gipfel des Hügels herum vorzubereiten. Wir taten dies, und danach gingen wir zurück, um zu sehen, wie das Seil angehoben wurde.

Wir stellten fest, dass es aus dem Seegras herausgekommen war, woraufhin wir uns sehr glücklich fühlten und winkten ihnen zu, Mut zu haben, im Falle, dass uns jemand aus dem Schiffsrumpf sieht.

Dennoch, obwohl das Seil gut vom Seegras weg war, musste die Durchbiegung noch viel höher gebracht werden, so weit, bis es für unsere Bedürfnisse ausreichend war. Es hatte schon jetzt eine riesige Spannung, wie ich feststellen konnte, als ich meine Hand drauflegte. Nur alleine die Biegung über so ein langes Seil anzuheben bedeutete aber eine Spannkraft von mehreren Tonnen.

Später bemerkte ich dann, wie besorgt der Bootsmann geworden war, denn er ging hinüber zu den Felsen, wo er das Seil festgemacht hatte, prüfte die Verknotungen und die Stellen, an denen er es umwickelt hatte. Danach ging er an die Stelle, wo es über die Klippe ging, und hier untersuchte er alles noch einmal genau. Er kam aber sofort zurück und schien nicht unzufrieden zu sein.

Dann kam die Dunkelheit auf uns herunter. Wir zündeten unsere Feuer an und bereiteten uns auf die Nacht vor, nachdem wir die Wachen wie an der vorangegangenen Nacht eingeteilt hatten.

XV. AN BORD DES SCHIFFS

Als ich mit meiner Wache dran war, die ich zusammen mit dem großen Seemann hatte, war der Mond noch nicht aufgegangen und die ganze Insel lag im Dunkeln, ausgenommen der Gipfel des Hügels, auf dem die Feuer an mehreren Stellen brannten. Diese hielten uns auch sehr beschäftigt, weil wir immer weiteres Brennmaterial nachlegen mussten.

Dann, als etwa eine halbe Stunde unserer Wache vorüber war, kam der große Seemann, der gerade Brennmaterial zu den Feuern auf der Seegrasseite des Hügels gebracht hatte, zu mir herüber. Er bat mich, meine Hand an das dünnere Seil zu legen, da er dachte, die auf dem Schiff wollten es hereinholen, damit sie uns eine Nachricht rüberschicken konnten.

Als er das sagte, fragte ich ihn sehr aufgeregt, ob er gesehen hatte, dass sie uns mit einem Licht winken würden. Das hatten wir als Signal während der Nacht vereinbart, falls es notwendig sein sollte.

Er sagte mir aber, dass er nichts dergleichen gesehen hatte. Als ich näher an den Rand der Klippe gekommen war, konnte ich mich selbst davon überzeugen und stellte fest, dass sie aus dem Schiffsrumpf heraus keine Zeichen geben.

Um dem Burschen aber einen Gefallen zu tun, legte ich meine Hand auf das Seil, das wir am Abend an einem großen Felsbrocken festgemacht hatten. Ich bemerkte, dass etwas daran zog, es zerrte und wieder losließ, sodass es mir so vorkam, als würden die Leute im Schiff doch daran interessiert sein, uns eine Nachricht zu schicken.

Um dessen sicher zu sein, rannte ich zum nächsten Feuer. Ich steckte ein Büschel von dem Seegras an und wedelte dreimal damit herum, es kam aber kein Antwortsignal von denen im Schiff.

Daraufhin ging ich zurück zum Seil, um mich davon zu überzeugen, dass nicht der Wind daran gezerrt hatte. Ich stellte aber fest, dass es etwas ganz anderes war als der Einfluss des Windes, etwas, das mit aller Macht zog, wie ein am Haken hängender Fisch, nur dass es ein ziemlich großer Fisch gewesen sein musste, der einen solchen Ruck verursachen konnte. Ich glaubte sofort, dass irgendein abscheuliches Ding aus dem Dunkel des Seegrases am Seil hing und sofort kam in mir die Angst hoch, dass es durchtrennt werden könnte.

Und dann hatte ich einen zweiten Gedanken, dass irgendetwas an dem Seil entlang zu uns hochklettern könnte. Ich bat den großen Seemann, mit seinem riesigen Entermesser bereitzustehen, während ich wegrannte, um den Bootsmann zu holen.

Als ich bei ihm war, erklärte ich ihm, wie 'Etwas' mit dem dünneren Seil herumspielte. Er kam sofort mit, um selbst zu sehen, was das sein könnte. Als er seine Hand darauf legte, forderte er mich auf, die anderen Männer zu holen, damit sie sich um die Feuer herum stellen. Es lag diese Nacht etwas in der Luft und wir könnten uns in der Gefahr eines Angriffs befinden. Er und der große Seemann blieben am Ende des Seils und beobachteten alles, so weit wie es die Dunkelheit der Nacht erlaubte, und prüften immer wieder die Spannung.

Dann fiel dem Bootsmann plötzlich ein, nach dem zweiten, dickeren Seil zu sehen. Er rannte los und verfluchte sich dabei selbst für seine Nachlässigkeit. Wegen des größeren Gewichts und der höheren Spannung konnte er nicht mit Bestimmtheit sagen, ob 'Etwas' damit herumspielte oder nicht.

Er blieb aber trotzdem dort stehen, weil er dachte, wenn etwas das dünnere Seil berührte, so könnte es auch mit dem größeren geschehen, nur dass das dünnere Seil auf dem Seegras lag, während das stärkere einige Fuß darüber hing, als die Dunkelheit über uns heruntergekommen war und so frei von herumstreunenden Kreaturen sein sollte.

So verging etwa eine Stunde, während wir Wache hielten. Wir kümmerten uns um die Feuer, gingen von einem zum anderen und kamen so bald zu dem, welches am nächsten beim Bootsmann war.

Ich ging hinüber zu ihm, um ein paar Minuten mit ihm zu sprechen, aber als ich näher kam, legte ich zufällig meine Hand auf das große Seil. Sogleich rief ich mit Erstaunen aus, dass es lockerer geworden war, als ich es am Abend empfunden hatte, und fragte den Bootsmann, ob er das bemerkt habe, woraufhin er wieder am Seil fühlte. Er war daraufhin fast mehr erstaunt, als ich es war, denn als er es beim letzten Mal berührt hatte, war es stramm gezogen und summte im Wind.

Aufgrund dieser Entdeckung hatte er große Angst, dass es von etwas durchgebissen worden war. Er rief alle Männer zu sich, um ihm helfen, am Seil zu ziehen, damit er sehen konnte, ob es wirklich so war. Als sie kamen und daran zogen, konnten sie es nicht weiter hereinbringen. Daraufhin fühlten wir uns mächtig erleichtert, waren aber immer noch nicht in der Lage, den Grund für die plötzliche Entspannung zu erkennen.

Ein wenig später erhob sich der Mond, und wir konnten die Insel untersuchen und auch das Wasser zwischen ihr und der Seegraswelt, um zu sehen, ob sich irgendetwas rühren würde. Wir konnten jedoch weder im Tal, noch an den Vorderseiten der Klippen, noch in der offenen See irgendetwas Lebendes entdecken. Was das Seegras anging, war es von geringem Nutzen darin in dieser schmuddeligen Finsternis herumzusuchen.

Und nun, nachdem wir uns davon überzeugt hatten, dass uns nichts entgegenkam und dass, soweit wir mit unseren eigenen Augen sehen konnten, nichts an dem Seil hochkletterte, forderte uns der Bootsmann auf, wieder hineinzugehen, ausgenommen diejenigen, deren Zeit für die Wache gekommen war.

Dennoch, bevor ich ins Zelt ging, untersuchten der Bootsmann und ich noch einmal sehr sorgfältig das große Seil. Wir konnten beide keinen Grund für die nachlassende Spannung finden, obwohl es im Schein des Mondlichts ziemlich offensichtlich war, dass das Seil stärker nachgegeben hatte, als es das am Abend getan hatte. Wir konnten nur annehmen, dass es die Leute im Schiff aus irgendeinem Grund entspannt hatten. Danach gingen wir ins Zelt und schliefen noch eine Weile weiter.

Früh am Morgen wurden wir von einem der Männer, die Wache hatten, geweckt. Er war zum Zelt gekommen, um nach dem Bootsmann zu rufen. Es schien so, dass sich der Schiffsrumpf in der Nacht bewegt hatte, sodass sein Heck sich etwas nach der Insel hin ausgerichtet hatte.

Als wir diese Nachricht hörten, rannten wir alle vom Zelt zum Rand des Hügels und stellten fest, dass es genauso war, wie der Mann gesagt hatte. Nun verstand ich auch den Grund für das plötzliche Nachlassen der Seilspannung. Nachdem es der Belastung für mehrere Stunden standgehalten hatte, gab das Schiff schließlich nach. Sein Heck hatte sich zu uns hin ausgerichtet und es war zudem auch noch insgesamt etwas in unsere Richtung gekommen.

Nun sahen wir auch, dass der Mann im Ausguck des Schiffes auf der Oberseite des Überbaus uns einen Willkommensgruß zuwinkte, den wir erwiderten.

Daraufhin trug mir der Bootsmann auf, eiligst eine Nachricht zu schreiben, damit wir erfahren könnten, ob es möglich sei, das Schiff aus dem Seegras herauszuholen. Bei diesem Gedanken war ich sehr aufgeregt, wie es auch beim Bootsmann und dem Rest der Männer der Fall war.

Wenn man das schaffen könnte, wie leicht wäre damit jedes Problem gelöst, wieder nach Hause zu kommen. Es schien aber zu gut, um wahr zu sein, aber trotzdem konnte ich hoffen.

Als mein Brief fertig war, steckten wir ihn in den kleinen wasserdichten Beutel und signalisierten denen im Schiff, die Leine einzuholen. Als sie jedoch daran zogen, gab es einen mächtigen Spritzer mitten im Seegras und sie schienen nicht in der Lage zu sein, irgendein Stück von der Leine zu sich zu ziehen.

Dann, nach einer kurzen Pause, sah ich, wie der Mann im Ausguck auf etwas zeigte. Unmittelbar danach erschien eine kleine Rauchwolke direkt vor ihm und dann hörte ich den Schuss einer Muskete. Da wusste ich, dass er auf etwas in dem Seegras gefeuert hatte.

Er schoss noch einmal und dann wieder, und danach waren sie in der Lage gewesen, die Leine hereinzuholen, sodass ich annehmen konnte, dass sein Feuern Wirkung gezeigt hatte. Wir hatten aber keine Ahnung gehabt, auf was er mit seiner Waffe geschossen hatte.

Direkt danach gaben sie uns Zeichen, damit wir das Seil wieder herüberholen sollten, wobei wir aber große Schwierigkeiten hatten. Dann signalisierte uns der Mann auf dem Überbau, dass wir aufhören sollten, zu ziehen. Wir taten dies und daraufhin schoss er wieder in das Seegras. Mit welcher Wirkung konnten wir aber nicht feststellen.

Nach einer Weile signalisierte er uns, dass wir es wieder versuchen sollten, und nun kam das Seil leichter herüber, dennoch war es aber noch mit viel Kraftaufwand verbunden. Das Treiben im Seegras, auf dem es lag, und auch an anderen Stellen, ließ nach. Schließlich war es durch das Anheben zur Klippe hin von dem Seegras befreit und wir sahen, dass eine große Krabbe es erfasst hatte. Diese zogen wir nun zu uns hin, denn diese Kreatur war zu hartnäckig, um loszulassen.

Als der Bootsmann das sah und Angst hatte, dass die großen Klauen der Krabbe das Seil durchtrennen könnten, nahm er eine der Lanzen von den Männern und rannte an der Rand der Klippe. Er rief uns zu, das Seil nur sanft hereinzuziehen und nicht mehr Spannung als notwendig zu erzeugen.

Wir zogen mit großer Gleichmäßigkeit und brachten das Monster nahe an die Kante des Hügels heran. Hier, nachdem der Bootsmann uns zugewunken hatte, hörten wir mit dem Ziehen auf. Er hob den Speer und schlug mit voller Kraft auf die Augen der Kreatur, wie er es schon bei einer vorhergehenden Gelegenheit getan hatte. Sofort ließ sie los und fiel mit einem mächtigen Platschen ins Wasser am Fuß der Klippe.

Dann sagte uns der Bootsmann, dass wir den Rest des Seils hereinholen sollten, bis wir zu dem Beutel gekommen waren. In der Zwischenzeit untersuchte er das Seil, um zu sehen, ob es irgendwelchen Schaden durch die Unterkiefer der Krabbe genommen hatte. Über eine kleine aufgescheuerte Stelle hinaus war es aber ziemlich unversehrt.

Wir kamen so an den Brief, den ich öffnete und vorlas. Ich sah dabei, dass er mit der gleichen femininen Handschrift geschrieben worden war wie bei den anderen auch.

Wir erfuhren daraus, dass das Schiff eine dichte Ansammlung des Seegrases durchbrochen hatte, welches sich um es herum verheddert hatte. Der zweite Maat, der einzige Offizier, der ihnen übrig geblieben war, meinte, dass es eine gute Chance gäbe, das Schiff zu befreien. Das müsste aber mit großer Langsamkeit geschehen, damit sich das Gras stückweise teilt, ansonsten würde sich das Schiff nur wie ein großer Rechen verhalten und das Gras vor sich aufhäufen und so seine eigene Barriere zum freien Wasser hin bilden.

Danach kamen freundliche Wünsche und sie hofften, dass wir eine gute Nacht gehabt hatten, was ich dem weiblichen Herzen der Verfasserin zuschrieb, und machte ich mir Gedanken darüber, ob es die Frau des Kapitäns gewesen war, die den Brief verfasst hatte.

Dann wurde ich jäh aus meinen Gedanken gerissen, als ein Mann rief, dass die im Schiff wieder damit begonnen hatten, das große Seil stramm zu ziehen. Für eine Weile stand ich da und sah, wie es sich langsam anhob, als es straff wurde.

Ich hatte für eine Weile so dagestanden und das Seil beobachtet, als es plötzlich ein Getümmel inmitten des Seegrases gab, ungefähr auf zwei Drittel des Weges zum Schiff. Ich sah nun, dass sich das Seil aus dem Wasser erhoben hatte und sich daran eine Menge Riesenkrabben gehängt hatten.

Bei diesem Anblick riefen einige der Männer ihr Erstaunen aus. Dann beobachteten wir, dass eine Anzahl von Leuten auf dem Schiff zu dem Platz auf der Oberseite des Ausgucks gekommen war, und sofort danach eröffneten sie ein ziemlich lebhaftes Feuer auf die Kreaturen. Sie fielen danach einzeln und paarweise ins Seegras.

Danach machten die Männer mit dem Ziehen weiter und hatten so nach kurzer Zeit das Seil weiter von der Oberfläche weggebracht.

Als sie das Seil so sehr gespannt hatten, wie es ihnen richtig erschien, ließen sie seine Zugwirkung auf das Schiff entfalten. Dann befestigten sie daran eine große

Rolle und gaben uns Zeichen, das kleine Seil kommen zu lassen, bis sie es bis zur Mitte zu sich gezogen hatten. Sie banden es an der Rolle fest und an dessen Öse befestigten sie einen Bootsmann-Stuhl und hatten so eine Tragevorrichtung. Damit konnten wir Sachen von und zu dem Schiffsrumpf transportieren, ohne diese über das Seegras hinwegzuziehen.

Das entsprach genau der von uns vorgesehenen Methode, mit der wir die Leute auf dem Schiff ans Ufer holen wollten. Nun aber hatten wir die größere Aufgabe, das Schiff selbst zu retten.

Weiterhin war das dicke Seil, welches die Tragevorrichtung trug, noch nicht hoch genug über dem Seegras, um damit jemanden sicher ans Ufer zu bringen.

Und nun, da wir die Hoffnung hatten, das Schiff zu retten, wollten wir das Risiko nicht eingehen, das große Seil zu zerreißen, indem wir eine solche Spannung aufbauen würden, die notwendig gewesen wäre, um seine Durchbiegung auf die gewünschte Höhe zu bringen.

Der Bootsmann rief einem der Männer zu, das Frühstück zuzubereiten, und als es bereit war, gingen wir hin und er trug dem Mann mit dem verwundeten Arm auf, Wache zu halten.

Als wir fertig waren, schickte er den Mann mit der Fingerverletzung, auf den Beobachtungsposten, während der andere zum Feuer kam, um sein Frühstück einzunehmen. In der Zwischenzeit nahm uns der Bootsmann mit hinunter, um Seegras und Schilf für die Nacht zu sammeln. Damit verbrachten wir den größten Teil des Morgens und danach kehrten wir wieder auf den Gipfel des Hügels zurück, um zu sehen, wie die Dinge vorangingen.

Der Mann auf dem Beobachtungsposten sagte uns, dass die im Schiffsrumpf zweimal an dem starken Seil ziehen mussten, um es vom Seegras fernzuhalten. Daran konnten wir sehen, dass uns das Schiff mit dem Heck in Richtung der Insel entgegenkam – es glitt stetig durch das Seegras. Als wir es uns näher ansahen, schien es fast so, dass wir auch mit den Augen wahrnehmen konnten, wie es beständig näher rückt. Das war aber mehr eine Einbildung, denn es konnte uns nicht mehr als ein paar Klafter entgegengekommen sein.

Dennoch hob das in beachtlicher Weise unsere Stimmung, sodass wir dem Mann im Ausguck auf dem Überbau unsere Glückwünsche zuwinkten, und er winkte zurück.

Später gingen wir zum Mittagessen und vergnügten uns in angenehmer Weise beim Rauchen. Der Bootsmann versorgte unsere Wunden und so saßen wir den restlichen Nachmittag auf dem Rücken des Hügels, der zum Schiffsrumpf hin zeigte.

Dreimal mussten die im Schiff an dem schweren Seil ziehen, und am Abend hatten sie sich fast um dreißig

Klafter der Insel genähert. Das sagten sie uns in einer Antwort auf eine Frage des Bootsmanns, mit deren Zusendung er mich beauftragt hatte.

Im Verlauf des Nachmittags wurden noch mehrere Nachrichten zwischen uns ausgetauscht, und wir hatten anschließend die Tragevorrichtung auf unserer Seite. Sie teilten uns auch mit, dass sie sich in der Nacht um das Seil kümmern wollten, um die Spannung aufrechtzuerhalten, was auch beide Seile vom Seegras fernhalten würde.

Dann kam die Nacht über uns herunter und der Bootsmann trug uns auf, die Feuer oben auf dem Hügel anzuzünden, die wir am Tag vorbereitet hatten. Als dann unser Abendessen vorüber war, bereiteten wir uns auf die Nacht vor.

Die ganze Zeit über brannten Lichter im Schiffsrumpf, die uns eine gute Gesellschaft während der Zeit unserer Zeit der Wache waren.

Schließlich kam der Morgen und die Dunkelheit verschwand ohne irgendwelche besonderen Ereignisse.

Wir konnten jetzt zu unserer großen Freude feststellen, dass das Schiff große Fortschritte in der Nacht gemacht hatte. Nunmehr war es so weit herangekommen, dass niemand mehr annehmen konnte, es sei nur in der Einbildung. Es musste sich der Insel um fast sechzig Klafter genähert haben, sodass wir fast das

Gesicht des Mannes im Ausguck erkennen konnten. Wir sahen nun viele Dinge auf dem Schiff mit größerer Klarheit, sodass wir es mit einem neuen Interesse betrachteten.

Dann winkte uns der Mann im Ausguck einen Guten-Morgen-Gruss zu, den wir sehr herzlich erwiderten. Gerade als wir das taten, erschien eine zweite Gestalt neben dem Mann und winkte mit etwas Weißem, vielleicht einem Taschentuch, was am wahrscheinlichsten war, als man sehen konnte, dass es sich um eine Frau handelte.

Daraufhin nahmen wir unsere Kopfbedeckungen ab — alle von uns — und wedelten ihr damit zu.

Danach gingen wir zum Frühstück. Als wir damit fertig waren, verband der Bootsmann wieder unsere Wunden und schickte dann den Mann mit den zwei verlorenen Fingern auf Wache. Den Rest von uns nahm er mit, um Brennmaterial zu sammeln, ausgenommen den Mann, der in den Arm gebissen wurde, und so verging die Zeit fast bis zum Mittagessen.

Als wir auf den Gipfel des Hügels zurückgekommen waren, teilte uns der Mann auf dem Wachposten mit, dass sie bei nicht weniger als vier Gelegenheiten an dem großen Seil ziehen mussten, was sie auch gerade in diesem Moment taten. Man konnte deutlich sehen, dass das Schiff selbst in dieser kurzen Zeit weiter herangekommen war.

Als sie das Strammziehen beendet hatten, konnte ich schließlich erkennen, dass es auf seiner ganzen Länge aus dem Seegras heraus war und mit seinem untersten Teil nicht weniger als zwanzig Fuß aus dem Wasser herausragte. Darauf kam mir ein plötzlicher Gedanke, mit dem ich mich eiligst zum Bootsmann begab: Es erschien mir jetzt so, dass es keinen Grund geben würde, warum wir die im Schiff nicht besuchen sollten.

Als ich ihm die Sache vorgetragen hatte, schüttelte er seinen Kopf und widersetzte sich für eine Weile meinem Wunsch. Aber dann, nachdem er das Seil untersucht hatte und er daran dachte, dass ich der Leichteste auf der ganzen Insel war, stimmte er zu.

Daraufhin rannte ich zu der Tragevorrichtung, die auf unsere Seite herübergebracht worden war, und setzte mich in den Stuhl.

Als die Männer meine Absicht erkannt hatten, applaudierten sie mir sehr herzlich und wollten mir folgen, aber der Bootsmann forderte sie auf, still zu sein.

Danach band er mich eigenhändig auf dem Stuhl fest und signalisierte denen im Schiff an dem dünneren Seil zu ziehen. Gleichzeitig kontrollierte er meinen Abstieg in Richtung des Seegrases an unserem Ende der Zugleine.

Schnell war ich am niedrigsten Punkt angelangt, wo die Krümmung des Seils in einem Bogen zum Seegras hinneigt und von dort wieder aufwärts in Richtung des Besanmasts führt.

An dieser Stelle schaute ich mit ziemlich ängstlichen Gefühlen nach unten, denn mein Gewicht zog das Seil etwas tiefer herunter, als es mir lieb war. Ich hatte auch eine ziemlich lebhafte Erinnerung an einige dieser Schrecken, die sich unter der ruhigen Oberfläche verbergen.

Ich war aber nicht lange an diesem Punkt, denn die Leute im Schiff, die sahen, dass mich das Seil näher an das Seegras heranbrachte, als es sicher gewesen wäre, zogen recht kräftig an der Zugleine, und so kam ich schnell zum Schiffsrumpf.

Als ich nahe am Schiff war, versammelten sich die Leute auf einer kleinen Plattform, die sie auf die Überbauten gesetzt hatten, etwas unterhalb der abgebrochenen Mastspitze des Besanmasts. Hier empfingen sie mich mit lauten Rufen und weit geöffneten Armen. Sie waren so eifrig dabei, mich aus dem Stuhl herauszuholen, dass sie die Befestigung durchschnitten, anstatt sie aufzuknoten.

Dann ließen sie mich auf das Deck herunter, und hier – noch bevor ich irgendetwas anderes wahrnehmen konnte – nahm mich eine recht vollbusige Dame in ihre Arme, küsste mich recht herzhaft, was mich sehr überrascht hatte, aber die Männer lachten nur, und nach einer Weile ließ sie mich los.

Hier stand ich nun und wusste nicht, ob ich mich wie ein Narr oder ein Held fühlen sollte, ich tendierte aber zu Letzterem.

In diesem Moment kam eine zweite Frau hinzu, die sich in einer sehr formellen Weise vor mir verbeugte, so als hätten wir uns bei einer vornehmen Versammlung getroffen, statt in einem verlorenen Rumpf in der Einsamkeit und dem Schrecken dieser vom Seegras erstickten See.

Bei ihrem Erscheinen erloschen aller Frohsinn bei den Männern und sie wurden sehr ernst, während die vollbusige Frau sehr verlegen ein Stück zurückging.

Ich war sehr verblüfft und schaute von einem zum anderen, um zu erfahren, was das zu bedeuten hatte, aber im selben Moment verneigte sich die Frau wieder und sagte in leiser Stimme etwas wegen des Wetters.

Sie schaute mich so an, dass ich ihre Augen sehen konnte, die so seltsam und voller Melancholie waren, und ich wusste sofort, warum sie so sprach und sich so verhielt, denn die arme Kreatur war verrückt geworden.

Als ich dann erfuhr, dass sie die Frau des Kapitäns war und ihn in den Fängen eines mächtigen Kraken hatte sterben sehen, konnte ich verstehen, warum sie so geworden ist.

Für kurze Zeit, nachdem ich die Verrücktheit der Frau bemerkt hatte, war ich so sprachlos geworden, dass ich keine Antwort auf ihre Bemerkung geben konnte, aber dafür schien es keine Notwendigkeit zu geben, denn sie drehte sich herum und ging nach hinten in Richtung der Treppe zum Salon. Die Tür dorthin stand offen und es wartete ein sehr hübsches und blondes Mädchen auf sie, das sie liebevoll nach unten und aus unseren Augen führte.

Kurz danach erschien dieses Mädchen wieder. Sie rannte mir auf dem Deck entgegen, fasste meine beiden Hände, schüttelte sie und schaute mich mit solch schelmischen und verspielten Augen an, dass sie mein Herz erwärmte, das so stark durch die Begrüßung der armen und verrückten Frau abgekühlt worden war.

Sie sagte viele herzliche Worte über meinen Mut, von denen ich innerlich wusste, dass ich sie nicht verdient hatte. Ich ließ sie aber gewähren und bald, nachdem sie sich besser unter Kontrolle gehabt hatte, stellte sie fest, dass sie immer noch meine Hände hielt. Ich hatte das die ganze Zeit über mit großer Freude bemerkt, aber als sie es selbst entdeckt hatte, ließ sie hastig los und ging ein Stück zurück.

So kam etwas mehr Kühle in ihre Worte, was aber nicht lange anhielt, denn wir waren beide jung, und ich denke, dass wir uns bereits zu diesem Zeitpunkt zueinander hingezogen fühlten. Davon abgesehen gab es so viel, was wir erfahren wollten, sodass wir nicht anders konnten, als frei heraus zu sprechen und Fragen nach Fragen stellten und Antworten nach Antworten gaben.

So verging eine gewisse Zeit, während der uns die Männer alleine gelassen hatten und sofort zur Winde gingen, um die sie das dicke Seil gewickelt hatten. Sie zogen es für eine Weile stramm, denn das Schiff hatte sich bereits wieder so weit bewegt, um das Seil schlaff werden zu lassen.

Das Mädchen, von dem ich erfuhr, dass sie die Nichte der Kapitänsfrau war und Mary Madison genannt wurde, schlug vor, mich auf dem Schiff herumzuführen, ein Vorschlag, auf den ich bereitwillig einging.

Zunächst hielt ich aber an, um den Besanmast zu untersuchen und die Art und Weise, wie die Männer im Schiff ihn aufgerichtet hatten.

Dies hatten sie sehr geschickt gemacht. Ich sah auch, wie sie einiges von den Überbauten etwa in der Höhe des Mastes entfernt hatten, damit das Seil gut geführt werden konnte, ohne Belastung für die Überbauten selbst.

Als ich dann ans Ende des Hecks gekommen war, führte sie mich nach unten aufs Hauptdeck, und hier war ich von der erstaunlichen Größe der Überbauten beeindruckt, die sie auf dem Schiff errichtet hatten und die Handwerkskunst, mit der dies durchgeführt worden war. Auch die Stützpfeiler, die von der einen zur anderen

Seite und zu den Decks gingen, waren in einer Weise konstruiert, dass sie dem, was sie trugen, eine große Stabilität gaben.

Ich stand jedoch vor einem großen Rätsel, woher sie eine ausreichende Menge an Holz bekommen hatten, um eine solche große Sache durchzuführen. In diesem Punkt aber befriedigte sie meine Neugier. Sie erklärte mir, dass sie die Zwischendecks herausgenommen hatten und auch all die Schottwände, auf die sie verzichten konnten. Weiterhin hatte sich eine ziemliche Menge unter dem Stauholz befunden, die sich aus brauchbar erwiesen hatte.

So kamen wir schließlich in die Kombüse, und hier stellte ich fest, dass die vollbusige Frau als Köchin eingesetzt worden war. Bei ihr waren zwei prachtvolle Kinder. Von einem dachte ich, dass es ein Junge im Alter von vielleicht fünf Jahren sein musste. Das zweite war ein Mädchen, das noch kaum in der Lage war zu laufen.

Ich drehte mich daraufhin um und fragte Miss Madison, ob dies ihr Cousin und ihre Cousine wären, aber im nächsten Moment fiel mir ein, dass das nicht sein konnte, weil ich wusste, dass der Kapitän schon fast sieben Jahre tot war.

Es war die Frau in der Kombüse, die meine Frage beantwortete, denn sie drehte sich mit einem etwas gerötetem Gesicht um und sagte mir, dass dies ihre Kinder wären, worüber ich ein wenig überrascht war. Ich nahm aber an, dass sie die Schiffspassage mit ihrem Mann gemacht hatte, doch damit lag ich nicht richtig.

Sie fuhr mit ihren Erklärungen fort und sagte, dass sie alle dachten, sie wären für den Rest ihres Lebens von der Welt abgeschnitten, und da sie große Sympathie für den Zimmermann hatte, wurde eine Art Heirat arrangiert und der zweite Maat wurde dazu gebracht, den Gottesdienst bei dieser Gelegenheit zu halten.

Sie sagte mir dann noch, dass sie die Reise mit ihrer Herrin angetreten hatte, der Frau des Kapitäns, um ihr mit ihrer Nichte zu helfen, die noch ein Kind war, als das Schiff lossegelte, denn sie war den beiden sehr verbunden, was auch umgekehrt der Fall war.

Sie kam zum Ende ihrer Geschichte und gab der Hoffnung Ausdruck, dass sie mit ihrer Hochzeit nicht falsch gehandelt hatte, da sie vorab nicht beabsichtigt gewesen war. Ich antwortete ihr, dass kein vernünftiger Mann schlecht über sie denken könnte, und dass ich für meinen Teil sogar noch mehr von ihr hielt, nachdem ich ihren Mut bewundern konnte, den sie gezeigt hatte.

Daraufhin ließ sie den Suppenlöffel fallen, den sie in ihrer Faust hielt, wischte sich die Hände ab und kam mir entgegen.

Ich wich ein wenig zurück, da ich mich schämte, wieder umarmt zu werden, noch dazu vor Miss Mary Madison. Sie hielt inne und lachte sehr herzlich; trotzdem legte sie ihre Hand zum Segen auf meinen Kopf, was kein Grund war, mich schlecht zu fühlen, und ich ging mit der Nichte des Kapitäns weiter.

Nachdem wir unsere Runde im Rumpf gedreht hatten, kamen wir wieder zum Heck und stellten fest, dass sie erneut an dem großen Seil zogen, was sehr ermutigend war, denn es bestätigte, dass sich das Schiff immer noch bewegte.

Wenig später hatte mich das Mädchen wieder verlassen, um sich um ihre Tante zu kümmern. Als sie weg war, kamen die Männer alle um mich herum und wollten etwas über die Welt hinter der Seegraswelt wissen. Für die nächste Stunde war ich somit sehr beschäftigt, ihre Fragen zu beantworten.

Dann rief ihnen der zweite Maat zu, wieder an dem Seil zu ziehen, und sie gingen zum Flaschenzug. Ich folgte ihnen und zusammen zogen wir es wieder stramm.

Danach kamen sie erneut um mich herum und stellten Fragen, denn so vieles schien in den letzten sieben Jahren geschehen zu sein, während sie eingesperrt waren.

Nach einer Weile war es an mir, und ich stelle ihnen Fragen über Dinge, die ich bei Miss Madison versäumt hatte. Sie offenbarten mir ihre Ängste und ihre Überdrüssigkeit der Seegraswelt und die Furcht, die sie ergriffen hatte, dass alle von ihnen an ihr Ende kommen würden, ohne ihre Heimat und Landsleute je wiederzusehen.

Zu diesem Zeitpunkt wurde mir bewusst, dass ich sehr hungrig war, denn ich war zum Schiffsrumpf gekommen, noch bevor wir unser Mittagessen gemacht hatten. Seither war ich zudem so beschäftigt, dass mir der Gedanke an Nahrung nicht gekommen ist. Ich hatte auch nicht zu essen im Rumpf gesehen, denn sie hatten ohne Zweifel schon vor meiner Ankunft gegessen.

Aber nun, da ich durch einen knurrenden Magen an meinen Zustand erinnert wurde, fragte ich, ob ich zu dieser Zeit noch etwas zu essen bekommen könnte. Daraufhin rannte einer der Männer zu der Frau in der Kombüse, um ihr zu sagen, dass ich noch nicht zu Mittag gegessen hatte. Sie wurde sie sehr aufgeregt und machte sich daran, mir ein gutes Mahl zuzubereiten. Sie brachte es dann nach hinten, bereitete es für mich im Salon vor und schickte mich dann dorthin nach unten.

Als ich mich gerade bequem hinsetzen wollte, nahm ich leichte Schritte hinter mir wahr. Ich drehte mich herum und sah, dass mich Miss Madison mit einer spitzbübischen und etwas amüsierten Art betrachtete. Daraufhin sprang ich hastig auf meine Füße; sie bat mich aber, sitzen zu bleiben und nahm gegenüber von mir Platz.

Sie scherzte auf solche eine verspielte Art mit mir, die mir keineswegs unangenehm war. Ich nahm, so gut wie ich konnte, meine Rolle ein. Später begann ich damit, ihr Fragen zu stellen und fand unter anderem heraus, dass sie als Schreiberin für die Leute im Schiff fungiert hatte. Daraufhin sagte ich ihr, dass ich das meinerseits für die Leute auf der Insel getan hätte.

Danach wurde unser Gespräch etwas persönlicher und ich erfuhr, dass sie fast neunzehn Jahre alt war, woraufhin ich ihr sagte, dass ich meinen 23. Geburtstag hinter mir hatte.

Und so fuhren wir mit der Unterhaltung fort, bis es mir einfiel, dass ich besser wieder auf die Insel zurückkehren sollte. Mit dieser Absicht erhob ich mich, fühlte jedoch, dass ich mich viel glücklicher fühlen würde, wenn ich bliebe. Ich dachte für einen Moment, dass auch ihr das gefallen könnte, und glaubte, dies in ihren Augen zu erkennen, als ich erwähnt hatte, dass ich gehen würde. Aber damit könnte ich mir auch nur geschmeichelt haben.

Als ich raus aufs Deck kam, waren sie wieder damit beschäftigt, das Seil stramm zu ziehen. Bis sie damit fertig waren, verbrachten Miss Madison und ich die Zeit damit, uns auf eine Weise zu unterhalten, die angenehm zwischen einem Mann und einem Mädchen ist, die sich zwar noch nicht lange kennen, aber die Gesellschaft des anderen genießen.

Als dann die Leine festgezogen war, ging ich hoch zur Halterung des Besanmasts und stieg in den Stuhl, woraufhin mich einige Männer sicher festbanden.

Als sie jedoch das Signal gaben, mich auf die Insel zu ziehen, kam für eine Weile keine Antwort und dann Signale, die wir nicht verstehen konnten. Es gab aber keinerlei Regung, mich über das Seegras zu ziehen. Daraufhin banden sie mich wieder vom Stuhl los und baten mich, auszusteigen, während sie eine Nachricht hinüberschickten, um herauszufinden, was los war.

Sofort kam eine Nachricht zurück, dass das große Seil über der Kante der Klippe beschädigt worden ist und sie es sofort etwas entspannen müssten. Als sie dies dann taten, gab es eine große Bestürzung.

So verging etwa eine Stunde, während wir die Männer dabei beobachteten, wie sie am Seil arbeiteten, genau dort, wo es über den Rand des Hügels herunterkam. Miss Madison stand bei uns und betrachtete auch alles. Er war schrecklich, dieser plötzliche Gedanke des Scheiterns (obwohl er nur vorübergehend war), wo wir so nahe am Erfolg waren. Schließlich kam das Signal von der Insel, dass sie das Zugseil lösen sollten. Wir machten dies und sie konnten die Tragevorrichtung hinüberziehen.

Kurz danach gaben sie uns ein Zeichen, sie wieder hereinzuholen. Wir fanden einen Beutel, der in der Tragevorrichtung festgebunden war. Darin erklärte der

Bootsmann, dass sie das Seil verstärkt und die Schutzvorrichtung erneuert hatten, sodass sie denken, es wäre nun wieder so sicher wie zuvor, wenn man daran zieht, aber nicht mehr mit so viel Spannung.

Er weigerte sich aber, mich herüberkommen zu lassen und sagte, dass ich im Schiff bleiben müsse, bis es aus dem Seegras heraus sei, denn wenn das Seil an einer Stelle beschädigt worden ist, dann war es so heftig beansprucht worden, dass es auch andere Stellen geben könnte, wo es nachgibt.

Diese letzte Nachricht des Bootsmanns machte uns alle sehr ernst. Es war durchaus möglich, dass es so war, wie er glaubte. Man beruhigte sich aber wieder, indem man darauf hinwies, dass es sich höchstwahrscheinlich das Scheuern an den Klippen gewesen war, was das Seil ausgefranst hatte, sodass es geschwächt wurde, aber noch nicht gerissen war. Ich erinnerte mich aber an die gute Schutzvorrichtung, die der Bootsmann ursprünglich angebracht hatte und war mir da nicht so sicher, wollte aber nicht weiter zu ihrer Aufregung beitragen.

So kam es also, dass ich dazu verdammt war, die Nacht im Schiffsrumpf zu verbringen. Aber als ich Miss Madison in den Solon gefolgt war, fühlte ich kein Bedauern und hatte fast meine Ängste wegen des Seils verloren.

Draußen auf dem Deck hörte man das fröhliche Klimpern der Winde.

XVI. BEFREIT

Als sich Miss Madison hingesetzt hatte, forderte sie mich auf, es auch zu tun. Danach kamen wir wieder ins Gespräch, das sich zunächst um die Beschädigung des Seils drehte. Ich versuchte hastig, sie diesbezüglich zu beruhigen. Später ging es dann um andere Dinge und wir dachten nicht mehr daran, wie es wohl natürlich ist zwischen einem Mann und einem jungen Mädchen.

Plötzlich kam der zweite Maat mit einer Nachricht vom Bootsmann herein, die er auf den Tisch legte, damit das Mädchen sie liest. Sie bat mich, dass auch sie lesen sollte, und so stellte ich fest, dass sie einen Vorschlag machten, sehr grob und in schlechter Rechtschreibung verfasst. Sie wollten uns einiges an Schilfrohr von der Insel schicken, mit dem wir in der Lage sein sollten, das Seegras etwas von dem Heck des Rumpfes zu lösen, was das Fortkommen unterstützen würde.

Der zweite Maat bat das Mädchen, eine Antwort zu schreiben, in der er sagte, dass wir glücklich wären, das Schilfrohr zu bekommen, und wir würden uns seinem Vorschlag gemäß verhalten. Miss Madison machte dies und gab mir den Brief, weil ich der Nachricht vielleicht selbst noch etwas hinzufügen wollte. Ich hatte aber nichts, was ich sagen wollte, und gab ihn mit Worten des Danks zurück. Sie gab ihm dem zweiten Maat, der damit fortging und ihn hinüberschickte.

Später kam die stämmige Frau aus der Kombüse nach hinten, um den Tisch zu decken, der in der Mitte des Salons stand.

Während sie dabei war, wollte sie Informationen über viele Dinge bekommen. Sie schien mir frei und unbeeinflusst zu sprechen und auch mit weniger Respekt vor meiner Gesellschafterin, sondern eher mit einer gewissen Mütterlichkeit. Es war deutlich zu sehen, dass sie Miss Madison liebte.

Man konnte weiterhin auch erkennen, dass das Mädchen eine herzliche Zuneigung zu ihrem alten Kindermädchen hatte, was nur natürlich war, weil man sehen konnte, dass sich die alte Frau die ganzen vergangenen Jahre über um sie gekümmert hatte, abgesehen davon, dass sie ihr auch eine Freundin war und eine gute und heitere, wie ich mir denken konnte.

Es brauchte einige Zeit, die Fragen der vollbusigen Frau zu beantworten und gelegentlich auch die, welche Miss Madison hat einfließen lassen, als plötzlich ein Getrampel von Füßen über uns zu hören war und später der Schlag von etwas, das auf das Deck geworfen wurde. Da wussten wir, das Schilf war angekommen.

Daraufhin rief Miss Madison, dass wir hingehen und zuschauen sollten, wie die Männer damit das Seegras bearbeiten. Wenn sich das als brauchbar herausstellen sollte, um das Zeug zu lösen, was in unserem Weg lag, sollten wir schneller in die offene See kommen und das auch noch, ohne eine zu große Spannung auf das Kabeltau zu bringen, wie es bisher der Fall war.

Als wir zum Heck kamen, sahen wir, wie die Männer einen Teil der Überbauten über dem Heck entfernten und danach einige der stärkeren Schilfrohre nahmen. Sie begannen damit, das Seegras zu bearbeiten, das sich hinter unserer Heckreling befand. Dass sie dabei aber auch Gefahren vermuteten, konnte ich sehen, denn es standen zwei Männer bei ihnen und auch der zweite Maat, alle mit Musketen bewaffnet. Sie beobachteten das Seegras genau, weil sie durch die vielen Erfahrungen wussten, dass in jedem Moment ihre Waffen gebraucht werden könnten.

So ging es eine Weile und man konnte deutlich sehen, dass die Arbeit der Männer an dem Seegras ihre Wirkung zeigte, denn das Seil entspannte sich so deutlich, dass diejenigen an der Winde alle Hände voll zu tun hatten, mit dem Spannen nachzukommen, um es einigermaßen straff zu halten.

Als ich sah, wie sie sich abmühten, rannte ich hin, um zu helfen, was auch Miss Madison tat, die fröhlich und mit vollem Herzen mit an den Hebelstangen der Winde zog.

So verging eine gewisse Zeit, und der Abend begann sich über die Einsamkeit der Seegraswelt zu senken.

Dann erschien die vollbusige Frau und bat uns, zum Abendessen zu kommen. Ihre Art, uns beide anzusprechen, war so, als würde sie uns bemuttern wollen. Miss Madison rief ihr aber zu, dass sie warten solle, da wir wichtige Arbeiten verrichten müssten. Daraufhin lachte die große Frau und kam uns drohend entgegen, so, als würde sie uns mit Gewalt fortholen wollen.

Genau in diesem Moment wurde unsere Fröhlichkeit jäh unterbrochen, denn unvermittelt hörten wir den Knall einer Muskete, dem Rufe folgten und der Klang von zwei anderen Waffen. Es erschien uns wie ein Donnern, das durch die Überbauten verstärkt wurde.

Sofort wichen die Männer an der Heckreling zurück und rannten in alle Richtungen.

Ich sah, dass große Arme überall an der Öffnung zu sehen waren, die sie in den Überbau gemacht hatten. Zwei von diesen reichten ins Schiff hinein und suchten herum.

Die stämmige Frau packte einen Mann, der neben ihr war und schleuderte ihn aus der Gefahrenzone. Danach nahm sie Miss Madison in ihre großen Arme und rannte mit ihr das Hauptdeck hinunter.

All das passierte, noch bevor ich mir der Gefahr voll bewusst wurde.

Nun war mir klar, dass ich besser weiter vom Heck weggehe, was ich hastig machte. Als ich an einen sicheren Ort gekommen war, stand ich da und starrte auf die riesige Kreatur. Ihre großen Arme waren nur vage in der sich verstärkenden Dunkelheit zu erkennen, wie sie auf ihrer Suche nach einem Opfer vergeblich herumsuchten.

Dann kam der zweite Maat zurück, der noch mehr Waffen brachte und ich sah, dass er alle Männer bewaffnete und auch noch eine Ersatzwaffe für mich dabei hatte. So feuerten wir weiter auf das Monster, woraufhin es wütend um sich schlug und dann, nach ein paar Minuten, von der Öffnung wegging und ins Seegras glitt.

Danach beeilten sich mehrere Männer, alle Teile des Überbaus zu ersetzen, die entfernt worden waren. Ich wollte dabei helfen, aber es gab genügend von ihnen für diese Arbeit, sodass ich nicht gebraucht wurde.

Bevor sie sich jedoch an die Reparatur der Öffnung machten, hatte ich die Gelegenheit gehabt, über das Seegras zu schauen, und so konnte ich erkennen, dass die ganze Oberfläche, die zwischen unserem Heck und der Insel lag, sich in großen Wellen bewegte, als würden mächtige Fische darunter herumschwimmen.

Und dann, gerade bevor die Männer wieder die letzte der großen Platten angebracht hatten, sah ich, dass das Seegras überall hochgeworfen wurde, wie in einem riesigen, brodelnden Kochtopf, und dann bekam ich noch einen flüchtigen Blick auf gewaltige Arme, die in die Luft ragten und zum Schiff kamen.

Bald hatten die Männer die Platte wieder an ihrem Platz befestigt und waren eiligst dabei, die Stützstreben an ihren Platz zu bringen.

Als auch das erledigt war, standen wir eine Weile da und lauschten. Es kam aber kein Geräusch außer dem Heulen des Windes über die Weite der Seegraswelt hinweg.

Ich drehte mich zu den Männern hin und fragte sie, wie es sein konnte, dass ich kein Geräusch mehr von den uns angreifenden Kreaturen vernehmen konnte. Sie nahmen mich zu dem Ausguck mit, von dem aus ich auf das Seegras starrte. Es rührte sich nicht, ausgenommen die vom Wind verursachten Bewegungen, und es gab keine Anzeichen von dem Kraken.

Als sie mein Erstaunen bemerkten, sagten sie mir, dass sie von überall her angelockt werden, wenn sich etwas im Seegras bewegt. Sie würden aber selten den Rumpf berühren, es sei denn, sie hätten dort eine Bewegung erkennen können.

Als sie mir das erklärt hatten, lagen noch aberhunderte von ihnen versteckt im Seegras um das Schiff herum. Wenn wir aber vorsichtig waren und uns nicht in ihrer Nähe zeigten, wären die meisten von ihnen am Morgen weg.

Das erklärten mir die Männer in einer sehr sachlichen Art, denn sie waren an solche Ereignisse gewöhnt.

Ich hörte plötzlich, wie mich Miss Madison beim Namen rief, und ich stieg hinter aus der sich verstärkenden Dunkelheit in das Innere der Überbauten. Hier hatten sie einige 'Matschlampen*' angezündet.

[* eine Schale, gefüllt mit brennbarem Öl oder Fett, einem Docht und einer Dochthalterung].

Das Öl dazu, wie ich später erfuhr, hatten sie von einem bestimmten Fisch gewonnen, der die See unterhalb des Seegrases in sehr großen Schwärmen heimsucht und bereitwillig fast jede Art von Köder annimmt.

Und so, als ich ins Licht hinunterstieg, fand ich das Mädchen vor, das darauf warte, dass ich zum Abendessen komme, dem ich mit großer Freude entgegensah.

Nachdem wir unser Essen beendet hatten, lehnte sie sich in ihrem Sitz zurück und fuhr wieder damit fort, mich in ihrer spielerischen Art zu locken, was ihr offensichtlich große Freude bereitete und an der ich mich gleichermaßen beteiligte.

Dann verfielen wir in etwas ernstere Gespräche, und so verging ein großer Teil des Abends.

Plötzlich kam ihr eine Idee. Sie wollte unbedingt auf den Ausguck hinaufklettern, und ich stimmte dem mit großer Freude zu.

Also gingen wir zum Ausguck. Als wir dort ankamen, erkannte ich den Grund für diese Laune. Ferne in der Nacht, hinter dem Heck, zeigte sich auf halbem Weg zwischen dem Himmel und der See ein riesiges Glühen. Als ich so hinsah, betäubt von Bewunderung und Überraschung, wusste ich sofort, dass es der Schein der Feuer war, auf der Spitze des größeren Hügels. Der ganze Hügel lag im Schatten und war von der Dunkelheit eingehüllt. Es zeigte sich nur das Glühen der Feuer. So wie es aussah, hingen sie im leeren Raum, was ein sehr beeindruckendes und wunderschönes Spektakel war.

Dann konnte man plötzlich eine Gestalt am Rand des Glühens erkennen, schwarz und winzig, und ich wusste, das war einer der Männer, der an den Rand des Hügels gekommen war, um nach dem Schiff zu sehen oder die Spannung des Seils zu prüfen.

Als ich meine Begeisterung für diesen Anblick gegenüber Miss Madison zum Ausdruck brachte, schien sie sehr zufrieden zu sein und sagte mir, dass sie oft in der Dunkelheit hier oben war, um sich das anzusehen.

Danach gingen wir wieder in das Innere des Überbaus, und dort waren die Männer wieder dabei an dem großen Seil zu ziehen, bevor sie die Wachen für die Nacht einteilten. Sie machten das so, dass jeweils ein Mann wach blieb und den Rest rief, wenn immer das Seil in seiner Spannung nachgelassen hatte.

Später zeigte mir dann Miss Madison, wo ich schlafen sollte. Und so, nachdem wir uns gegenseitig sehr herzlich eine Gute Nacht gewünscht hatten, trennten wir uns. Sie ging, um zu sehen, ob ihre Tante es bequem hatte, und ich begab mich aufs Hauptdeck, um mich mit dem wachhabenden Mann zu unterhalten.

So verging die Zeit bis nach Mitternacht, und währenddessen waren wir gezwungen, die Männer dreimal zu rufen, um am Tau zu ziehen, so schnell bewegte sich das Schiff nun durch das Seegras.

Als ich dann schläfrig wurde, wünschte ich allen eine Gute Nacht, ging in meine Koje und hatte so seit Wochen den ersten Schlaf auf einer Matratze.

Als der Morgen gekommen war, bin ich aufgewacht, weil ich Miss Madison von der anderen Seite der Tür rufen hörte und die mich sehr keck als einen Langschläfer bezeichnete. Daraufhin zog ich mich schnell an und kam geschwind in den Salon. Dort hatten sie ein Frühstück vorbereitet, bei dessen Anblick ich froh war, aufgeweckt worden zu sein.

Aber zunächst hatte sie etwas anderes vor und brachte mich zum Ausguck. Sie rannte mir fröhlich voraus und sang aus voller Kehle.

Als ich auf die Oberseite der Aufbauten kam, stellte ich fest, dass sie gute Gründe für solch eine Freude hatte.

Der Anblick, der vor meine Augen kam, stellte mich mächtig zufrieden, erfüllte mich aber gleichzeitig mit großem Erstaunen, denn – wer hätte das gedacht! – während der Nacht hatten wir fast zweihundert Klafter über das Seegras hinweg gemacht und waren nunmehr, mit dem, was wir vorher zurückgelegt hatten, nicht mehr als etwa dreißig Klafter vom Rand des Seegrases entfernt.

Miss Madison stand neben mir und führte so etwas wie einen anmutigen Stepptanz auf dem Boden des Ausgucks auf. Sie sang dabei eine alte Melodie, die ich für ein Dutzend Jahre nicht mehr gehört hatte, und diese eigentlich unbedeutende Tatsache, denke ich, brachte mir deutlicher als alles ins Bewusstsein, dass dieses reizende Mädchen der Welt für so viele Jahre verloren gegangen war, denn sie war kaum zwölf Jahre alt gewesen, als das Schiff in der Seegraswelt gefangen wurde.

Als ich mich dann herumgedreht hatte, um eine Bemerkung zu machen, erfüllt von so vielen Gefühlen, kam, so wie es schien, ein Ruf von hoch oben in der Luft.

Ich sah hinauf und entdeckte den Mann auf dem Hügel, der am Rand stand und uns zuwinkte. Nun nahm ich wahr, wie sich der Hügel ein mächtiges Stück vor uns auftürmte, und es erschien so, dass er schon fast über dem Schiff hing, obwohl wir noch etwa siebzig Klafter von dem näheren gelegenen Abhang entfernt waren.

Nachdem wir unsere Grüße zurückgewunken hatten, gingen wir runter zum Frühstück. Als wir in den Salon herunterkamen, wo all das gute Essen hingestellt worden war, genossen wir es mit großer Freude.

Kaum waren wir damit fertig, hörten wir das Klacken der Sperrklinken von der Winde. Wir eilten wir an Deck, um mit unseren Händen die Hebelstangen zu greifen und bei dem letzten Anziehen zu helfen, was das Schiff aus seiner langen Gefangenschaft befreien sollte.

Wir liefen eine Weile um die Winde herum und ich blickte auf das Mädchen neben mir, denn sie war sehr ernst geworden. Es war jetzt in der Tat eine seltsame und ernste Zeit für sie, denn sie, die von der Welt geträumt hatte, wie sie ihre kindlichen Augen gesehen hatten, war nun, nach vielen hoffnungslosen Jahren, dabei, wieder dorthin zurückzukehren – in ihr zu leben und um zu sehen, wie viel davon Träume waren, und wie viel Wirklichkeit.

Ich dachte mir, dass sie all diese Gedanken gehabt hatte, denn sie schienen auch mir in diesem Moment gekommen zu sein, und zugleich machte ich einen ungeschickten Versuch, ihr zu zeigen, dass ich den Aufruhr verstand, der in ihr war. Daraufhin schaute sie mich mit einem plötzlichen und seltsamen Anflug von Traurigkeit, aber auch Glück an.

Unsere Blicke trafen sich, und ich entdeckte etwas in ihren, das neu für mich war. Da ich nur ein junger und unerfahrener Mann war, deutete das mein Herz für mich. Ich war plötzlich erfüllt von dem Schmerz und dem süßen Vergnügen dieser neuen Situation, denn ich hatte bisher nicht gewagt, an das zu denken, was mir mein Herz so deutlich zugeflüstert hatte, und dass ich mich bereits schlecht gefühlt hatte, wenn ich nicht in ihrer Gesellschaft war.

Dann schaute sie herunter auf ihre Hände an der Hebelstange der Winde, und im selben Moment kam ein lauter, plötzlicher Schrei von dem zweiten Maat, der uns aufforderte, mit dem Ziehen aufzuhören.

Alle Männer zogen ihre Hebelstangen heraus, warfen sie auf das Deck und rannten schreiend zu der Leiter hoch zum Ausguck. Wir folgten ihnen und so kamen wir nach oben. Wir stellten fest, dass das Schiff endlich aus dem Seegras heraus war und auf der offenen See zwischen diesem und der Insel trieb.

Als sie entdeckt hatte, dass der Rumpf frei war, fingen die Männer wieder wie wild an zu jubeln und zu rufen, und natürlich – was kein Wunder war – jubelten wir mit ihnen.

Dann, plötzlich, inmitten all dieses Trubels, zog mich Miss Madison am Ärmel und zeigte auf das Ende der Insel, wo der Fuß des größeren Hügels in einem großen Ausläufer hervorkam. Ich sah dort ein Boot, das darum herum fuhr und in Sichtweite kam. Im nächsten Moment sah ich den Bootsmann, der am Heck stand und steuerte.

Ich wusste nun, dass sie die Reparatur fertiggestellt haben mussten, während ich im Schiffsrumpf war.

In diesem Moment hatten die Männer um uns herum das näher kommende Boots erkannt und fingen wieder an zu rufen. Sie rannten an den Rand des Schiffs und machten sich bereit, ein Seil herunterzuwerfen.

Als das Boot näher herangekommen war, betrachteten uns die Männer darin mit großer Neugier. Der Bootsmann nahm seine Kopfbedeckung mit einer ungeschickten Grazie ab, die ihm aber gut stand. Daraufhin lächelte ihn Miss Madison sehr freundlich an und danach teilte sie mir mit großer Offenheit mit, dass er ihr sehr gefiel. Mehr noch, sie hatte noch nie einen solch großen Mann gesehen, was aber nicht verwunderlich war, da sie nur sehr wenige gesehen hatte, seit sie in die Jahre gekommen war, wo sich Mädchen für sie interessieren.

Nachdem er uns begrüßt hatte, rief der Bootsmann dem zweiten Maat zu, dass er uns auf die entfernte Seite der Insel schleppen würde. Dem stimmte der Offizier zu, da er, wie ich mir dachte, keinesfalls traurig darüber war, eine solide Entfernung zwischen sich und der Trostlosigkeit der großen Seegraswelt zu bringen.

Als das Seil gelöst worden war, das von dem Hügel mit einem mächtigen Platschen herunterkam, fuhr das Boot voran und zog.

Auf diese Weise kamen wir bald an das Ende des Hügels, spürten jetzt aber die Kraft des Windes. Wir brachten deshalb einen Warpanker* an das Seil und der Bootsmann brachte ihn raus auf See. Wir zogen uns daran selbst auf die Windseite der Insel, und hier, vierzig Klafter entfernt, hörten wir auf zu ziehen und trieben hin.

[* wird von Schiff entfernt herabgelassen, um es daran in diese Richtung zu ziehen]

Als das erreicht war, riefen sie alle unsere Männer, um an Bord des Schiffs zu kommen. Sie machten dies und verbrachten den ganzen Tag mit Gesprächen und beim Essen, denn die im Schiff konnten kaum genug von unseren Kameraden bekommen.

Und dann, als es Nacht wurde, setzten sie den Teil der Überbauten wieder instand, die sie um den Stumpf des Besanmasts herum entfernt hatten. Und so, nachdem alle in Sicherheit gewesen waren, ging jeder hinein und ruhte eine ganze Nacht lang, was viele von ihnen dringend nötig hatten.

Am darauffolgenden Morgen hatte der zweite Maat eine Besprechung mit dem Bootsmann. Danach kam der Befehl, die großen Überbauten zu entfernen, eine Aufgabe, an die sich jeder von uns mit großem Eifer machte. Dennoch war es eine Arbeit, die einige Zeit dauerte, und fast fünf Tage waren vergangen, bis das Schiff von allem befreit war.

Danach kam eine geschäftige Zeit, um verschiedene Dinge aufzutreiben, die wir für eine notdürftige Besegelung brauchten. Sie waren schon so lange nicht gebraucht worden, dass sich niemand daran erinnern konnte, wo man danach suchen sollte. Das dauerte eineinhalb Tage und danach machten wir uns daran, sie mit notdürftigen Masten auszustatten, wie es unser Material erlaubte.

Nachdem das Schiff während der vergangenen sieben Jahre alle seine Masten verloren hatte, war die Mannschaft dennoch in der Lage gewesen, viele der Rundhölzer zu retten. Diese blieben erhalten, da sie nicht die ganze Takelung wegschneiden konnten, weil das sie der großen Gefahr ausgesetzt hätte, mit einem Loch in der Seite auf Grund geschickt zu werden. Nun hatten sie allen Grund, dankbar zu sein, denn durch diesen Umstand hatten sie jetzt genügend Material, um die Masten wieder einigermaßen herzurichten.

Sie hätten mehr davon retten können, hatten aber die kleineren Stücke dazu benutzt, die Überbauten zu stützen, die sie für diese Zwecke zurecht gesägt hatten.

Dann forderten der zweite Maat und der Bootsmann den Zimmermann auf, verschiedene Anbauteile für die einzelnen Masten anzufertigen, was kein Problem für ihn gewesen war.

In der Zwischenzeit wurde die Takelage vorbereitet, und als das erledigt war, machten sie die Zugleinen fertig, um die Teile hochzuhieven. Teilweise kamen sie nicht an den normalerweise vorgesehenen Platz, erfüllten aber ihren Zweck.

Der Zimmermann arbeitete noch an weiteren Teilen, welche alles halten und stabilisieren sollten. Als alles fertig war, wurde der Hauptmast aufgestellt und danach mit der Takelage versehen. Dann kam der Vormast dran und schließlich der Besanmast, die je nach Verfügbarkeit von Materialien zusammengesetzt worden waren.

Alle Mastkonstruktionen wurden gut gesichert und dann aufgetakelt. Das sollte die ganze Beseglung aushalten, die wir dort anbringen konnten. Es waren aber noch viele weitere Arbeiten nötig, um alles an seinen Platz zu bringen und seefest und sturmsicher zu machen.

Es dauerte einen Tag weniger, als sieben Wochen, um das alles aufzustellen und auszustatten. Während dieser ganzen Zeit wurden wir nicht von irgendwelchen Bewohnern der Seegraswelt belästigt. Das mag aber nur deswegen gewesen sein, weil wir die ganze Nacht über Feuer aus getrocknetem Seegras auf Deck hatten brennen lassen. Diese waren auf großen flachen Steinen ausgelegt, die wir von der Insel geholt hatten.

Obwohl wir nicht belästigt wurden, hatten wir mehr als einmal seltsame Dinge in der Nähe des Schiffs im Wasser schwimmen sehen. Wir hatten aber brennendes Seegras an der Seite des Rumpfs hängen, was stets genügt hatte, diese entsetzlichen Besucher ferngehalten.

Und so kam der Tag, an dem wir so gut ausgerüstet waren, dass der Bootsmann und der zweite Maat feststellen konnten, das Schiff sei bereit, in See zu stechen. Der Zimmermann hatte den Rumpf, so gut er konnte, untersucht und fand ihn überall in Ordnung, obwohl die unteren Teile furchtbar mit Seegras, Seepocken und anderen Dingen überwuchert waren. Das konnten wir aber nicht ändern. Es wäre auch nicht weise gewesen, zu wagen, es abzuschaben, da wir von den Kreaturen wussten, die um uns herum im Wasser waren.

In diesen sieben Wochen kamen Miss Madison und ich uns sehr nahe, sodass ich aufgehört hatte, sie mit einem anderen Namen anzusprechen, als Mary, es sei denn, ich hatte einen noch lieblicheren benutzt, den ich mir selbst ausgedacht hatte. Diesen aber hier zu erwähnen, würde mein Herz zu weit offenbaren.

Unsere gegenseitige Liebe wurde schnell vom Bootsmann entdeckt, und ich zerbreche mir immer noch den Kopf darüber, wie er den Zustand unserer Herzen so schnell erkennen konnte. Er gab mir eines Tages einen verschmitzten Hinweis, dass er genau wusste, aus welcher Richtung der Wind blies, und dennoch, obwohl er es als halben Scherz formuliert hatte, erschien es mir so, als wäre etwas Wehmütiges in seiner Stimme, als er sprach. Daraufhin legte ich meine Hand in die seine und drückte sie ganz fest. Danach sprachen wir nie wieder darüber.

XVII. WIE WIR WIEDER HEIMKAMEN

Als der Tag gekommen war, an dem wir uns von der Insel und den Gewässern dieser seltsamen See entfernten, gab es eine große Erleichterung in unseren Herzen und wir kümmerten uns fröhlich um alle Arbeiten, die notwendig waren.

Wir hatten nach kurzer Zeit die Anker gelichtet, den Kopf des Schiffes nach Steuerbord ausgerichtet und es bald auf der Backbordseite aufgebrasst, was uns recht gut gelungen war, obwohl unsere Ausrüstung recht schwer zu handhaben war, wie man erwarten kann.

Dann waren wir auf dem Weg und gingen auf die Seite des Rumpfs, um einen letzten Blick auf die Insel zu bekommen. Die Männer von dem Schiff kamen zu uns, und für einen Moment herrschte Stille, denn sie waren sehr ruhig, schauten nach hinten und sagten nichts. Wir fühlten mit ihnen, da wir einiges davon kennengelernt hatten, was sie in ihren vergangenen Jahren begleitet hatte.

Der Bootsmann kam an das Geländer des Hecks und rief den Männern unten zu, dass sie zum Antreten nach hinten kommen sollten. Als sie losgingen, folgte ich ihnen, den ich hatte sie mittlerweile als gute Kameraden betrachtet.

Für jeden wurde Rum ausgeschenkt, auch für mich, und es war Miss Madison selbst gewesen, die ihn aus einem Holzeimer ausgeschenkt hatte, obwohl ihr die vollbusige Frau half, ihn von der Achterpiek hochzutragen.

Nach dem Rum forderte der Bootsmann die Mannschaft auf, auf dem Deck Ordnung zu schaffen und alles festzuzurren.

Ich drehte mich herum, um zu den Männern zu gehen, da ich mich schon so daran gewöhnt hatte, mit ihnen zu arbeiten. Er aber rief mich zu sich auf das Heck.

Als ich bei ihm war, sprach er mit respektvoller Stimme, als er protestierte und mich daran erinnerte, dass es für mich nicht länger notwendig war, zu schuften und dass ich in meine alte Stellung als Passagier zurückgekehrt sei, was ich auch auf der *Glen Carrig* gewesen war, bevor sie auf Grund lief.

Auf seinen Bemerkungen hin antwortete ich aber, dass ich das gleiche Recht hatte, meine Passage nach Hause abzuarbeiten, wie jeder hier. Obwohl ich für meine Passage auf der *Glen Carrig* bezahlt hatte, war dies hier bei der *Seabird* nicht der Fall – das war der Name des Schiffs – und auf meine Antwort hin sagte der Bootsmann nur noch wenig.

Ich bemerkte aber, dass er meine Einstellung mochte, und so blieb es dabei, bis wir den Hafen von London erreicht hatten.

Ich beteiligte mich fortan an allen mit der Fahrt zusammenhängenden Dingen, die ich mittlerweile recht geschickt erledigen konnte. Bei einer Sache jedoch nutzte ich meine ehemalige Stellung und wählte es aus, mich hinten aufzuhalten, und dadurch war ich in der Lage gewesen, meine Liebste sehr oft zu sehen, Miss Madison.

Nach dem Abendessen des Tages, an dem wir weggefahren sind, wählten der Bootsmann und der zweite Maat die Wachen aus und ich fand mich in der vom Bootsmann wieder, was mir sehr recht war.

Als sie eingeteilt worden waren, hatten sie alle Hände voll mit dem Schiff zu tun, welches aber zur Freude aller gut funktionierte, denn mit soviel Ausrüstung und dem Bewuchs an seiner Unterseite hatten wir die Befürchtung, dass wir seitlich abdrifteten und dadurch viel Weg auf der vom Wind abgewandten Seite verlieren würden. Wir versuchten deshalb, so oft wie möglich, auf der Windseite zu kreuzen, denn wir waren bemüht, von der Seegraswelt wegzukommen.

Noch zweimal an diesem Tag richteten wir das Schiff neu aus, obwohl es bei der zweiten Gelegenheit darum ging, eine große Ansammlung von Seegras zu vermeiden, das quer vor unserem Bug herumtrieb. Das ganze Wasser auf der Windseite der Insel, soweit wir vom Gipfel des Hügels auf der Insel aus sehen konnten, war voll von treibenden Massen des Seegrases, wie kleine Inseln und manchmal wie breite Riffs. Deswegen blieben auch die

Gewässer um die Insel herum immer so ruhig und ungebrochen, sodass es niemals irgendwelche Brandungen oder eine gebrochene Welle an ihren Ufern gab und das auch trotzdem der Wind die ganzen Tage über recht frisch gewesen war.

Als der Abend kam, waren wir wieder in der Backbordrichtung unserer kreuzenden Fahrt und machten vielleicht vier Knoten in der Stunde. Wenn wir die richtige Besegelung gehabt hätten und einen sauberen Rumpf, hätten wir acht oder neun machen können, bei solch einer guten Brise und einer ruhigen See.

Dennoch war unser Fortkommen bis jetzt recht ordentlich gewesen, denn die Insel lag jetzt ungefähr fünf Meilen auf unserer Leeseite und ungefähr fünfzehn hinter unserem Heck entfernt.

So richteten wir uns auf die Nacht ein, doch kurz bevor es dunkel wurde, entdeckten wir, dass sich die Seegraswelt in unsere Richtung ausbreitete, sodass wir an ihren in einer Entfernung von vielleicht einer halben Meile vorbeifahren würden.

Daraufhin unterhielten sich der zweite Maat und der Bootsmann darüber, ob es besser wäre, das Schiff etwas weiter davon wegzurichten, um eine größere Distanz dazwischen aufzubauen, als zu versuchen, an diesen Ausläufer des Seegrases entlangzufahren.

Schließlich hatten sie beschlossen, dass wir nichts zu befürchten hatten, denn wir kamen gut durch das Wasser voran. Weiterhin schien es nicht sehr wahrscheinlich zu sein, dass wir uns vor Bewohnern der Seegraswelt fürchten mussten, bei einem so großen Abstand wie einer halben Meile.

Und so hielten wir unseren Kurs, denn wenn wir einmal an dieser Spitze vorbei waren, konnte man vermuten, dass sich das Seegras nach Osten hin wegbewegt. Wenn dem so war, könnten wir sofort unsere Richtung ändern und den Wind auf unsere Rückseite bringen und so schneller vorankommen.

Die Zeit der Wache des Bootsmanns ging von acht Uhr abends bis um Mitternacht und ich war zusammen mit einem anderen Mann am Ausguck bis zum viermaligen Glockenschlag.

Es ergab sich, dass wir während der Zeit unserer Wache an den Rand des Seegras-Ausläufers kamen und sehr angestrengt auf die Seite schauten, denn die Nacht war dunkel und es würde keinen Mond geben, bis wir näher an den Morgenstunden waren. Wir fühlten jetzt aber eine starke Beklemmung, denn wir wieder so nahe an die Trostlosigkeit dieser seltsamen Welt gekommen.

Dann fasste mich der Mann, der bei mir war, plötzlich an meiner Schulter und deutete in die Dunkelheit an unserer Seite. Ich erkannte sofort, dass wir näher an das Seegras herangekommen waren, als es der Bootsmann und der zweite Maat vorgesehen hatten, denn sie hatten zweifelsohne unseren Abstand falsch kalkuliert.

Daraufhin drehte ich mich um und rief dem Bootsmann zu, dass wir nahe daran waren, in das Seegras hineinzutreiben. Im selben Moment rief er dem Steuermann zu, das Steuer umzulegen, aber bereits direkt danach berührte unsere Steuerbordseite die großen herauskommenden Büschel an der Spitze des Ausläufers. Für eine Minute hielten wir den Atem an und warteten. Das Schiff schwamm aber frei daran vorbei und ins offene Wasser dahinter.

Als wir gegen das Seegras scheuerten, hatte ich aber etwas gesehen, das plötzliche Erscheinen von etwas Weißem, das unter dem Bewuchs entlangglitt. Dann sah ich weitere von ihnen, und im Nu war ich unten auf dem Hauptdeck und rannte dem Bootsmann hinterher.

Als ich in der Mitte des Decks war, kam eine fürchterliche Gestalt über die Steuerbordreling und ich gab einen lauten Warnschrei von mir. Dann hatte ich einen Hebel der Ankerwinde vom nahe gelegenen Regal in der Hand und drosch auf dieses Ding ein, während ich die ganze Zeit über um Hilfe rief.

Auf meine Schläge hin verschwand es aus meinen Augen, und bald waren der Bootsmann und auch die Männer um mich herum.

Der Bootsmann hatte mein Zuschlagen gesehen. Er sprang hoch zum Bramsegel und schaute darüber hinweg. Sofort kam er wieder herunter und rief mir zu, die Männer der anderen Wache zu holen, denn die See war voll von Monstern, die zum Schiff hinschwammen.

Daraufhin rannte ich los, und als ich die Männer geweckt hatte, eilte ich zu der hinteren Kabine und holte auch den zweiten Maat aus seinem Schlaf.

Nach einer Minute war ich zurück und hatte das Entermesser des Bootsmanns dabei und mein eigenes Schwert, die beide immer im Salon hingen.

Bei meiner Rückkehr fand ich alles in riesiger Aufregung – die Männer rannten in ihren Hemden und Unterhosen herum, einige in der Kombüse brachten Feuer aus dem Ofen und andere zündeten ein Feuer aus trockenem Seegras auf der Leeseite der Kombüse an. An der Steuerbordseite brannte schon ein wildes Feuer und die Männer benutzen die Hebel der Ankerwinde, wie ich es getan hatte.

Ich warf dem Bootsmann sein Entermesser zu und daraufhin stieß er einen mächtigen Schrei aus, teils aus Freude und teils aus Zustimmung. Danach nahm er die Laterne von mir und rannte auf die Backbordseite des Decks, bevor ich mir noch recht bewusst worden war, dass er die Lampe genommen hatte. Aber jetzt folgte ich ihm.

Es war Glück für uns alle gewesen, dass er gerade in diesem Moment dort hingegangen war, denn im Licht der Laterne konnte man die abscheulichen Gesichter von drei Seegrasmenschen sehen, die über die Backbordreling geklettert waren, aber der Bootsmann hatte sie in Stücke gespalten, noch bevor ich näher kommen konnte.

Einen Moment später war ich voll beschäftigt, denn es kamen fast ein Dutzend Köpfe über die Reling, ein wenig hinter der Stelle, wo ich mich befand. Ich rannte zu ihnen hin und habe sie sauber erledigt, aber einer wäre doch hinübergekommen, wenn mir der Bootsmann nicht zu Hilfe gekommen wäre.

Und schon waren die Decks voller Licht; mehrere Feuer waren angezündet worden und der zweite Maat hatte neue Laternen herausgeholt. Die Männer hatten alle ihre Entermesser, die besser zu benutzen waren als die Hebelstangen.

So ging der Kampf weiter und einige Männer sind auf unsere Seite herübergekommen, um uns zu helfen.

Das musste ein überaus wilder Anblick für jeden Betrachter gewesen sein. Auf allen Decks brannten die Feuer und die Laternen. Die Männer rannten an den Relingen entlang und hieben in die hässlichen Gesichter, die zu Dutzenden in den wilden Glanz unserer den Kampf erhellenden Lichter blickten.

Und überall war der Gestank dieser Bestien.

Am Heck wurde genauso heftig gekämpft wie überall, und hier, nachdem ich durch einen Hilferuf darauf aufmerksam geworden war, entdeckte ich die vollbusige Frau, die mit einer blutbefleckten Fleischaxt auf ein scheußliches Ding einschlug, das mit einem Bündel von seinen Tentakeln an ihr Kleid gekommen war.

Sie hatte es vernichtet, noch bevor mein Schwert ihr zu Hilfe kommen konnte, und dann, zu meinem Erstaunen, selbst in dieser Zeit der Gefahr, entdeckte ich die Frau des Kapitäns, wie sie ein kleines Schwert schwang.

Ihr Gesicht war wie das eines Tigers, ihr Mund war verzogen und zeigte ihre zusammengebissenen Zähne. Sie stammelte aber kein Wort, noch schrie sie, und ich zweifelte keinen Moment daran, dass sie gekommen war, um ihren Mann zu rächen.

Dann war ich für eine geraume Zeit genauso beschäftigt wie jeder andere auch, und danach rannte ich zu der 'Busen-Frau', um herauszufinden, wo sich Miss Madison befindet.

Mit atemloser Stimme sagte sie mir, dass sie sich in ihrem Zimmer eingeschlossen hatte und außerhalb der Gefahren war. Daraufhin hätte ich die Frau umarmen können, denn ich war mächtig erleichtert zu wissen, dass meine Liebste in Sicherheit war.

Plötzlich nahmen die Kampfhandlungen ab und kamen schließlich zu einem Ende, denn das Schiff hatte sich gut von dem Ausläufer des Seegrases wegbewegt und war nun in der offenen See. Ich rannte sofort hinunter zu meiner Liebsten und öffnete die Tür. Für eine Weile weinte sie und legte ihre Arme um meinen Hals, denn sie hatte fürchterliche Angst um mich gehabt und um alle anderen auf dem Schiff auch.

Aber bald, nachdem ihre Tränen getrocknet waren, wurde sie sehr ungehalten über ihr Kindermädchen, weil diese sie in ihrem Zimmer eingeschlossen hatte. Sie weigerte sich danach, fast eine Stunde lang mit der guten Frau zu sprechen. Ich erwähnte ihr gegenüber aber, dass sie sich sehr nützlich machen könnte, die erlittenen Wunden zu versorgen. So kam sie wieder zurück zu ihrer gewohnten Freundlichkeit und brachte Bandagen und Verbandsmull und Wundsalbe und Bindfaden heraus und ging sofort ans Werk.

Etwas später erhob sich ein erneuter Tumult auf dem Schiff, denn man hatte entdeckt, dass die Frau des Kapitäns vermisst wurde. Daraufhin organisierten der Bootsmann und der zweite Maat eine Suchaktion, aber sie konnte nirgends gefunden werden und in der Tat hatte sie niemand auf dem Schiff jemals wiedergesehen. Man konnte annehmen, dass sie von einem Seegrasmenschen über Bord gezogen wurde und so zu Tode kam.

Daraufhin war meine Liebste sehr niedergeschlagen, und man konnte sie für fast drei Tage lang nicht trösten, währenddessen das Schiff sich weit von diesen seltsamen Meeren entfernt und die unglaubliche Trostlosigkeit der Seegraswelt weit unterhalb seiner Steuerbordseite hinter sich gelassen hatte.

Und so, nach einer Reise, die neunundsiebzig Tage gedauert hatte, seit wir Segel setzten, kamen wir in den Hafen von London und hatten unterwegs alle Angebote, uns zu helfen, abgelehnt.

Nun will ich hier allen meinen Kameraden während so vieler Monate und bei den gefährlichen Abenteuern 'Auf Wiedersehen' sagen.

Da ich ein Mann bin, der nicht ganz ohne Vermögen ist, sorgte ich dafür, dass jeder ein bestimmtes Geschenk bekam, bei dem er sich an mich erinnern sollte.

Und ich legte Geld in die Hände der 'Busen-Frau', damit sie keinen Grund hatte, meine Liebste zu verlassen. Sie hatte – ihres guten Gewissens wegen – ihren treuen Mann zur Hochzeit in die Kirche mitgenommen und richtete sich ein kleines Haus an der Grenze meines Anwesens ein. Das geschah aber nicht, bevor Miss Madison ihren Platz in meinem Zuhause im County von Essex eingenommen hatte.

Da gibt es aber noch eine Sache, über die ich sprechen muss.

Wenn jemand über mein Land gehen sollte und dort auf einen Mann mit mächtigen Proportionen trifft, trotzdem schon ein wenig durch das Alter gebeugt, und der bequem vor der Tür seiner bescheidenen Hütte sitzt, dann sollen sie meinen Freund, den Bootsmann kennenlernen, denn bis zum heutigen Tag treffen wir uns immer wieder und lassen unsere Gespräche zu den trostlosen Plätzen auf der Welt hinschweifen.

Wir denken darüber nach, was wir gesehen hatten – die Seegraswelt, wo Einsamkeit und der Schrecken ihrer fürchterlichen Bewohner herrschen. Danach unterhalten wir uns ruhig über das Land, wo Gott Monster geschaffen hatte, die wie Bäume aussehen, und dann vielleicht, wenn meine Kinder kommen, über andere Dinge, denn die Kleinen lieben keine schrecklichen Sachen.

THOMAS M. MEINE

DIE GEISTERPIRATEN
THE GHOST PIRATES
Nach der Originalausgabe von 1909
von William Hope Hodgson

Auch erhältlich: Die Geisterpiraten von
William Hope Hodgson aus dem Jahre 1909